ALPER CANIGÜZ

Gizliajans

W0200032

iletişim

1.

Borges ile Kemalettin Tuğcu'nun aynı kişi olduğunu öğrendiğimde, hayatta bundan daha korkunç bir gerçekle karşılaşamayacağımı düşünmüştüm. Heyhat, ne kadar da yanılmışım.

Dünyanın şahsıma karşı kurulmuş bir komplo olduğuna dair inancımın en güçlü dönemleriydi. İşsizdim, güçsüzdüm, çok fazla içki tüketiyordum ve galiba yapayalnızdım. Yine de birileri vardı tabii hâlâ. Mesela Şaban. O vardı. İlk önce asker arkadaşımdı. Aynı bölükteydik ve aynı yatakhanede kalıyorduk ama fazla bir muhabbetimiz olmamıştı; merhaba merhaba, hepsi o. Sonra bir gün, yani askerden sonra bir gün, Eminönü meydanında kuşlara yem atıyordum ki, biri omzumu dürttü. Bir de baktım, Şaban. Ayaküstü hal hatır muhabbetinden sonra kendi yolumuza gideriz diye düşünmüştüm, ama öyle olmadı. Kendimizi Piyer Loti'de, bir zamanlar harikulade bir manzara teşkil ettiği iddia edilen bataklığa bakıp çay içerken buluverdik. Eee daha daha nasıldı? Köyden ayrılmaya karar vermişti. Birkaç hafta önce İstanbul'a gelmiş, işe başlamıştı. Ne iş yapıyordu? Serbest çalışıyordu. Yani tam olarak ne yapıyordu? Alım satım gibi. Gibi. Bu konuyu daha fazla kurcalamamalıydım herhalde. Peki ben nasıldım? İyiydim. Ben bir reklam ajansında metin yazarıydım askerden önce, biliyordu değil mi? Yok, bilmiyordu. Öyleydim işte, askerden önce bir reklam ajansında çalışıyordum ben. Ama şimdi bir televizyon programı için metinler yazmaya başlamıştım. O ünlü şovmen vardı ya, ha biliyordu, işte onun programda yaptığı esprileri ben yazıyordum. Pek memnun değildim açıkçası. Olsundu, ekmek parasıydı. Doğru düzgün para kazansaydım bari, o da olmuyordu ki. Bak eşek kadar herif, hâlâ annemle yaşıyordum. Dert ettiğim şeye baktı, Şaban, Beşiktaş'ta üç odalı bir ev tutmuştu, ev kocamandı ve kirası da uygun sayılırdı, yarısını ödemeye gücüm yeterse yanına taşınabilirdim. Hadi ya, ciddi miydi? Ama nasıl olurdu? Teşekkür ederimdi ama vallahi dünyada olmazdı. Uzatmayaydımdı yahu, neydi yani? O da İstanbul'u doğru düzgün tanımıyor, yalnızlık çekiyordu. Arkadaşlık ederdik işte birbirimize. Dur ben bir düşüneyimdi. Sahi telefonu kaçtı? İşte asker arkadaşım Şaban'ın, bu hoş tesadüften onbeş gün sonra ev arkadaşım oluşunun hikâyesi böyleydi.

İyi bir ev arkadaşıydı Şaban. Fazla konuşmuyordu ama soğuk değildi, düzenli ve titizdi ama benim dağınıklığıma aldırmıyordu, her sabah alaca karanlıkta kalkıp namaz kılacak kadar dindardı ama bir kez bile Müslümanlığın güzel erdemlerinden söz ettiğini duymamıştım. Hem enteresanlığı bu gibi şeylerle sınırlı değildi. Diyelim, eve bir akşam köydeki ailesinin gönderdiğini söylediği koca bir tulum peynir, bir başka akşam suşi getirebiliyordu. Ya da yemekte bir şeyler okumak istediğinde, tercihi *Mesnevî* de olabiliyordu bir seks dergisi de. Üstelik her iki materyali de aynı mesafeli ilgiyle inceliyor, her ikisinde de birtakım satırların altını çiziyor ve korkarım bunu şaka olsun diye yapmıyordu. Hasılı Şaban o güne kadar tanıdığım hiç kimseye benzemiyordu. Tek tek bakıldığında az çok normal gibi görünen özellikleri, bir araya gelince tuhaf bir bütün oluşturuyordu. Açıkçası onu nereye yerleştireceğimi pek bilemiyordum, ama onunla birlikte kendimi kesinlikle huzurlu hissediyordum. Bu her şeyden önemliydi.

Metin yazarlığını yaptığım programın yayından kaldırılması pek sürpriz sayılmazdı. Ama bu öngörülebilir felaketin yeni evime taşındıktan sadece bir ay sonra cereyan etmesi, beni çok kötü bir duruma düşürmüştü. Şaban'a özürlerimle birlikte durumu açıklayıp evden ayrılmam gerektiğini söyleyince, yüce gönüllü arkadaşım buna asla izin vermeyeceğini belirtip ben yeni bir iş bulana kadar evin kirasını tek başına ödeyeceğini söylemişti. Çok istiyorsam, bunu borç kabul edebilirdim. Ah ben bu Şaban'ın hakkını nasıl ödeyecektim?

Sonra bir akşam, işten kovuluşumun üzerinden aşağı yukarı bir mevsim geçmişken, telefonumuz çaldı. O esnada Şaban masada, çilek reçeli ve hazır kek yiyerek eski bir *Hayat* dergisini incelemekte, ben ise ikinci şarap şişem eşliğinde, kanlı gözlerle televizyondaki popüler talk-show programlarından birine bakaraktan sövüp saymaktaydım. İkimiz de faaliyetlerimize karşı tam bir konsantrasyon içinde bulunduğumuzdan, telefona uzun süre tepki vermedik. Sonunda Şaban telefonu yanıtladı ve "Sana," dedi.

Sandalyemi devirerek kalktım, gidip ahizeyi elinden aldım. "Buyrunuz?"

"Musa Bey?" Hoş bir seda. Bir hanımefendiye ait.

"Ta kendisi," dedim beş parasız ve flörtöz.

"Sizi Gizliajans'tan arıyoruz," dedi karşımdaki, müjde verenlere özgü bir neşeyle.

"Pardon, nereden arıyorsunuz?"

"Gizliajans. Reklam ajansı. İsmimizi duymuşsunuzdur belki?"

"Tabii tabii," diye geveledim. İsim bana hiçbir şey ifade etmemişti. Gerçi o kadar alkol aldıktan sonra annemin adını bile hatırlayamayabilirdim, o da ayrı mevzu.

"Biz bir metin yazarı arıyoruz ve uygunsanız sizinle bir görüşme yapmak istiyoruz."

Heyecanlanmıştım. "Şu an... Pek uygun değilim aslında."

Kadın bir kahkaha attı. "Şu an olması gerekmiyor. Ne zaman gelebilirsiniz?"

"Yarın. Yarın gelebilirim. Ama çok erken değil lütfen." Sabah erkenden kalkıp kusmam gerekiyordu.

"Pekâlâ. Saat onbir nasıl?"

"Evet. Onbir olabilir."

"Adresi veriyorum. Not edin lütfen."

Ahizeyi elimle kapatıp Şaban'a seslendim. Kendisi derginin kapağındaki bikinili kadının dişlerini karalamakla meşguldü. Şaban'a elimle not almasını işaret edip telefondaki hanımefendinin verdiği adresi yüksek sesle tekrar ettim. "Tamam. Ben kiminle görüştüm acaba?"

"E-hm, benim adım Mehtap ama siz Tunçay Bey ve Gürcan Bey'le görüşeceksiniz."

"Evet tabii, affedersiniz. Kafam biraz şey de..."

"Tabii Şeytan Bey de orada olacak."

Es... Es... Es... Kesinlikle yanlış işitmiştim. "Harika."

"İyi geceler Musa Bey. Yarın görüşmek üzere."

"Hayrola?" diye sordu Şaban ben telefonu kapattıktan sonra.

"Bir iş teklifi sanki?" dedim masadaki sandalyelerden birine çökerek.

"Bu saatte mi?"

Duvardaki saat dokuz buçuğu gösteriyordu. "Bir reklam ajansından aradılar. Onlar çalışır böyle geç saatlere kadar."

"Hayırlısı olsun. Ne zaman başvurmuştun?"

"Hiçbir zaman," dedim kendime bir bardak daha şarap doldururken. "Öyle bir yere başvurduğumu hatırlamıyorum."

"Duymuşlar demek ki," dedi Şaban tevekkül dolu bir tavırla, bikinili kızın omzunda balık tutan adam konulu bir karalama çalışması sürdürürken. "Allah'ın işi işte."

"Ya," diye onayladım. "Bilemedin, meleklerinden birinin."

* * *

Gizliajans, Asmalımescit'te tarihî bir vakıf binasında kuruluydu. Hani yok pahasına kırkdokuz yıllığına kiralananlardan. Bu türden binaları tutabilmek için insanın sağlam ilişkileri bulunması gerektiğini duymuştum. Muhtemelen böyle bir şey yapmayı çok isteyen bir önceki ajansımın sahibinden. Gizliajans başarmıştı ama bak bizimkinin yapamadığını.

Devasa boyuttaki eski kapıdan girip güleryüzlü ve tombik güvenlik görevlisine ismimi verdim. "Ooo Musa Bey, sizi bekliyorduk," diyerek masasının altındaki bir düğmeye bastı tombik güvenlik. Girişteki asansörlerle aramda duran turnike biip diye bir ses çıkararak açıldı. "Birinci kata çıkacaksınız."

Süpersonik asansöre binince oraya girdiğim andan itibaren garipsediğim şeyin ne olduğunu fark ettim: Soğuk. Bina çok soğuktu. Evet, dışarıda yaz mevsimi yaşanmaktaydı ve havalar ziyadesiyle sıcak gidiyordu; ama burada, iklim şartlarını insan bünyesine uydurmaya çalışmakla açıklanamayacak kadar aşırı bir soğutma söz konusuydu. Acaba böylesi çalışanların verimini mi yükseltiyordu?

Birinci katta asansörden inince kocaman, havalı sekreter masasıyla karşılaştım. İkisi de birbirinden seksi iki esmer sekreter beni gülümseyerek karşıladı. Bir önceki gece beni arayan bu ikiliden biri olsa gerek diye düşündüm. Daha seksi ve sanki daha kıdemli görünene yanaştım. "Mehtap Hanım?"

"Buyrun?"

"Ben Musa," diye tanıttım kendimi. "İş görüşmesi için gelmiştim."

"Bir dakika lütfen," dedi Mehtap bir önceki gece yaptığımız konuşmayı hiç hatırlamıyormuşçasına. Muhtemelen hatırlamıyordu da zaten. Sonra da önündeki sofistike telefonun bir tuşuna bastı. "Musa Bey geldi efendim."

Dört-beş saniye süren –ve bana çok manasız gelen– bir sessizliğin ardından hoparlörden ince bir erkek sesi geldi. "Gönderin içeri kendisini."

"Sizi bekliyorlar," dedi seksi, esmer ve kıdemli sekreter Mehtap, eliyle kendi solunu işaret ederek. "Şöyle ilerleyin, paravanın sağına dönün, karşınızdaki oda."

Sözü edilen odanın önünde durup derin bir nefes aldıktan sonra kapıyı vurdum. "Giriniz!" diye cırlak bir ses geldi içeriden.

Odaya girdiğimde karşılaştığım tabloyu tuhaf diye nitelemem herhalde abartılı olmaz. Birbirine dikey konumda yerleştirilmiş iki masa ve bu iki masada oturan iki adam bulunuyordu odada. Daha küçük ve girişe daha uzak duran masa takım elbiseli, mahzun yüzlü bir adama aitti. Kırk yaşlarında falan vardı herhalde. Alnı hafif kelleşmişti ve gözlerinde hüzünlü bir ifade vardı. Hatta ne hüzünlüsü, adamın gözlerinden düpedüz yaşlar süzülüyordu. Mevcudiyetimin farkında bile değilmişçesine, bakışlarını uzaklarda –ve aşağıda– bir yerlere dikmiş, sessiz sessiz ağlıyordu. Daha büyükçe ve doğal olarak daha sorumlu kişiye ait olduğunu tahmin ettiğim masanın üzerinde, parlak simsiyah tüylü bir kedi uzanıyor; arkasında ise ince uzun, çekik gözlü tuhaf bir tip oturuyordu. Eski püskü bir tişört ile garip bir şort giymiş, çoraplı ayaklarına da kocaman mavi sandaletler geçirmişti. Masasında, artık içinde ne zıkkım varsa, pipetli bir bardak ve ne hikmetse küçük bir de buz kovası duruyordu. Ağlayan adamın aksine, bu sefil ile kedisi gözlerini bile kırpmadan bana bakıyorlardı.

"Affedersiniz." Bakışlarım ister istemez gözü yaşlı müstakbel amirime kayıyordu. "Ben daha sonra gelebilirim dilerseniz."

"Hayır hayır," diyerek ayağa kalktı sandaletli sırık. "Düşündüğünüz gibi değil. Ben Tunçay. Ama Tuncay değil, dikkatinizi çekiyorum, Tunçay. Hoşgeldiniz."

"Musa," diyerek onun elini sıktım, tedirgin bir biçimde diğer masaya yöneldim.

"Gürcan," diye inledi diğeri, ama ne elimi sıktı ne de yüzüme baktı.

"Buyrun, şöyle oturun lütfen," diyerek beni kendi masasının önündeki koltuğa buyur etti Tunçay Bey.

Gösterdiği yere oturdum. Boğazımı temizledim, sağa sola baktım. Ne söylemem gerektiği konusunda hiçbir fikrim yoktu. O yüzden, aslında korkunç bir yaratık olduğunu düşünmeme rağmen, "Aman ne şeker şey," diyerek kediyi okşamak üzere elimi uzattım. Allah'ın cezası hayvan nasıl pıhladıysa, oturduğum yerden sıçrayarak elimi geri çektim. Betim benzim atmıştı. Tunçay Bey hiçbir şey söylemedi, ama sanki yüzünde belli belirsiz bir sırıtma peydahlanmıştı.

"Metin yazarısınız," diye söze başladı Tunçay Bey.

"Öyle sayılırım, evet."

"Güzel. Bizim de bir reklam yazarına ihtiyacımız var. Genel olarak basın ilanları hazırlıyoruz. Bunun yanı sıra el broşürleri, föyler... Bunun gibi şeyler. Televizyon reklamı yok denecek kadar az. Aslında şimdiye kadar hiç televizyon reklamı yapmadık ama müşterimiz bütçesini artıracak olursa bunu da düşünebiliriz..."

"Müşteriniz mi?" diye girdim araya. "Bir tane mi müşteriniz var yani?"

"En az sayıda müşteriye en kaliteli hizmeti vermek: Ajansımızın felsefesi budur."

"En az sayıda, öyle mi?"

"En az sayıda. Düşünürseniz en kaliteli hizmeti sunmanın kaçınılmaz sonucunun bu olduğunu fark edersiniz zaten. Her neyse, burası sizi fazla ilgilendirmiyor. Mümkün olan en kısa zamanda işe başlamanızı istiyoruz."

Doğrusu şaşırmıştım. Beni geçmişim, eğitimim, hobilerim falan hakkında bir sürü zırva soruya boğmayacaklar mıydı yani? Aslında gerek işverenin gerekse işçi adayının manasızlığını baştan bildiği bu aşamayı pas geçmeleri iyiye işaretti sanki. Peki olup bitenlere en ufak bir ilgi göstermeksizin, katatonik bir pozisyonda masasında zırlamakta olan bir patron neye işaretti? "Affedersiniz ama bir şeyi merak ediyorum," dedim. "Reklamcılık deneyimim çok az... Üstelik yaptığım en iyi işler de müşteri baskısı falan yüzünden güme gittiğinden, ortada doğru düzgün bir portföyüm de yok. Bu durumda, sorabilir miyim acaba neden ben?"

"İsminizi *'İnleyen Saatler'* programının jeneriğinde gördük," diye hiç beklemediğim bir yanıt verdi Tunçay Bey. "Çok seviyorduk biz onu. O programdaki metinleri siz yazmıyor muydunuz?"

İster istemez güldüm. "Hay Allah! Vallahi bana sorarsanız o program tam bir fiyaskoydu. Programın sunucusu yazdıklarımı mahvetmek için elinden geleni yapıyordu. Her yayından önce metinlerdeki esprilerin neler olduğunu ve nasıl okunmaları gerektiğini anlatmak için kırk saat uğraşıyordum kendisiyle."

"Ama biz yine de çok seviyorduk," dedi Tunçay Bey buz gibi.

Ne diyebilirdim ki? "Ne diyebilirim ki," dedim. "Teşekkür ederim."

"Ücret konusunda ne düşünüyorsunuz?"

Doğrusu hiçbir şey düşündüğüm yoktu. Hızla ev kirasının ve kabaca mutfak masrafının yarısını hesaplamaya çalıştım ve üzerine de üç-beş kuruş harçlık koydum. Kendinden emin görünmeye çalışarak, "En az iki bin lira," dedim.

"En çok?" Az daha aptal gibi bu soruyu da yanıtlıyordum. Neyse ki Tunçay Bey'in alaycı gülümsemesini fark edip tam zamanında sustum. Hakikaten bir iş görüşmesinde "en az" şu kadar para istiyorum demek kadar budalaca bir şey yoktu. "Pekâlâ Musa Bey," dedi Tunçay Bey. "Bu para uygun. Dediğim gibi en kısa zamanda, mümkünse yarın sabah işe başlamanızı isteriz. Saat dokuzda işbaşı yapıyoruz. Beşte paydos. Çok özel bir durum olmadıkça bu saatten sonra ya da haftasonları çalışmanız gerekmiyor."

Tunçay Bey kimseye danışma gereği duymadan beni işe alıvermişti. Görünüşe bakılırsa Gürcan Bey'in orada bulunmasının tek nedeni, aynı odayı paylaşıyor olmalarıydı. Sekreterin telefonda sözünü ettiği ve hesapta görüşmede bulunacak üçüncü kişinin durumu neydi, onu hiç bilemiyordum. Anlaşılan sekreterin ciddiyetinin aksine kimsenin fazla takladığı yoktu bu işe adam alma meselelerini. "Çok teşekkür ederim," dedim. "Yarın dokuzda buradayım."

"Hayırlı olsun Musa Bey," dedi Tunçay Bey. Ayağa kalkmak üzere koltuğunu geriye doğru iterken âdettendir diye de, "Sizin sormak istediğiniz bir şey var mı?" diye sordu.

"Evet," diye hayal kırıklığına uğrattım sandaletlerin efendisini. Usulca kıçını koltuğuna yerleştirdi yeniden. "Burası neden bu kadar soğuk?"

"Çünkü soğuk sağlıklıdır," dedi Tunçay Bey büyük bir ciddiyetle. "Hayattaki bütün kötülükler sıcaktan kaynaklanır. Neden daha uzun yaşayan canlıların daha düşük vücut ısısına sahip olduğunu düşünmediniz mi hiç? Ya da yüzyıllar sonra insanoğlu ölümsüzlüğün sırrını bulunca tekrar hayata döndürülmek isteyen kimselerin, neden vücutlarını yaktırmayı değil de dondurmayı tercih ettiğini?"

"Doğrusu düşünmemiştim," dedim ayağa kalkarak. "Benim işyerine kazakla gelmeme bir itirazınız olmaz umarım."

"Kıyafetinize karışmayız, ama öyle yapmanız sizin için sağlıklı olmaz."

"En kısa ömrü en iyi biçimde yaşamak: Benim hayat felsefem de bu diyelim. Düşünürseniz hayatı en iyi biçimde yaşamanın kaçınılmaz sonucunun bu olduğunu fark edersiniz zaten." Böylesine fiyakalı bir finale imza atmış olmanın verdiği coşkuyla, sırığın elini sıkıp hâlâ aynı şevkle ağlamakta olan Gürcan Bey'e el ettim. "Görüşmek üzere. Ve lütfen diğer ortağınıza da saygılarımı iletin."

"Diğer ortak?"

"Sekreteriniz, Mehtap Hanım, dün gece beni aradığında üç kişi olacağınızı söylemişti. Nedense sizlerin ortak olduğunuzu düşündüm de..."

"Aslına bakarsanız kendisi patronumuzdur," dedi itici yeni umum müdürüm. Bunu söylerkenki seksi tavrına bakılırsa, velinimetine hayran yönetici tayfasına ait olduğunu çıkarsamak zor değildi.

"Dün akşam kafam pek yerinde değildi açıkçası," dedim. "Mehtap Hanım kendisinin ismini söylerken, çok güleceksiniz, Şeytan Bey dediğini zannettim. Hahahaa..."

"Doğru duymuşsunuz," dedi aynı aşk dolu sesle Tunçay Bey. "Patronumuz Şeytan Bey'dir ve sizden de çok hoşlandığını söyleyebilirim."

Neydi bu şimdi? Şaka mı? "Öyle mi?" dedim bu manyakça oyuna bir tur ayak uydurmaya karar vererek. "Nereden biliyorsunuz?"

"Kendisi söyledi."

Elimden geldiğince aptal gibi görünmemeye çalışarak gülümsedim. "Ben kaçırmışım o kısmını."

"Sizin hatanız değil. Telepatik olarak iletti düşüncelerini."

"Evet anlıyorum," diye kestirip attım, yeni işimi daha

başlamadan bırakmak zorunda kalmamak için. "Öyleyse kendisine teşekkürlerimi de iletin."

"Ona kendiniz de teşekkür edebilirsiniz," dedi Tunçay Bey bıyık altından gülerek. "Şeytan Bey görüşmenin başından beri burada, aramızda bulunuyor." Bardağına iki buz attıktan sonra pipetini uzun uzun emdi ve boş bakışlarıma yanıt olarak, o kocaman işaret parmağıyla, masanın üzerinde psikopatça beni kesmekte olan kara kediyi işaret etti.

* * *

Gizliajans'tan çıktığımda ne düşünmem gerektiğini bilemiyordum. Galiba en iyisi düşünmemekti. Bir şişe şarapla altı kutu bira alıp eve gittim ve o gece bunları tükettikten sonra daha fazla içmeyeceğime dair kendime söz verdim. Ne de olsa ertesi gün yeni işime başlayacaktım. İyi bir ilk izlenim sağlamalıydım.

Şarabı açıp televizyonun karşısına geçtim. Hiçbir şey ilgimi çekmiyordu. Aklım dönüp dolaşıp o gün yaptığım garip iş görüşmesine takılıyordu. Aslında bu iyi bir şeydi, çünkü hayatta gerçekten ilgimi çeken bir durumla karşı karşıya olmak daha az içmemi sağlıyordu. Hatta yaşadıklarımı bir an önce birine anlatmak istiyordum. Ve bu "biri" pozisyonunun tek adayı, kuşkusuz Şaban'dı. O da nedense eve dönmek bilmiyordu. Derken zil çaldı ve ben sevinçle yerimden fırlayıp kapıyı açtım. Oysa gelen Şaban değil, bir üst katımızda en az üç köpeğiyle birlikte yaşayan Müberra Abla'ydı. Çalardı Müberra Abla kapımızı böyle ara ara. Favori konuları apartmanda duyulan –ve patlayıcı bir gaz sızıntısından kaynaklanması muhtemel– kokular, çevrede dolaşan –ve hırsız ya da tecavüzcü olması muhtemel– yabancılar, apartman toplantılarında alınan –ve kiracıların aleyhine olduğu kesin– kararlar gibi konulardı. Ve konuşmaya her zaman, ama her zaman rahatsız ettiği için özür dileyerek başlardı.

"Rahatsız ettiğim için özür dilerim," dedi Müberra Abla ve dertli dertli içini çekti. "Şu çatı katını tutanlar beni öldürecekler..."

"Ne diyorsunuz Müberra Abla?"

"Evet. Mutluluk okulu mu ne, öyle bir şey açtılar ya. Apartmanın içinde işyeri! Patırtı kütürtüleri bitmek bilmiyor. Sabahtan akşama. Hiç huzurum kalmadı. Siz de duymuyor musunuz?"

"Ben pek şey edemedim ama... Yani burası ikinci kat, onlar beşinci katta. Sadece ara sıra köpek havlamaları duyuyoruz. Tabii rahatsız olduğumuzdan değil. Bilakis, çok seviyoruz gece yarısı ulumalarını. Kendimizi emniyette hissediyoruz."

"Gürültüyü kendi mekânlarında yapsalar mesele değil. Bütün gün bağrış çağrış merdivenden inip çıkıyorlar. Apartmana kimin girdiği belli değil. Hırlısı var hırsızı var... Hele zavallı Emirhan Bey'in başına gelenlerden sonra büsbütün korkmaya başladım."

"Emirhan Bey de kim Müberra Abla?"

"Benim üst katım var ya, şimdi boş duran... Orada oturuyordu Emirhan Bey. Yani öldürülmeden önce. Ah ne tatlı bir insandı. Şimdi fark ettim, size de ne çok benziyordu. Aynı kaş, aynı göz... Allah talihinizi benzetmez inşallah."

"Öldürüldü mü? Burada, evinde mi?"

"Trafik kazası diyorlar ama ben hiç inanmıyorum. Sözde içkili araba kullanırken bariyerlere çarpmış falan... Kesin yalan. Öldürdüler onu!"

Kim öldürdü, niye öldürdü türünden muhabbetlere girsem, eminim ki konuşmamız bitmek bilmeyecekti ve o anda Müberra Abla'nın manyakça komplo teorileriyle uğraşmayı hiç istemiyordum. "Allah rahmet eylesin," dedim derin bir nefes alarak. "Mutluluk okulu diyordunuz?"

"Sormayın. Samanyolu Mutluluk Okulu! Bir de mutluluk öğretmenleri var, görmelisiniz. Göbekli, kel bir şey. Durmadan sırıtıyor. Sanki bir şey var gibi. Çıktım bir kere lütfen biraz dikkatli olun, ben burada yalnız yaşayan bir kadınım, tedirgin oluyorum diye... Öyle, sanki bir şey var gibi sırıta sırıta bakıp elime bir broşür tutuşturdu. Düşünebiliyor musunuz saygısızlığı?"

"Yöneticiyle konuşsanız?"

"Hah! Yönetici! O da sabah çıkıp akşam geldiği için umurunda değil bütün gün benim yaşadıklarım. Vallahi böyle devam ederse polisi arayacağım."

"Çok isabet edersiniz Müberra Abla."

"Bakın şimdi daha acil bir durum söz konusu... Sizden o konuda yardım istemeye geldim."

"Buyrun lütfen," dedim ağırlığımı verdiğim ayağımı değiştirerek.

"Bunlar parti verecekmiş terasta!"

"Demeyin! Hangi terasta?"

"Var ya canım bizim teras. Orada işte."

"Doğrusu bilmiyordum bizim apartmanda bir teras olduğunu..."

"Hay Allah iyiliğinizi versin, nasıl bilmezsiniz? Hatta Şaban Bey sık sık çıkar oraya. Her neyse, ben tabii bu parti meselesini duyunca aklımı oynattım. Ben karşı çıkınca yöneticiye gitmişler. Yönetici de ben karışmam, orası apartmanın ortak kullanım alanı, komşularınıza sorun demiş. Şimdi gelip size sorarlarsa hayır deyin lütfen. Hayır!"

"Ama orası ortak kullanım alanıysa, haklarına tecavüz ediyor gibi olmayalım?"

"Onlar bana her gün tecavüz ediyor! Yani haklarıma... Lütfen hayır deyin, Musa Bey. Şimdi gelir bunlar size şirin görünmeye çalışır, bir gecelik bir eğlenceden ne olur falan derler. Sakın yutmayın. Bir kez ayakları alışırsa durmaz bunlar. Sonra her gün parti, her gün cümbüş! Giren çıkan belli değil..."

"Peki Müberra Abla, hayır diyeceğim."

"Teşekkür ederim. Ve lütfen Şaban Bey'i de uyarın. Gelip ona sorarlarsa, o da hayır desin."

"İleteceğim Müberra Abla. İyi geceler dilerim."

"İyi geceler," diyerek, karşı karşıya olduğumuz büyük tehlike konusunda beni bilinçlendirmiş olmanın verdiği huzurla merdivenlere yöneldi Müberra Abla. Tam kapıyı örtüyordum ki, yeniden seslendiğini işittim. "Musa Bey, umarım yavrularım sizi rahatsız etmiyordur. İnanın gerçekten tehlikeli bir durum olmasa havlamazlar. Onlar bizim en iyi dostumuz..."

"Hayır hayır," dedim. "Kesinlikle etmiyorlar. Zaten ben hayvanları çok severim. Hatta daha bugün bir kediyle iş görüşmesi yaptım."

"Hahahay! Allah iyiliğinizi versin Musa! Nereden de buluyorsunuz?"

Müberra Abla'nın ziyaretinden sonra, televizyon izleyerek bir şişe şarabı bitirdim. Şaban hâlâ gelmemişti. Buzdolabına gidip bira kutularından birini açtım. İçimi sıkıntı basmıştı. Aklıma Müberra Abla'nın sözünü ettiği teras geldi. Biramı alıp kapıdan çıktım, merdivenleri tırmanmaya başladım. Bir üst katın önünden geçerken Müberra Abla'nın yavrularının hırıldadığını duydum. Üç merdiven daha çıktıktan sonra terasa ulaşmıştım. Hakikaten de gayet sıkı partilerin verilebileceği kocaman bir alandı burası. Terasın her yanı, içinde birbirinden güzel çiçekler bulunan saksılarla süslenmişti. Manzara da enfesti doğrusu. İstanbul Boğazı'na yansıyan şehir ışıklarını, denizin ortasında Kız Kulesi'ni ve geçip giden gemileri, karşıda Salacak kıyılarını görebiliyordunuz. Rüzgâr efil efil esiyordu. Keyifle gerindim. Çevreye şöyle bir göz atınca, köşede birkaç şezlong ve hatta bir de iki kişilik veranda salıncağı bulunduğunu fark ettim. Şezlonglardan birini almak için o tarafa gittiğimde, duvara monte edilmiş bir nesne dikkatimi çekti. Teras duvarından dışarıya doğru uzanan boruya benzer kısmın üzeri bir kumaş parçasıyla örtülmüştü. Dürbünlü tüfek diye düşündüm. Sonra aklıma Müberra Abla'nın, Şaban'ın sık sık buraya çıktığını söylediği geldi. Yoksa mübarek arkadaşım Şaban bir kiralık katil miydi? Alım satım gibi bir iş ha? Vay gidinin Nikita Şaban'ı diye düşünerek, örtüyü aletin üzerinden çekip aldım ve neyse ki fantezilerimin gerçeği yansıtmadığını gördüm. Bu dürbünlü tüfek değil, kocaman bir teleskoptu.

Heyecanla biramı bir kenara bırakıp gözümü teleskoba dayadım. Hedef, elbette ki Ay'dı. Fakat bir türlü sabitleyemiyordum namussuz teleskobu bizim Aydede'ye. Elimin en ufak titremesinde, görüntüde binlerce ışık yıllık sapmalar meydana geliyordu. Aletle umutsuz bir biçimde cebelleşirken, birden biri sırtıma dokundu. Korkuyla arkama döndüm. Karşımda yüzünde her zamankinden daha müşfik bir ifadeyle duran kişi, Şaban'dan başkası değildi. Beni kenara çekip gözünü teleskoba dayadı, birtakım ayarlamalar ve sabitlemeler yaptıktan sonra doğrulup eliyle bakmamı işaret etti. Ve evet, işte Ay karşımdaydı! Hiç uzaktan göründüğü gibi değildi vefakâr uydumuz. Karşımdaki, ürkütücü karaltılar, uğursuz engebeler ve sonsuz bir yalnızlıktan ibaretti. Şaban usulca kulağıma doğru eğildi ve neredeyse bir fısıltı halinde konuştu. "Kriterlere bak."

Ona döndüm. "Krater demek istiyorsun herhalde."

Sevgili dostum, otuziki dişini göstererek güldü.

2.

"Hap-şuuuu!"

"Çok yaşayın," dedi beni bundan sonra görev yapacağım ikinci katın girişinde karşılayan mütercim kedi telepatisti Tunçay Bey.

"Siz de görün efendim."

"O kadar resmî olmanıza gerek yok canım. Bana Tunçay Bey deseniz yeterli. Ama Tuncay değil, dikkatinizi çekiyorum, Tunçay."

"Siz de görün, dikkatinizi çekiyorum Tunçay Bey."

"Nasıl?"

"Şey, espri yaptım. Demin ettiğiniz söze istinaden. İkinci kez kendinizi aynı şekilde tanıttığınızı fark ettim de... Neyse, affedersiniz." Dikkatinizi çekiyorum Tunçay Bey, gülümsemekle uzaktan yakından ilişkisi olmayan bomboş gözlerle bakıyordu bana. Bu adam daha bir gün önce espri anlayışıma bayıldıkları için beni işe almak istediklerini söylememiş miydi? Ama belki de o "biz" derken, kendi fikirlerini dile getirmekten ziyade Gürcan Bey ve kim bilir belki de Çizmeli Kedi adına konuşuyordu. "Her şey çok güzel görünüyor," dedim, hayli geniş, kare biçimindeki ofise şöyle bir bakarak. Duvarların yanına yerleştirilmiş, her birinde son teknoloji bilgisayarlar bulunan çalışma masalarının sayısı ondan fazlaydı. Bir sürü genç insan hummalı bir şekilde oradan oraya koşuşturuyor, birbirlerine bir şeyler anlatıyorlardı. Hakikaten çalışıyorlarmış gibi bir halleri vardı, ki bu bir reklam ajansında sık raslanan bir durum değildi. "Ajansınızda başka kat bulunuyor mu?"

"Ajansımızda," diye düzeltti Tunçay Bey, "bir kat daha bulunuyor. Girişteki güvenlik katı artı binada bulunan üç katın tamamı bize ait. Görüşmeye geldiğinizde gördüğünüz birinci kat sekreterlere ve idari kadroya ait. Burada yaratıcı grup ve müşteri grubu bulunuyor. Üst katı ise yemek yemek ve dinlenmek için kullanıyoruz. Bir tür rekreasyon alanı gibi."

"İş saatlerinde çalışanlarının dinlenme ihtiyacını düşünen bir işyeri ha? Harika doğrusu."

"Elbette. Üçüncü katın ısısını diğer taraflardan birkaç derece daha düşük tutuyoruz. Sıcaktan bunalırsanız çıkıp kendinize gelebilesiniz diye."

"Haha! Çok şakacısınız gerçekten!"

Tunçay Bey hiçbir ifade taşımayan gözlerini bana çevirdi. "Size yerinizi göstereyim." Bunu söyledikten sonra da, tam karşıdaki duvarın dibine yerleştirilmiş boş masaya doğru ilerlemeye başladı. Umarım orası değildir diye düşündüm onu takip ederken. Sandalye, girişe arkam dönük olacak biçimde yerleştirilmişti ve elbette bilgisayar da gelip geçen herkesin görebileceği gibi. Ne var ki, yerim tam da orasıydı. "Buyrun. Masanız burası. Sanat yönetmeniniz de hemen karşınızda oturuyor..." İşte o zaman benimkine yapışık ve tam karşımda bir çalışma masası daha bulunduğunu fark ettim. Ve o masada duran dev, ayaklı bilgisayar monitörünün üstünden bana dikilen menekşe rengi gözleri. "Sizi en yakın çalışma arkadaşınızla tanıştırayım: Sanem Hanım."

Sanem Hanım. Sanem. Evlen benimle Sanem. Kadınım ol benim. Yaşadığım tüm acıları, yaptığım bütün kötülükleri, pişmanlıklarımı, hatalarımı akla. Başına çiçekten taçlar yapayım, sana şiirler yazayım, seni her gece masallar anlatarak uyutayım. Bazı akşamlar DVD'de film seyredelim seninle. Birlikte hüzünlenelim, birlikte gülelim. Sanat galerileri gezelim. Sen benden daha çok anla modern sanatı. Gördüğümüz eserlerin ne anlama geldiğini açıkla bana, ben başımı sallayayım. Ah ben ne aptalmışım! Nasıl olup da varlığından kuşkuya düşmüşüm? Oysa hayat denen bu yaranın seni bulmak dışında ne anlamı olabilirdi ki? Bak şimdi her şey ne kadar açık görünüyor oysa. İlk görüşte aşka inanırsın, değil mi Sanem? Evet, çok doğru. Ben de başka türlüsüne inanmam zaten. Biliyor musun Sanem, ben seni hep severim. Her gün daha çok severim. Bak mesela pencerenin önüne bir kuş konar ben seni severim, bir tren yolculuğunda pencereden dışarı bakarken derme çatma bir ev gözüme çarpar ben seni severim, burnuma eskilerden, hangi uzak hatıraya ait olduğunu bir türlü çıkaramadığım bir koku çarpar ben seni severim, kafama kuş sıçar ben yine seni severim... Anlıyor musun beni? Sonra ben bazen biraz fazla kıskanç olabilirim. Diyelim yazlık bir yere gitmişizdir de, bir akşam sen çok hoş bir tunik giymişsindir, oradaki bütün erkekler bayılır sana, hemen âşık olur. Ben mesela, tunik nedir onu bile bilmeden kıskançlıktan çatlayabilirim böyle bir durumda. Ama belli etmem. Ama sen yine de sezersin. Öyle bir laf edersin ki ben, benden başka hiç kimseye bakmayacağını anlarım. O kadar da incesindir. Bir de, bir iyilik rica edeceğim senden. Gözlerine o elem ifadesini yükleyen alçağın adını söyle bana. Söyle ki, ona hemen düello şahitlerimi göndereyim. Silah seçimini o yapsın. Evet. Utanarak kabul ediyorum ki, bunu bir yerde okudum. Ama ne fark eder? Bütün şiirler, romanlar senin için yazılmadı mı zaten? Şarkılar senin için söylenmedi mi? Masumların kanı senin için akmadı mı? Ruhum hep seni aradı benim Sanem. Hep seni arar. Milyonlarca yıl geçsin, sistemler çöksün, güneşler patlasın benim ruhum seni arar. Ve biliyor musun Sanem, bulur da. Şimdi bulduğu gibi bulur. Seni seviyorum. Seni seviyorum. Seni seviyorum.

Aşağı yukarı böyle şeyler düşünüyordum işte. Oysa sadece saçma bir biçimde sağ elimi kaldırıp şöyle diyebildim: "Selam!" Sonra da öyle bir hapşırdım ki... Salya sümük, Allah ne verdiyse. Ben ağzımı burnumu saklayarak özürler gevelerken, Tunçay Bey cebinden bir kağıt mendil çıkartıp uzattı. "Teşekkür ederim."

"Evet... Bu da yeni yazarımız Musa Bey," diye beni sanat yönetmenime kısaca takdim ettikten sonra, tekrar bana döndü. "Diğer çalışma arkadaşlarınızla nasıl olsa tanışırsınız. Hayırlı olsun ve tekrar çok yaşayın."

Tunçay Bey gittikten sonra masama oturup bilgisayarımı açtım. Aklım karşımda oturan bugünkü ekip ve kim bilir belki de yarınki hayat arkadaşımdaydı. Ne var ki o benim varlığımla hiç ilgileniyor gibi değildi. Ben de elimden geldiğince aklımı ondan uzaklaştırmaya çalışarak ne yapabilirim diye düşündüm. Evet, bilgisayarda benden önceki yazarın çalışmalarına bakabilirdim mesela! Ne var ki, girdiğim hiçbir klasörde işle ilgili bir dökümana rastlayamıyordum. Cesaretimi toplamak için hafifçe öksürüp –ki bu kesinlikle çok ahmakça bir davranıştı– kafamı bilgisayarımın arkasından dışarı uzattım. "Şey, benden önce burada çalışan bir yazar vardı, değil mi?"

"Vardı bir çocuk."

Benimle evlenir misin diye sormuş muydum Sanem? Ve söyler misin bu sesi nereden aldın? *Greta Garbo* anneannen olabilir mi acaba? "Hmm? İşlerini bulamadım da burada."

"Silinmiştir," dedi aşkım, bakışlarını yaptığı işten kaldırmaya tenezzül etmeden.

"Yazık olmuş. Örnek alabileceğim bir şeyler olması iyi olurdu."

"Örnek alınabilecek şeyler yazsaydı, belki de sen burada olmazdın," buyurdu hayatımın ışığı. Lafı da böyle gediğine koyardı işte.

Yerimden kalkıp masanın etrafından dolandıktan sonra arkasına dikildim. Bağdaş kurmuş bir halde, artık yoga mı yapan güneşe mi tapan ne haltsa, bir kadın illüstrasyonunun detaylarıyla uğraşıyordu. Klasik reklam zırvalıkları diye düşündüm. "Nedir bu?"

"Bir el broşürü. Neredeyse bitti."

"Çok iş oluyor mu?" Ne anlama geldiğini çözemediğim şekilde omuz silkti Sanem. "Yaratıcı yönetmenler falan yok mu burada?" diye sordum, bu kez yanıt almayı umarak.

"Var tabii ki! Tanışmadınız mı yani?"

"Olamaz! Sakın yaratıcı yönetmenimizin Şeytan Bey olduğunu söyleme!"

Hafif bir kahkaha attı vücut iklimimin sultanı. "Hayır hayır. Diğerinden söz ediyorum. Çeşme'yle tanışmadın mı? Seni çağıran o olmalı."

"Çeşme? Durmadan ağlayan bir adam vardı, evet. Gürcan Bey, değil mi?"

"Gürcan Bey, evet. Tahmin edebileceğin nedenlerden dolayı ona Çeşme diyoruz ama. Yaratıcı yönetmenimiz o oluyor işte."

Aramızda doğan samimiyetten hoşnuttum. "Hakikaten," dedim. "Niye ağlıyor o öyle durmadan?"

"Ağladığı falan yok canım. Hastalığı var bir tür. Göz pınarlarında. İster istemez yaş geliyormuş."

"Hiç konuşmadı görüşme sırasında. Kedi aldı beni işe."

Bir kahkaha daha. Doğru yolda mıydım acaba? "Buna inandığını söyleme sakın. İnandın mı yoksa?"

"Bilmem. Çok ciddi görünüyorlardı. Bilhassa kedi. Tabii

koca koca insanlar hangi akla hizmet bir kediye 'bey' diye hitap eder, onu sorgulamaya hiç girmiyorum bile..."

Ve Sanem Hanım hayatım, işte tam o noktada benimle konuşurken ilk kez dönüp yüzüme baktı. O gözleriyle. "Hiçbir şeyden haberin yok değil mi senin?"

"Yok," diye inledim.

Bir şeyler söyleyecekmiş gibi dudaklarını kımıldattı, ama sonra birden bakışları arkamda bir yere takılıp kaldı. Merakla dönüp baktım. Dört-beş metre ötemizde dikilmiş iriyarı iki adam dikkatle bizi izlemekteydi. Tiril tiril siyah takım elbiseleri birbirinin aynısıydı. Koyu renk gözlükleri birbirinin aynısıydı. Boyları birbirinin aynısıydı. Suratlarındaki donuk ifade birbirinin aynısıydı. Ve evet, bu adamlar düpedüz birbirinin aynısıydı! Benimle tanışmak isteyen yeni iş arkadaşlarım olduğunu düşünerek ve görünüşlerindeki tuhaflığa aldırmaz gibi yaparak onlara neşeyle el salladım. "Selam! Ben Musa..." Adamlar kafalarını çevirip uzaklaştılar. "Kim bunlar?" diye sordum Sanem'e. "*Dupond ile Dupont* mu?"

"Müşteri temsilcisi onlar," dedi Sanem tekrar işine dönerek. Sesinde belirgin bir huzursuzluk vardı. "Sonra konuşuruz. Öğlen yemeğinde."

Sanem'le öğle yemeğine çıkacaktık! Sonrası gelirdi nasıl olsa. Çoluk çocuk, şöyle uygun bir kooperatif, derken Ayvalık'ta yazlık... Hele bir öğlen yemeğe çıkalım da.

Yerime geçip bir süre internetten ajansla ilgili bir şeyler öğrenmeye çalıştım, birilerinin gelip benden bir iş istemesini, telefonumun çalmasını, bir elektronik posta iletisinin gelmesini bekledim. Hepsi boşuna. Sonra niye sıkılmadığımı merak ettim ve yanıtı buldum. O kadar çok üşüyordum ki, beynim hayati bir tehdit söz konusuyken sıkıntı gibi lüks bir duyguyu benden doğal olarak esirgiyordu. Aklıma bir üstteki rekreasyon katı geldi o sırada. Belki oyalanacak enteresan bir şeyler bulabilirdim yukarıda. Gerçi Tunçay Bey oranın ısısının daha da düşük tutulduğunu söylemişti ve nedense şimdi içimden bir ses şaka yapmadığını fısıldıyordu, ama daha fazla oturmaya tahammülüm yoktu. Hem belki çivi çiviyi sökerdi gerçekten. Montumu sırtıma geçirip üst kata yollandım.

Sabahın onunda henüz hiç kimse dinlenme ihtiyacı hissetmediğinden olacak, rekreasyon katı bomboştu. Tam ortaya büyük bir Amerikan bilardo masası yerleştirilmişti. Bu beklenmedik normallik beni nasıl da mutlu etmişti anlatamam. Girişin sol yanında mutfak, onun hemen yanında ise üç-dört kişilik grupların oturabileceği rahat kanepeler bulunuyordu. Kanepelerin bittiği yerden katın diğer ucuna kadar uzanan devasa bir rafın üzerinde dekoratif amaçlarla oraya yerleştirildiğini tahmin ettiğim bazı heykelcikler ve biblolar duruyordu. Sağ tarafta ise iki kapı vardı, ki bunlardan açık ve girişe yakın olanı toplantı odasına aitti. Karşı duvara bitişik duran diğeri ise... İşte onun nereye ait olduğu konusunda hiçbir fikrim yoktu. Çelikten yapılmış gibi görünen bu kapının kenarında dijital göstergeler göze çarpıyordu. Bir acayiplikle karşılaşacağımdan korkarak mı desem, karşılaşmayı umarak mı desem bilemiyorum, oraya doğru yürüdüm. Ve yürümeye başladığım anda da garip bir duyguya kapıldım. Belki bir tür rahatlık diye bile adlandırabileceğim bu duygunun sebebi konusunda hiçbir fikrim yoktu. Sanki bir anda hafifleyip bulutların üzerinde yürümeye başlamıştım ve hatta sanki bazı küçük muzip hayaletler tatlı tatlı karnımı kaşıyorlardı. Rekreasyon merkezinin etkisini bu kadar hızlı göstermesi çok şaşırtıcıydı. Oysa bir yandan hâlâ üşüyordum. Kendimi dinlemeyi bırakıp metal kapıyı incelemeye koyuldum ve kapının kulbunun bulunmadığını fark ettim. Herhalde kenardaki tuşlar kullanılarak, elektronik bir kumanda sistemiyle açılıp kapanıyordu. Daha önce buna benzer kapılar görmüştüm; görmediğim, tuşların üzerindeki karakterlerdi. Bildiğim herhangi bir alfabeye ya da nümerik notasyona ait olmayan bu simgeler neyin nesiydi? Parmaklarımı usulca tuşların üzerinde gezdirdim ve nihayet cesaretimi toplayıp diğerlerine göre daha büyük olan tuşa basmaya karar verdim. İşte tam o anda yanı başımda bir şey kımıldadı. Gayri ihtiyari bağırarak geri çekildim ve soluma dönünce duvara paralel uzanan rafın üzerinde, bana hiç de dostane sayılamayacak gözlerle bakan patronumu, Şeytan Bey'i gördüm. Saçma gelecek ama, derhal saygıyla montumun önünü kapattım. O zaman kedi kılığına bürünmüş şeytan, sessiz bir kükremeyle bana dişlerini ve dehşetin gerçek yüzünü gösterdi. İliklerime kadar titreyerek geriledim ve sonra topuklarım kıçıma vura vura, ama her nasılsa yine bulutların üzerinde merdivenlere doğru kaçtım.

* * *

Öğlen yemeği için yakınlardaki bir kafeye gittik. Sanem ve ben. Ve Ercan. Ercan ajansın çay ocağı sorumlusuydu ve kalıbımı basarım eşcinseldi. Dalgalı, gür saçlara, ince uzun bir yüze, unutamadığı bir acısı yahut uykusu varmış gibi bakan gözlere ve dudaklarının hemen üzerinde de komik bir bıyığa sahipti. Varlığımdan huzursuz görünüyordu. Ben de onun varlığından huzursuzdum. Sanem ise sanırım her ikimizin varlığından da huzursuzdu. Uzun süre hiç konuşmadan yemeğimizi yedik. Sonra birden Ercan bir elini iman tahtasının üzerine götürerek oturduğu yerde dikildi. "Deprem oluyor."

"Ben bir şey hissetmiyorum," dedim.

"Sen hissetmezsin ama o hisseder," dedi Sanem. "Ercan ta Bursa'da yaşanan iki şiddetindeki sarsıntıları bile hisseder."

"Hah," dedim alayla. "Ajans sahibi bir kedi, hayvanlarla telepatik ilişkiler kuran, durmadan ağlayan yöneticiler, ortalıkta CIA ajanı gibi dolaşan müşteri temsilcileri... Ben de ne eksik diye düşünüyordum. Tabii ki psişik bir sismograf!"

"Saat oniki kırküç," dedi Sanem sakince. "Yarın gazetelere bakarsan, şu dakikada birkaç yüz kilometrelik bir alan içinde hafif bir sarsıntı yaşandığını göreceksin."

"Özür dilerim," dedim Ercan'ın eleştirel gözlerine bakarak. "Kırıcı olmak istemedim. Ama her şey çok acayip..."

"Kahve içer misiniz?" diye sordu hayatımın sanat yönetmeni ve yanıtımızı beklemeden garsonu yanımıza çağırdı. "Bir orta şekerli kahve."

"Ben şekerli isterim," dedi Ercan sevinçle.

"Siz de sade istersiniz herhalde," dedi garson en sevimsiz tavrıyla.

"Kesinlikle," dedim inadına.

"Beklersiniz yalnız. Bir tane cezve var."

"Vaktimiz bol," diye kışkışladı Sanem garsonu.

Herif somurtarak giderken, "Aslında ben de orta şekerli severim," diye itiraf ettim alçak sesle. Haince güldük. Kahve söylemek harika bir fikirmiş gerçekten de, diye düşündüm. İki insanı, bir üçüncüyü ezmek kadar birbirine yaklaştıran bir şey var mıdır şu dünyada?

"Albatros Holding'i duydun mu hiç?" diye sordu rüyalarımın kadını.

Başımla onayladım. "Sahibi de neydi bakayım... Eksantrik milyarder. Öldü yanılmıyorsam birkaç yıl önce."

"Barbaros Albatros," dedi Sanem. "Geçen sene bir dağ tırmanışı sırasında öldü. Macera tutkusuyla bilinirdi rahmetli. Gazetelerde epey bir haber olmuştu..."

"Hatırlıyorum öyle bir şeyler," dedim. "Hatta sonrasında bunun şirketleri falan kendini feshetmişti galiba. Ama nedenini pek bilmiyorum açıkçası."

"Barbaros Bey'in vasiyeti gereği şirketlerin tamamı satıldı," diye açıkladı gülnihalim.

"Akrabaları bayram etmiş olmalı," şeklinde sığ bir yorum yaptım.

"Hepsi avcunu yaladı," dedi Ercan avcunu yalayarak.

"Tüm parasını hayır kurumlarına bıraktı demeyin sakın!"

"Her şeyi kedisine bıraktı," diye güldü Sanem.

"Ne!"

"Öyle. Paranın her kuruşunun kontrolünü bir kediye bıraktı. Bil bakalım hangi kediye?"

"Şeytan Bey," diye mırıldandım. İçimi ürperten, olayın tuhaflığından ziyade kendisiyle sabahki karşılaşmamızı anımsamaktı.

"Tam üstüne bastın ayağını kaldır," diye onayladı Ercan. Bu şakayı bundan önce en son, ilkokulda sınıf arkadaşım olan ve sanırım her sene çift dikiş giden uzun boylu bir kızdan duymuştum.

"Peki böyle bir şey mümkün mü?" diye sordum Sanem'e bakarak ve belki de bakışlarımla ona gizli bir şeyler anlatmaya çalışarak.

"Gayet mümkün gördüğün gibi," buyurdu Ercan.

"Siz kafa buluyorsunuz benimle. İtiraf edin bütün bunlar kumpas, değil mi?"

"Ne kumpası?" dedi Elizabeth Taylor, gözlerini iri iri açarak.

"Bilemiyorum. Belki bir televizyon programıdır. 'Kim bu kadar salak olabilir?' falan gibi bir program mesela. Her yere kameralar yerleştirdiniz ve benim böyle bir yalan karşısındaki tepkilerimi ölçüyorsunuz. Yeni yayın döneminde de beni milletin..."

"Dur bir dinle, anlayacaksın," diye gülerek kesti sözümü güzeller güzelim. "Barbaros Bey parayı doğrudan kediye değil, ölümünden kısa bir süre önce kurduğu Albatros Vakfı'na bıraktı. Her kuruşunu. Ve aynı vasiyette, vakfın yönetim kurulu başkanı olarak kedisi Şeytan'ı halefi olarak gösterdi."

"Ama bu çok saçma," dedim. "Niye böyle bir şey yapsın ki?"

"Kim bilir?" dedi Ercan iki avcunu iki yana açarak. "Demin kendin de söyledin ya, eksantrik bir adammış rahmetli."

"Bence tamamen eğlence için," diye harikulade bir dudak büzüşle fikrini belirtti Sanem. "Zaten kurduğu vakfın da iler tutar bir tarafı yok: Kişisel ve toplumsal gelişimi hedefleyen sivil bir oluşum! Zannediyorum adam ailesinden de iş ortaklarından da nefret ediyordu ve ölümünden sonra iki taraf birbirine girsin, ortalık şenlensin istedi. Ben takdir ediyorum açıkçası kendisini. Harika bir mizah anlayışı varmış."

Benim de harika bir mizah anlayışım olduğunu oracıkta bağırıvermemek için zor tuttum kendimi. "Peki söyler misiniz, Sayın Şeytan Bey vakfı nasıl yönetiyor acaba?"

Tam bu sırada gıcık garsonumuz kahvelerimizi getirip önümüze koydu. "Kahveleriniz. Bazıları biraz soğuk olabilir ama işte dediğim gibi..."

Sanem polemik arzusundaki garsonu yanıtsız bırakarak, "İşte can alıcı nokta," dedi. "Vakfı, kedi yönetemez ama vesayetini alan kişi ona vekaleten yönetebilir!"

"Ve?"

"Ve hızlı davranan vakıf oldu," deyip kahvesini kibarca yudumladı Sanem. Zaten ondan da başka türlüsünü beklemezdim. "Tunçay Bey vakıf adına kedinin vesayetini aldı."

"Tunçay Bey mi?" Kafam karmakarışık olmuştu ve sanırım bu, yüzümden açıkça okunuyordu.

"Tunçay Bey aslen Albatros Vakfı genel sekreteridir," diye bir açıklama da sismik çaycımızdan geldi.

"Peki Barbaros Bey'in ailesi bu duruma çıldırmadı mı? Dava falan açmadılar mı yani?"

"Barbaros Bey'in tek akrabası eşi. Onun avukatları da hangi konuda dava açılması gerektiği konusunda görüş birliğine varamıyorlar," diye gülümsedi Sanem. "Bir grup bu vasiyetin mantıksızlığı konusunda dava açmak gerektiğini düşünüyor... Diğer bir grup ise, bu dava kazanılsa bile neticede servetin en az yarısının vakfa kaptırılacağına dikkat çekiyor."

"Hmm," diyerek bir sigara yaktım. "Peki bu avukatlar hangi konuda dava açmayı öneriyor?"

"Şeytan Bey'in vesayetini almak konusunda!" diye kahkahayı patlattı sevdiğim. Ercan da hemen ona katıldı.

Benimse sinirlerim bozulmuştu. Taşların nasıl yerine oturacağını merak ediyordum. Belki de çoktan oturmuştu da, ben kaz kafalılığımdan hâlâ anlayamıyordum. "Peki ya Gizliajans?" diye sordum. "Bütün bu dönenlerle onun alakası nedir?"

"Tamamen bağımsız bir şirket..." Yine aynı, yüreğimi eriten dudak büzüş.

"Ve elbette vakıf genel sekreterinin aynı zamanda ajansın genel müdürü olması da bir tesadüften ibaret," dedim ironik bir tavırla. Bak benim de kafam ne güzel çalışıyordu komplolara.

"Elbette," diye gülümsedi gül yüzlüm. "Ama öküz altında buzağı arayan bazı kötü niyetli kişiler aksini söyleyebilir..."

"Mesela Albatros Vakfı'na bağlı tek kuruluşun Gizliajans'ın müşterisi olduğunu bilenler," diye ekledi Ercan işveli işveli.

"Kusura bakmayın," dedim. "Biraz daha açarsanız sevinirim. Maalesef benim kafam böyle ticari mevzulara pek çalışmaz da." Başka bir şeye çalışır mı ondan da emin değildim ya.

"Anlaşılmayacak bir şey yok," dedi ilkyaz yağmurum, sanırım aptallığıma biraz da kızarak. "Tanıtım harcaması bahanesiyle parayı ajans üzerinden başka bir hesaba aktarıyorlar."

"Öyleyse ajans tamamen bir tezgâh," dedim nihayet aydınlanmış bir şekilde. "Tek bir müşteriyle çalışmalarının sebebi de bu."

"Günaydın yani," dedi Ercan kahvesinden son bir yudum alıp masadan kalkmadan önce. Sonra Sanem'e döndü. "Saat bir buçuk olmuş, ben kaçayım hemen. Benim hesabı sen verirsin sonra ödeşiriz, tamam mı şeker?"

"Tamam, koş haydi sen," dedi Sanem ve menekşe gözlerini bana, yalnızca bana çevirdi. "Ee artık anlamaya başladın Gizliajans'ın neden gizli ajans olduğunu herhalde."

"Bilemiyorum," dedim bakışlarımı gayri ihtiyari önüme eğerek. "Herkesin gözü önünde bu kadar büyük bir dalavereyi çevirmeye nasıl cesaret edebiliyorlar? Pat diye hesaplar denetlenirse her şey ortaya çıkmayacak mı?"

"Hakikaten safsın," diye gülümsedi sebebi-i mevcudiyetim. "İşler senin zannettiğin gibi yürüse hiç kimse sahtekârlık yapamazdı, değil mi? İnan bana, bu tip şeyleri kitabına uydurmak, işini bilen bir muhasebeci için hiç zor değildir ve Tamay Bey de tam böyle biridir." Kahve fincanını kapatıp ekledi. "Tabii ki hem vakfın hem ajansın muhasebecisidir kendisi."

"Tamay Bey mi?" diye yüzümü ekşittim.

"Niye şaşırdın o kadar?" dedi gönlümün sultanı. "Tamay diye muhasebeci olamaz mı yani?"

"Ben muhasebeciliğinden ziyade 'bey' olmasına şaşırdım aslında," diye yanıtladım sevimli görünmeye çalışarak. "Hayatımda tek bir Tamay tanıdım, o da teyzemin kızı."

"Çok anasının gözüdür Tamay Bey," dedi Sanem, kiraz dudaklarının kenarındaki telveyi diliyle silerek. "Tunçay Bey'in bütün bu akılları ondan aldığından eminim."

"Peki benim iş görüşmesindeki o numaralara ne gerek vardı? Yok Şeytan Bey telepatik olarak bilmem ne yapıyormuş da filan..."

"Benim görüşmemde de aynı şaklabanlığı yaptılar," diye omuz silkti Sanem. "Belki bu da Barbaros Bey'in vasiyetiyle ilgilidir... Ne bileyim? Kedinin iş görüşmelerinde, toplantılarda falan bulunmasını şart koşmuş olabilir." Bu güzel açıklamanın ardından da kahvesini bitirip garsona seslendi. "Hesap lütfen!"

Sanem'le birlikte ajansa doğru yürürken, kuvvetle muhtemel ki, onunla birlikte herhangi bir yere doğru yürüyor olmanın sersemletici etkisi altında bulunduğumu anlamaması için, bir şeyler söyleme gereği duydum. "Peki bunu ne kadar sürdürecekler? Yani bu ajans tezgâhını?"

"Sanırım kedi ölünceye kadar," diye omuz silkti Sanem. "Sonra yer yerinden oynayacaktır... Tabii o güne kadar vakfı tamamen soymazlarsa."

"Sahi ya," dedim. "Barbaros Bey'in karısı neden kediyi ortadan kaldırmıyor? Ben olsam kesin öyle yapardım." Ne yalan söyleyeyim, hoşuma gitmişti bu fikir.

"Belki de yaparlar," dedi selvi boylum, al yazmalım. "Belki de uygun zamanı kolluyorlardır. Zaten içeride casusları var."

"Ne diyorsun sen! Tanrım, ben nereye düşmüşüm böyle!"

"Aslında hiçbir yer o kadar farklı değil," diye gözlerinin içi parlayarak güldü Sanem. O gözler yüzünden bir gün kendimi ateşe atacağımı hissediyordum.

Derin bir iç çektim. "Casuslar, ha?"

Başıyla onayladı. "Ayberk ile Berkay... Bugün gördüğün tipler var ya... Müşteri temsilcileri. İşte onlar. Kesin Barbaros Bey'in karısı için çalışıyorlar."

Allak bullak olmuştum. "Bütün bunları nereden biliyorsun?"

"Herkes biliyor. Ve sanırım ajans da, casusları karşı tarafı yanlış bilgilendirmek için kullanıyor. Ama belki onlar da bunu tahmin ettikleri için başka işler çeviriyordur. Bu noktadan sonra tahmin yürütmek imkânsız."

Ajansın kapısına varmıştık. Kuzey Kutbu'na adım atmadan önce durup ona döndüm. "Neden burada çalışıyorsun Sanem?" Ve ismin dudaklarımı yakıyor, neden?

Dudakları acı bir gülümsemeyle kıvrıldı. "Ya sen Musa?"

"Paraya ihtiyacım var..."

Hiçbir şey söylemeden kapıyı açıp ajansa girdi. Onu kırmış mıydım yoksa? Ve bir saniye öncesine kadar hayatının en mutlu anlarını yaşayan ben, şimdi ölmek istiyordum. Hızla peşinden içeri yürüdüm. "Sanem... Özür dilerim..."

"Önemi yok."

Önemi yok? Dünya başıma yıkılmıştı. Ben hâlâ suçlu bir âşık gibi kendimi mazur göstermek için bir şeyler gevelerken, "Sanem Hanım, Musa Bey..." diye sırıtarak turnikeyi açtı tombik güvenlikçi.

Çalışma masalarımıza geçtikten sonra, akşama kadar bir daha Sanem'le hiç konuşmadık. Bütün öğleden sonrayı o işiyle uğraşarak, ben de karmaşık duygu ve düşünceler içerisinde hâlâ ve boş yere benden bir şeyler istenmesini bekleyerek geçirdim. Saat beşe doğru Sanem'e bir telefon geldi.

"Tamam," dedi Sanem. "Şimdi gönderiyorum ilanı."

Merakla kalkıp onun yanına gittim. "Bitti mi?"

"Nihayet."

Gerçekten de illüstrasyon artık şık bir basın ilanı haline gelmişti. Mesleki bir ilgiyle, herhalde benden önceki yazar tarafından yazılmış başlığı okudum. *Mutluluk bir yıldız kümesidir!* Bunun pek de matah bir başlık sayılmayacağına ve biraz düşünürsem bu manasız laftan daha iyisini bulabileceğime kuşku yoktu. Beni kanaatimi açıklamaktan alıkoyan şey ise, ilanın sağ alt köşesinde dikkatimi çeken logo, yani paravan ajansımızın tek müşterisinin adıydı: *Samanyolu Mutluluk Okulu.*

3.

Sanem'in masasından kalkıp paltosunu giydiğini görünce bilgisayarın saatine göz attım. Tam beş buçuktu. Hemen ben de bilgisayarımı kapatıp ayaklandım. Önce ona tatlı tatlı iyi akşamlar dileyip evime gideyim diye düşündüm ama sonra şeytan dürttü. "Akşam için bir planın var mı?"

Bana şöyle bir bakıp gülümsedi. "Evet. Eve gidip televizyon seyretmek."

"Tabii," diyerek gülümsedim ben de. "Ben de öyle yapacağım herhalde. Ama önce Peyote'ye uğrayıp bir bira falan içmeyi düşünüyordum."

"Peyote?"

"Nevizade'de bir bar işte. İyi müzik çalarlar. Terası da var."

"Pek hoş."

Ne bekliyordum yani? Haydi ben de seninle geleyim demesini mi? Sefil girişimimi nihayetlendirmem gerekiyordu. "Gelmek ister misin sen de? Yarım saat, bir saat takılır kalkarız."

"İyi olurdu vallahi ama biraz yorgunum," dedi Sanem asansör çağrı düğmesine basarken. "Başka bir zaman gideriz, olur mu?"

"Tabii ki." Olsun. En azından bir asansör yolculuğu vardı önümüzde. "Şu Samanyolu Mutluluk Okulu'nun bir broşürü falan var mı? Müşterimizi daha yakından tanıyayım diye..."

Asansör kata ulaşmış, çelik kapıları iki yana açılmıştı. "Şu karşıki dolapta istemediğin kadar bulabilirsin."

"Bekler misin iki saniye? Bir tane alıp geliyorum..."

"Elbette."

Sanem'in işaret ettiği dolaptaki yığınla broşürden birini kapıp hemen sevdiceğimin yanına döndüm. Kahrolası asansör bozulmak şöyle dursun, diğer katlarda bile durmadan göz açıp kapayıncaya kadar girişe ulaştı. Ajans binasından çıkıp bir kez daha vedalaştıktan sonra ayrıldık. Ben bir yöne yürüdüm, Sanem ve kalbim diğerine.

Ajanstan Peyote'ye kadarki yaklaşık bir kilometrelik yolun tamamını sırıtarak ve sevecen bir deli gibi hiç tanımadığım bir sürü insana selam vererek katettim. Terasta kendime güzel bir masa seçip, sigara böreği ve bira ısmarladıktan sonra çevreme bakınmaya başladım. Tabii ki yüzümde aynı şapşal gülümsemeyle. Herkes âşık olduğumu anlasın istiyordum, ama görünüşe bakılırsa bu kimsenin umurunda değildi. Havanın bu akşam ne kadar da harika olduğu doğrultusundaki yorumumu pas geçen garsonun getirdiği biramdan bir yudum alıp cebimden parti sevdalısı, Müberra Abla'nın azılı düşmanı ve soyguncu müşterimizin broşürünü çıkartıp okumaya başladım.

Mutluluk Ülkesi Yolculuk Rehberi

Selam sana Mutluluk Ülkesi'nin cesur yürekli kâşifi! Şimdi sana bu olağanüstü ülkede karşına çıkacak bazı önemli uğrak noktaları hakkında bilgiler vereceğim. Fakat unutmamalısın ki bilgi, Mutluluk Ülkesi'ndeki yolculuğunda sana sadece bir yere kadar yardımcı olabilir; onu bütün bütüne tanıyabilmek, zirvelerine tırmanabilmek, güneşiyle içini ısıtmak, ağaçlarının altında gölgelenebilmek, olgun meyvelerinin tadına varabilmek ve serin sularından kana kana içebilmek için esas iş aklına, sezgilerine ve yüreğine düşecektir.

Mutluluk Ülkesi, sevgili yolcu, bir adadır; bu nedenle de oraya yüzerek ulaşman gerekmektedir. (Hayır sevgili yolcu, bu adaya herhangi bir deniz ya da hava taşıtıyla mobilize olman pek mümkün değil.) Aşman gereken denizin adı ise *Acılar Denizi*'dir.

Sen kutlu insan, belki bugüne kadar hep içten içe insanların başlarına gelen felaketleri hak ettiğine inandın. Bunu yüksek sesle dile getirmemiş olabilirsin elbette. Ama o sokaklarda o saatte gezen birinin gaspa uğramasını, on dakikada bir sigara içen birinin kansere yakalanmasını, hatta fikirlerine az çok sempatiyle yaklaştığın devlet karşıtlarının kurşunlanmasını dahi bir ölçüde normal kabul etmedin mi? Hatta biraz daha ileri gidip bu inancın, her gün hiçbir şey olmamış gibi hayatını sürdürmeni sağlayan adalet duygunu beslediğini söylemek çok mu yanlış olur?

Dur yolcu! Hoşuna gitmeyen birkaç söz duydun diye hemen bu rehberi çöpe atma. Niyetim seni yargılamak ya da herhangi bir dava uğruna kendini feda etmeni istemek değil. Sadece bir düşün istedim. Hep sana karşı katılığından yakındığın hayata acaba sen gereken yumuşaklıkla yaklaşabildin mi diye... Düşün; çünkü Acılar Denizi'ni kulaçlarken karşılaşacağın azgın dalgalar, fırtınalar ve her biri diğerinden öldürücü derin deniz şeytanlarıyla boğuşurken, elinde vicdanından başka silahın olmayacak.

Hasbelkader, ey yolcu, Acılar Denizi'nde boğulmadan Mutluluk Ülkesi'nin boylu boyunca bir dantel gibi uzanan kıyılarına ulaşmayı başarırsan, önünde upuzun bir yol göreceksin. Bu, *Sabır Yolu*'dur.

Sabır Yolu'nda ilerlerken bazı yol ayrımlarıyla karşılaşacaksın. Az ya da çok gidilen, hangisini seçtiğinin bir önemi yok, sevgili yolcu. Kafana göre takıl. Her durumda uzun bir yolculuk olacak bu. Karnını bitki kökleriyle doyurup susuzluğunu yağmur sularıyla giderirken, bir yere varmayı umut ederek yürüyecek, yürüyeceksin. Yolda aklına pek çok şey takılacak. Öyle mi, böyle mi diye düşündükçe, bütün soruların aslında aynı tek bir soruya dönüştüğünü fark edeceksin: Neden? Soru kendini yanıtladığında ey şanslı maceracı, acın dinecek. Ve sen her şeyden umudu kestiğin, ama zaten artık umuda da ihtiyaç duymadığın o noktada yolun sona erdiğini ve karşında aşılması gereken, kocaman bir tepe durduğunu fark edeceksin. Bu, *Sevda Tepesi*'dir.

Sevda Tepesi'nin yamaçları dik, toprakları çoraktır. Gündüzleri kavrularak, geceleri iliklerine kadar titreyerek, aç ve susuz günlerce tırmanacaksın. Yolda bazı tavşan, keçi ve çakallarla karşılaşacaksın. Bunların tümü karşı yönden, yani senin gitmeye çalıştığın yerden geliyor olacak. İfadelerinden dehşet, öfke ve hatta nefret okuyacağın bu yaratıklar, sende tuhaf bir nostalji duygusu yaratabilir. Fazla takılma. Onların tepeye tırmanırken tavşan, keçi ya da çakal değil, tıpkı senin gibi insan olduklarını bilmen yeterli. Sadece artık hak ettikleri surete bürünmüşlerdir. Zirveye vardığında şöyle bir nefeslenip çevrene bak. Tepenin diğer tarafının geldiğin yönden çok daha dik olduğunun, hatta buranın düpedüz bir yar olduğunun ayırdına varacaksın. Korkma. Otur ve Mutluluk Ülkesi'ni kuş bakışı görmenin tadını çıkar. Yüreğin o güne kadar hiç tanımadığın, bambaşka bir duyguyla titreyene kadar kal orada. Kendini yaşama ve ölüme aynı derecede hazır hissettiğinde ayağa kalk ve yara doğru bir adım at. İşte kendini bıraktığın o boşluk, *Aşk Uçurumu*'dur.

Biramdan kocaman bir yudum alıp bu garip ötesi broşürün arka kapağını çevirdim. Oturduğum apartmanın resmi, adresi ve bir de telefon numarası bulunan bu sayfada "*Mutluluk Ülkesi'ne biletinizi almak için hemen Samanyolu Mutluluk Okulu'nu arayın*" şeklinde bir davet cümlesi, okulun logosu ve hepsinin altında da küçücük puntolarla Samanyolu Mutluluk Okulu'nun hiçbir kâr amacı gütmeyen bir Albatros Vakfı girişimi olduğu belirtiliyordu.

Ne tür bir manyak reklam broşürü diye böyle bir metni kaleme alır ve ne tür diğer manyaklar bunu okuyup mutluluğu bulmak için böyle bir yere kayıt yaptırmayı düşünürdü acaba? Bu ve benzeri konularda düşünmek için derhal biramı yenilemem gerekiyordu. Boş bardağımı az ötedeki masaya servis yapan garsona doğru sallayıp "Bir bira," diye seslendim.

"İki olsun." Bu ses, akşamüstü biraz vakit öldürmek için benimle bir bira içmeyi isteyecek muhtemel arkadaşlarımınkine kıyasla fazla yumuşak değil miydi? Nitekim kimdir o diye dönüp bakınca, bu sözlerin sahibinin aynı zamanda kalbimin sahibi olduğunu hayretle müşahade ettim. "Oturabilir miyim?"

"Sanem!" diye ayağa fırladım. "Sen... Tabii ki oturabilirsin. Hatta ben de oturayım, değil mi?"

Gülümseyerek karşımdaki sandalyeye çantasını bıraktı. Yanımdaki sandalyeye oturmadan önceki yarım saniye içinde bu hareketinin kendisinin yanımdaki sandalyeye oturacağı anlamına geldiğini düşündüm. "On dakika bekledim, bir tane taksi durmadı... Ben de gelip seninle bir bira içeyim diye düşündüm. Rahatsız etmiyorum inşallah?"

"Bilakis, çok rahatlatıyorsun."

"Nasıl?"

"Yani... Yok canım, ne demek... Zaten ben seni davet etmiştim demek istedim." Bir de seni almayan o taksicilerin her birini alnından öpmek.

"Bilgilendin mi müşterimiz hakkında?" diye sordu Sanem alaylı bir tavırla önümdeki broşürü işaret ederek.

Garsonun getirdiği büyük bira bardaklarımızı birbirine tokuşturduk. "Kim yazdı bunu? Müşteri mi yoksa ajans mı?"

"Kaan yazdı, senden önceki yazar. Çeşme epey bir kıyameti kopardıydı bu ne biçim broşür filan diye, ama müşteri pat diye kabul edince mosmor oldu."

"Bir reklam broşürü için hayli tuhaf ama cidden... Aslına bakarsan herhangi bir şey için hayli tuhaf," dedim biramın herhalde bir üçte birlik kısmını dikledikten sonra.

"Ben okumadım ne yalan söyleyeyim," diye omuz silkti Sanem. "Böreklerinden bir tane alabilir miyim? Çok güzel görünüyorlar."

"Afiyet olsun." Hayat nasıl da mucizelere gebeydi. Bak daha bu sabah onunla iki yabancıyken şimdi bir tabak sigara böreğini paylaşıyorduk.

"Enteresan çocuktu aslında Kaan, ama Tunçay Bey'le yıldızları barışmadı hiç. Tanırsın belki sen kendisini, o da senin gibi televizyon programları yazıyormuş önceden. Soyadı gibi kullandığı bir de lakabı var: Sezyum."

"Sezyum mu? Elbette tanıyorum. Yani şahsen değil ama yazıp çizdiklerinden. Bir de internet sitesinden; *sezyum.com* galiba. Tunçay Bey yüzünden mi ayrıldı işten?"

"Sanırım," diye omuz silkti Sanem.

"Peki Çeşme'nin durumu nedir? Hakikaten yaratıcı yönetmen mi yoksa bugün sözünü ettiğin katakullilerin bir parçası mı?"

"Bildiğim kadarıyla Çeşme'nin o işlerle bir alakası yok. Hayatı boyunca ikinci sınıf ajanslarda sürtmüş bir tip. Eninde sonunda bir reklam ajansını işletebilmek için birkaç tane de reklamcıya ihtiyaç var diye almışlar kendisini sanırım."

"Yani bizi aldıkları gibi," diyerek bardağımı şerefine kaldırdım ve kalan biramı bir yudumda bitirdim. "Bir bira daha alabilir miyim lütfen?"

"Aman Tanrım! Bitirdin mi? Hep böyle hızlı mı gidersin sen?"

"Bir keresinde tuhaf bir nedenle İsveç'e gitmem gerekmişti. Orada en çok ihtiyaç duyacağımı düşündüğüm on cümleyi bir kağıda yazıp İsveççe bilen bir arkadaşımdan benim için çevirmesini rica etmiştim. Listenin ikinci sırasında, 'Bir bira lütfen,' vardı."

Gülümseyerek, beklediğim soruyu sordu. "Listenin birinci sırasında ne vardı?"

"Bir bira daha lütfen." Bu münasebetsiz esprinin ardından da hızla onun içkisine göz attım. Bir-iki yudum ancak içmişti. Bir anda ayyaşın teki olduğumu düşüneceği, belki de daha doğrusu, anlayacağı korkusuna kapılıverdim. Üstelik alkol aldığımda çenemin nasıl düştüğü, nasıl dengesizleştiğim ve Doktor Jekyll'dan Mr. Hyde'a nasıl dönüşüverdiğim düşünüldüğünde, ağır gitmem çok daha mantıklıydı. "Şaka yapıyorum," diyerek önümdeki boş bardağı gayri ihtiyari parmağımla bir-iki santim ileri iteledim. "Ben öyle ara sıra... Bir-iki duble... Bugün iş stresinden olacak," gibi bir şeyler geveledim.

"Tamam canım," dedi gülerek. "Karın değilim ya! Dilediğin gibi iç."

Mahcubiyet ve acıyla başımı önüme eğdim. "Haklısın." Kısa bir süre sessiz kaldık. Nihayet kafamı kaldırıp ona baktığımda, artık içimden geçen her şeyi biliyordu.

"Biliyor musun çok tuhaf yüz ifadelerin var senin."

İçim eriyordu. "Öyle mi?"

"Öyle. Bir şeyler konuşup duruyorsun ama yüzün hep başka bir şeyler anlatıyormuş gibi..."

Güçlükle yutkundum. "Ne gibi şeyler?"

"Daha acıklı bir şeyler." Artık yüreğim gümbür gümbür çarpıyordu. Oturduğu yerde usulca bana doğru uzandı. "Bir gün hepsinin anlamını öğreneceğim... Yüzündeki bu ifadelerin."

Derin bir nefes alarak, kıyametten sonra ebediyyen yaşayacağım cennetimi teşkil eden bu anı sonsuzluğa uğurlayıp usulca bir sonrakine adım attım. "Söz mü?"

Bazı aşklar vardır, içinde kahkaların çınlamasından ziyade gözyaşlarının çağlaması daha uygun düşer. Onu gördüğüm ilk anda biliyordum ki bizimkisi, eğer bir aşkımız olacaksa, böylesine yazgılıdır. Ve kim bu sevdaya yakışacak ilk sözcükleri kalbimin sahibinden daha iyi bilebilir? "Seni çok üzerim ben."

Bir şeyler söyleyecek oldum, ama o parmaklarını dudaklarıma götürerek beni susturdu. Ve sonra aşkım, göz bebeklerinde iki dolunay, lanetini ıslak bir öpücükle mühürlerken, gökyüzünde metropol ışıklarının gizleyemediği bir yıldız kaydı. O zaman ben de hayatım boyunca ruhumu esir edecek yeminimi diledim: "Ölümüm elinden olsun."

* * *

Eve döndüğümde saat gece yarısına yaklaşmıştı. Ceplerimde anahtarlarımı ararken Şaban kapıyı açtı. "Hoşgeldin kardeşim. Hayrola? İlk günden mesaiye mi kaldın?"

"Sen de yeni gelmişsin sanki?" Bu kanıya varmamın nedeni, üzerinde eve gelir gelmez sırtına geçirdiği pejmürde eşofmanlar ya da pijamalar yerine hâlâ sokak kıyafetlerinin bulunmasıydı.

"Yok," dedi Şaban oturma odasına yönelirken. "Bir misafirimiz var." Gerçekten de vardı. Kel kafalı, top sakallı, göbekli misafirimiz kanepeye yayılmış bir yandan ağzına kadar buzla dolu kolasını yudumlarken bir yandan da sanki bir şey varmış gibi sırıtmaktaydı. "Savuray Bey, en üst kat komşumuz. Bu da işte, ev arkadaşım Musa," diye tanıştırdı bizi Şaban, biz de memnun olduk.

"Nasılsınız Musa Bey?" Savuray Bey'in sesindeki, hayattaki duruşunu çok beğenenlere özgü tınıyı işitmemeye olanak yoktu.

"Savuray Bey üst kattaki kursun müdürü," dedi Şaban.

"Mutluluk Okulu efendim," diye düzeltti Savuray Bey. "Samanyolu Mutluluk Okulu. Buyrun size bir broşürümüzü vereyim..." İçimden hiç açıklama yapmak gelmiyordu. Cebinden çıkartıp uzattığı sapkın evrakı teşekkür ederek aldım.

Şaban, belki de ağzımdan buram buram yayılan alkol kokusunu fark ettiğinden, kaşla göz arasında hazırladığı bir fincan neskafeyi elime tutuşturup misafirimizin sebeb-i ziyaretini açıkladı. "Savuray Bey'in firması çatıda bir şenlik düzenleyecekmiş de, sağolsun, rahatsız olur muyuz diye sormaya gelmiş..."

Firma şenliği! İşte bir ofis partisi için tam dostum Şaban'a yakışır bir tanımlama. Aklıma Müberra Abla'nın ziyareti gelince canım sıkılmıştı. Bundan Şaban'a söz etmeyi unutmuştum ve yumuşak yüzlü dostumun Savuray Bey'e parti için gerekli icazeti verdiğinden emindim. Şimdi onlarca hırsız, katil ve tecavüzcünün apartmanımızı basmasının, Müberra Abla ve itlerinin gözündeki tek sorumlusu ben olacaktım. Savuray Bey yüzümün ekşidiğini görünce, bir kıllık çıkarmayayım diye derhal atıldı: "Tabii siz de davetlisiniz."

"Allah razı olsun," dedi Şaban ilgili davete asla icabet etmeyeceği apaçık. Kanepeye, konuğumuzun karşısına geçip bir tür bağdaş kuraraktan bana döndü. "E otur haydi sen de şöyle. Kaldın öyle ayakta! Savuray Bey mekteplerindeki derslerden söz ediyordu..."

"Biz öğrencilerimizle dersten ziyade bir yolculuk yapıyoruz," diye anlatmaya başlarken keltoş, ben de kahvemi masaya bırakıp gönülsüzce bir sandalye çektim.

"Yolculuk?" dedi Şaban ilgiyle.

"Evet. Tabii metaforik bir yolculuk," dedi mutluluk profesörü. Sonra da Şaban'ın daha iyi anlayabilmesi için açıkladı. "Yani bir benzetme yapıyoruz. Şu anda bulunduğumuz yerden Mutluluk Ülkesi'ne gidiyoruz."

"Tavuk göğsü yer misin?" diye karşılık verdi Şaban.

"Hayır, teşekkür ederim," dedi mutluluk profesörü kolasının içindeki buzlardan birini çıkarıp ağzına tıkarak. "Aslında çıkış noktamızı gerçek benliğimiz, varmak istediğimiz yeri ise ideal benliğimiz gibi düşünebiliriz..."

"Çok enteresan," dedi Şaban çoraplarının üzerinden ayağını hatır hutur kaşırken. Açıkçası hiç sevmiyordum bu alışkanlığını, ama neticede kimse mükemmel değildir tabii. "Nasıl oluyor peki bu seyahat?"

"Şöyle düşünün," diye başladı Savuray Bey. Uzun bir izahat olacağını seziyordum. "Bir çocuk her şeyi ilgi duyduğu için yapar... Oyun oynar, arkadaşlık kurar, sorular sorar..."

"Sineklerin kanatlarını koparır," diye örnekleri genişlettim.

Savuray Bey bunu pas geçip ağzına bir buz daha attıktan sonra devam etti. "Her davranışı ideal benliğinin ve kişisel gelişiminin bir parçasıdır. Yaptığı her şey onun gerçeği ve hayata duyduğu sevginin yansımasıdır. Oysa insanlar o sevgiyi köreltmek, bu taptaze ruhu mahvetmek için elinden geleni ardına koymaz..." İnsanlardan insanlar diye söz eden insanlardan oldum olası nefret etmişimdir. Savuray Efendi coşmuş dalgalanıyordu ve sanki sesinde de daha tehditkâr bir ton vardı. "Sonra o ilk meş'um soruyla kopuş başlar: Anneni mi daha çok seviyorsun babanı mı? Bu masumane görünen soru, içinde korkunç bir gizli argüman barındırmaktadır: Bu da sevginin ölçülebilir bir şey olduğu iddiasıdır. Biliyor musunuz, çocuk o güne kadar bunu hiç düşünmemiştir bile. O hayatı ve hayatın bir parçası olarak kendisini ve diğerlerini doğallıkla sevmektedir. Ne ki, birden tartmaya başlar... Annemi mi daha çok seviyorum babamı mı?"

"Ana gibi yâr olmaz," dedi Şaban bilgece.

Anladığım kadarıyla Savuray Bey bu konularda epey bir lambayı yakmıştı ve dışarıdan gelen hiçbir müdahale onu durduramıyordu. "Ve bir kez sevgiyi tartmaya başladınız mı kaçınılmaz biçimde onu araçsallaştırır, sevginizi silah olarak kullanmayı öğrenirsiniz! Ve sonra okulu ele alalım... Çevresine karşı derin bir ilgi besleyen çocuk zaten her şeyi keşfetme arzusu içindedir, ama okulla birlikte işin içine notlar girer. Ve bu noktadan sonra çocuk öğrenmek için değil not almak için okumaya başlar ya da anne babasının sevgisini kazanmak için ya da iyi bir karne getirirse kendisine alınacak bisiklet için... Böylece gerçek benliğiyle ideal benliği arasında giderek büyüyen bir uçurum oluşur. İdeal benliğini gerçekleyemeyen insanın hastalanması da kaçınılmazdır."

"Ben tavuk göğsü getireyim," diye ayağa kalktı Şaban.

"Ben de biraz daha buz alayım lütfen," dedi Savuray Bey bardağını uzatarak. Herif kola içmiyor resmen buz yiyordu. Şaban içeri gidince, Savuray Bey bakışlarını suratıma dikti. Anlattıklarıyla ilgili bir yorum ya da bir soru bekliyordu sanırım, ama içimden ne bir şey söylemek geliyordu ne de besbelli oradan buradan apardığı derin fikirlerini daha fazla dinlemek. Bir an önce gidip yatmayı ve aşk hülyalarına dalmayı istiyordum ben. Şaban'a da bozuluyordum emrivaki yapıp beni orada tuttuğu için. Benden bir tepki alamayacağını fark etmiş olacak ki, "Söyleyin Musa Bey," diye girdi Savuray Bey, "babanız sizi döver miydi?"

Kahve fincanını tutan elim dudaklarıma iki santim mesafede dondu kaldı. Herife kafayı koyup oracıkta ideal benliğimi gerçeklemek için içimde beliren ani isteği bir yutkunmayla bastırdım. "Hayır," dedim. "Biz çok modern bir aileydik. Babam da çok modern bir insandı. O yüzden beni dövmez, rencide ederdi."

"Anlayamadım efenim?" diyerek herhalde diğerine göre daha iyi duyan sol kulağını hafifçe bana doğru çevirdi.

"Gururumla oynardı. İnsanların arasında küçük düşürürdü beni. Böylece ben de modern bir insan oldum işte. Kısmetse ben de çocuklarımı böyle modern yetiştireceğim." Ciddi miyim diye anlamaya çalışırken suratı öyle bir soru işaretine dönüşmüştü ki, neredeyse sevimli bulacaktım keltoşu. "Şaka yapıyorum."

O sırada Şaban elinde tepsiyle salona döndü. "Buyruuuun, buyruuun," diyerek önümüze birer tavuk göğsü tabağı yerleştirdi. Savuray Bey'in buzlarını da unutmamıştı. "Haydi bakalım afiyet olsun."

"Ben çok teşekkür ederim, uzak durmaya çalışıyorum tatlıdan," dedi Savuray Bey hatırı sayılır ebattaki göbeğini sıvazlayarak.

"Olur mu canıım?" diye ısrar etti Şaban. "Yavaş yavaş yersin. Bir zarar gelmez tavuk göğsünden."

"Mirim Musa Bey," diye bana döndü Savuray Bey. Ağzından çıkan herhangi bir sözün Şaban'a ulaşacağı umudunu kesmişti besbelli. Ceremesini ben çekecektim. "Şimdi siz soracaksınız: Savuray Bey, siz bu insanları o kadar uğraşıp iyileştirdikten sonra yeniden o sağlıksız toplumun içine salıveriyorsunuz, bu durumda yaptıklarınız boşa gitmiş olmuyor mu diye..."

"Vallahi ağzımdan aldınız," dedim. "Tam bunu soracaktım..."

"Hemen cevaplayayım öyleyse: Hayır, olmuyor," diye müjdeledi Savuray Bey. "Çünkü bireyin kendini gerçeklemesi ile toplumunki arasında akıl almaz bir kozmik bağ var! Birindeki gelişim direkman diğerindekini tetikliyor..."

Bir sigara yaktım. Savuray Bey, yarattığı ruh durumunun ilgiden ziyade sıkıntı ve asabiyet olduğundan bihaber devam etti. "Bakın size bunu bir örnekle açıklayayım: Orhan diye bir öğrencimiz vardı. Şimdi gözünüzün önüne getirin: Başarılı bir borsacı, dünya tatlısı bir insan ve her gece altına işiyor."

Yudumladığım kahve, istemsiz bir kahkahayla ağzımdan burnumdan püskürdü. Acaba insanlık tarihinde bu nitelemelerden herhangi iki tanesi art arda kullanılmış mıydı daha önce? "Özür dilerim," dedim. "Bunu hiç beklemiyordum."

"Rica ederim," dedi Savuray Bey olgunlukla. "Uzun süre birlikte çalıştıktan sonra, Orhan'ın içindeki yıkıcı enerjinin ağabeyiyle ilgili bir sorundan kaynaklandığını kavradık. Orhan yıllar boyunca, eşcinsel olan ağabeyinden gizli bir utanç duymuştu. Onu asıl perişan eden şey ise, bu utancın verdiği acıydı. Yani ağabeyinden utanıyor, ağabeyinden utandığı için de kendisinden utanıyordu..."

"Vah vaah," dedi Şaban ayak parmaklarını kanırta kanırta kaşıyarak.

"Üstelik derinleştikçe başka şeyler de keşfettik," diye devam etti Savuray Bey. Pis pis terliyordu bir yandan da. "Orhan tüm çocukluğu boyunca bir sanatçı olmayı düşlemişti ama ağabeyinin durumu yüzünden içindeki sanatçıyı bastırıp kariyerini daha erkekçe bulduğu finans konusunda yapmıştı..." Nedense sözün burasında bana dönüp ekleme gereği duydu. "Yanlış anlamayın lütfen."

"Yok, rica ederim," gibilerinden bir şey geveledim, ama neyi yanlış anlayacağımdan pek emin değildim açıkçası. İnsan sanatçı diye illa da eşcinsel olacak diye bir kural yok demeye mi getiriyordu? Öyle ortaya edilmiş bir lafsa, neden Şaban'ın değil de özellikle benim yanlış anlamamdan çekiniyordu? Yoksa herifçioğlu iki lafın arasında çaktırmadan bana küfür mü ediyordu?

Ben bu içinden çıkılmaz sorular denizinde çırpınırken, sidikli borsacı Orhan Bey'in tedavi süreci devam ediyordu. "İşte bu negatif enerjiyi pozitife çevirirken öyle bir adım atmak gerekiyordu ki, tüm bu çatışmalar bir anda çözülsün. Elbette bizim işimiz ona ne yapması gerektiğini söylemek değil, sadece Mutluluk Ülkesi'ne giden yolda ona rehberlik etmekti. Sonunda en doğru kararı vereceğinden emindik ve öyle de oldu."

Savuray Bey gözleri gururla parlayarak susup ağzına bir buz atınca sorulmasını istediği soruyu sordum: "Ne oldu?"

"Balet oldu!"

Bu yanıt Şaban'ın ayaklarına duyduğu bitimsiz ilgiyi dahi kesintiye uğratmıştı. "Ha?"

"Balet oldu," diye yineledi Savuray Bey. "İşinden istifa edip her zaman yapmak istediği şeyi yaptı. Bir yıllık korkunç bir çalışmanın ardından özel bir sınavla Devlet Opera ve Balesi'nin kadrosuna girmeye hak kazandı."

Bu herif ya delirmişti ya da bizi fena halde kafalıyordu. "Ciddi misiniz siz?"

"Kesinlikle. Ne harika bir çözüm, değil mi? Toplum harikulade bir sanatçı kazanırken, Orhan da hem kendini gerçekliyor hem de ağabeyinin eşcinselliğiyle uzlaşıyordu."

Balet olmanın neden Orhan'ın eşcinsellikle barışmasını sağladığını pek kestirememiştim doğrusu, ama Savuray Bey'in vereceği yanıttan da korkmuyor değildim. Neyse ki tam o anda Şaban daha ilginç bir soruyu gündeme getirerek düşüncelerimi dağıttı. "Diğer mesele ne oldu peki? Yani altını ıslatmayı kesti mi balet olunca?"

Savuray Bey bir süre ağzı açık bakakaldı. "Çok tuhaf," diye mırıldandı sonra. "Bunu kendisine hiç sormadım..."

"Allah şaşırtmasın," diye kıssadan aldığı hisseyi özetleyerek kıçının altındaki bacağını değiştirdi Şaban. "E dokunmadın tavuk göğsüne?"

"Teşekkür ederim, tatlıyla pek aram yoktur benim," dedi Savuray Bey, galiba anlattığı muhteşem hikâyeye hak ettiği değeri vermediğimiz için inceden de bozularak. "Ben artık kalkayım izninizle..."

"Otur otur," diye dizini tuttu Şaban, Savuray Bey'in. "Bak bir hikâye de ben sana anlatayım." Herifin gitmesine engel olduğu için Şaban'a hayıflanmakla birlikte bir yandan da ne geleceğini merak ediyordum. Asker arkadaşım Şaban boşalmış tavuk göğsü tabağını ağır hareketlerle yanındaki sehpaya bırakıp başladı anlatmaya. "Sultan ile veziri bir gün ormanda avlanmaya çıkıyor. Sonra bunlar keklik peşinde koşarken vaktin nasıl geçtiğini fark etmiyorlar; hava kararıyor. Ne ettilerse geri dönüş yolunu bulamıyorlar. Öyle ormanda dolanırlarkene bir bakıyorlar uzakta bir ışık, ışığa yaklaşıyorlar, bir bakıyorlar karşılarında bir kulübe. Allah diyorlar, hemen gidip kapıyı vuruyorlar. Kapıyı bir köylü açıyor. Bizi, diyor sultan, Tanrı misafiri kabul et, ormanda kaybolduk kurda kuşa yem olmayalım. Başımın üstünde yeriniz var deyip buyur ediyor köylü bunları eve. Sultan ile veziri ateşin başında iliklerini ısıtıyor, hoşbeş ederekten köylünün pişirdiği yemeklerle de güzelce karınlarını doyuruyor. Nihayetinde köylü bunlara birer tabak ayva tatlısı getiriyor. Sultan ile veziri patlamışlar yemekten zati, o yüzden kibarca geri çeviriyorlar ikramı. Köylü diyor, dünyada olmaz yiyeceksiniz... Sultan diyor yemeyeceğim, köylü diyor yiyeceksin... Yerdin yemezdim derken, köylü sultanın suratına tokadı patlatıyor. Sultan kalakalıyor, vezir şaşkın... Diyor ki köylü, bir eve misafir gidince ev sahibinin sözünden çıkmayacak, işine de karışmayacaksın. O diyorsa ki bu yenecek, onu yiyeceksin."

Savuray Bey medeni bir tavır takınmaya çalışarak, ama kesinlikle son derece gergin bir şekilde güldü. "İlahi Şaban Bey..."

"Hikâye bitmedi," dedi Şaban tatlı tatlı. "Neyse efendim sultan ile vezir ayva tatlısını afiyetle yiyor tabii. Ertesi gün de köylüye veda edip yola düzülmeye hazırlanıyorlar. Gitmeden önce sultan, hikâye bu ya, köylüye böyle tuğralı bir kart bırakıyor. Diyor ki, yolun bir gün İstanbul'a düşerse, buyur benim misafirim ol, ben de seni ağırlayayım bir güzel. Eyvallah diyor köylü, gidiyorlar.

"Efendime söyleyeyim bir vakit sonra hakikaten de köylünün İstanbul'da bir işi çıkıyor. Köylü işini gücünü hallettikten sonra aklına geliyor bizimkiler. Karttaki adresi sora sora geliyor Dolmabahçe Sarayı'nın kapısına. Nöbetçilere gidip diyor ben bu evin sahibini göreceğim diye. Deli misin nesin diye kovalıyor bunu nöbetçiler, bu da çıkarıp cebinden sultanın verdiği kartı gösteriyor. Nöbetçiler akıl sır erdiremiyor bu işe, koşup sultana haber ediyorlar. Sultan diyor aman hemen içeri alın kendisini, bir de şöyle bahçeye, deniz kıyısına dört dörtlük bir sofra kurun. Neticede aynı tayfa, sultan, veziri ve köylü, bir kez daha bir sofranın başında bir araya geliyorlar. Sofrada bir kuş sütü eksik, bütün yemek takımları da, tabaklar, çatallar, bıçaklar altından. Sultan çorbasını bitirdikten sonra tabağını, çatalını, bıçağını cup diye denize atıyor. Üzerine bir bardak su içip bardağı da peşinden. Yemekler geliyor, gidiyor, sultan yiyip yiyip denize atıyor altından yemek takımlarını. Vezir dayanamıyor nihayet, sultanım, diyor, ne yapıyorsunuz! Köylü dönüp bir tokat da vezirin suratına aşk ediyor: Ulan, diyor, deyyus, sen hâlâ öğrenemedin mi? Ev sahibinin işine karışılmaz. İstediğini yapar!"

Ben hikâyeyi sarhoşluğun verdiği etkiyle de olacak kahkahalarla kutlarken, Şabancığım ağzını burnunu şapırdatarak bağladı sözü. "Öyle birden aklıma geldi işte nedense..." Bütün o köylü, cahil tavırlarının arkasında her şeyin cin gibi farkında olduğunu ve bütün dünyayı makaraya aldığını düşündüm bir kez daha.

Savııray Bey ise suratında nazik ve donuk gülümsemesiyle, herhalde Şaban'ın az önce anlattığı hikâyeyi bize oracıkta yeniden yaşatmasından korkarak tatlısından birkaç lokma aldıktan sonra ayağa kalktı. "Ben izninizi isteyeyim artık."

"Ne demek canım," diye doğruldu Şaban da. "Müsaade senin." Konuğumuzu sağ salim uğurladıktan sonra yanıma geldi. "Ben az yukarı çıkıp yıldızlara bakacağım. Sen de gelir misin?"

"Sen git Şabancığım," dedim odama doğru seğirtirken. "Bu gece yıldızları görmek için teleskoba ihtiyacım yok benim."

4.

Ertesi sabah bir önceki gecenin alkol yüküne rağmen sekiz buçukta ajanstaydım. Sanem'in o saatte henüz gelmemiş olabileceğini tahmin ediyordum, ama yine de koltuğunu boş görmek beni hayal kırıklığına uğratmıştı. Sonra, geldiği vakit beni orada bulmasının belki de daha iyi sayılabileceğini düşündüm. İşte kalkmış, vakit kaybetmeden yerimi almış onu bekliyordum, demek ki güven verici bir erkektim ben. Gerçi karga bokunu yemeden soluğu işyerinde almamı patronlarıma yaranma içgüdüme de yorabilirdi. Çıkıp bir tur atıp yarım saat sonra mı gelseydim acaba? Ya da bir saat? Kabul ediyorum, çok aklı başında düşünceler değildi bunlar.

Derken pat diye bir ileti düştü elektronik posta kutuma. Berkay'dan geliyordu ileti ve saat onda yaratıcı grup başkanının odasında yapılacak toplantıyı haber veriyordu. Konu, velinimetimiz Samanyolu Mutluluk Okulu için önümüzdeki günlerde yapılacak basın ilanı kampanyasıydı. Müşteri İlişkileri, kampanyanın içeriği konusunda yaratıcı gruba brifing verecekti. Ayrıca ilgili satırların sahibi, toplantıya hiçbir surette geç kalınmaması konusunda Tunçay Bey'in kendisini özellikle uyardığını da önemle belirtiyordu. Bu kutlu haberin diğer muhatapları Ayberk, Sanem H., Tunçay Bey ve Gürcan Bey'di. İletiyi kapattığım anda bir tane daha geldi, bu kez Ayberk'ten. Toplantının onda değil ancak onbirde yapılabileceğini çünkü bir önceki akşam geç saatlerde Tunçay Bey'in "bizzat kendisine" bu sabah erkenden bir başka toplantıya katılacağı ve bu yüzden de onbirden önce ajansta bulunamayacağı bilgisini geçtiğini bildiriyordu. Ajans menfaatleri açısından büyük önem taşıyan bu diğer toplantının içeriği hakkında, taşıdığı gizlilik nedeniyle henüz bilgi veremediği için özür diliyordu. Ayrıyetten müşteri ilişkileri adına bir önceki yanıltıcı bilgilendirmeden dolayı da özür diliyordu. Elimde olmadan güldüm. Yapışık ikizler arasında bir husumet mi vardı ne? Nitekim Berkay'ın yanıtı gecikmedi. Sözü geçen çok önemli toplantının içeriğinin gizli tutulmasının pek bir anlam taşımadığını çünkü bunun, ajansın baskı maliyetlerini düşürmek amacıyla alternatif bir matbaayla yapılacak bir görüşme olduğunu çaycının bile en az üç haftadır bildiğini, bilinmeyenin ise Tunçay Bey'in bu sabah "bizzat kendisini" arayarak yeni bir matbaayla anlaşma fikrinden vazgeçtiğini söylemesi olduğunu öğreniyorduk bu seferki iletiden. Besbelli iki deve, hangisinin ajansın daha önemli elemanı olduğu konusunda sıkı bir rekabet içindeydi. Bana kalırsa Tunçay Bey ikisini birbirinden ayırt edemediğinden kafaya göre birini arayıp konuşuyordu. Hatta belki bu ikisinin iki ayrı kişi olduğundan bile habersizdi. Yine de keyifliydi atışmalarını izlemek.

Posta kutuma bir sonra düşen iletinin sahibiyse beklenmedik bir isimdi: Gürcan Bey. Herhalde bu şapşalca tartışmaya son vermek için bir şeyler yazdı diye düşündüm, ama monitörde gördüğüm tek cümlelik mesajın konuyla herhangi bir alakası bulunmuyordu: *"Seninle hemen görüşmem lazım."*

Şaşkınlıkla sol üst köşeye baktım. İleti sadece bana gönderilmişti. Ortada bir yanlışlık mı vardı acaba? *"Ben Musa,"* diye yanıtladım iletiyi. *"Yeni reklam yazarı."*

"Biliyorum. Seninle hemen görüşmem lazım."

Dudaklarımı ısırarak monitöre baktım bir süre. Bir yanıt yazmadan önce kendime bir çay almayı düşündüm, ama sonra vazgeçtim. *"Tamam. Hemen geliyorum odanıza,"* yazdım şaşkınlık ve merakla.

Tam yerimden doğrulmuştum ki yeni bir ileti geldi. *"HAYIR!"* Oturup beklemeye başladım. Hemen ardından ikincisi geldi. *"Orada mısın?"*

"Evet."

"Evime gel. Yemek arasında."

İletinin altında adresi ve telefon numarası yazılıydı. Gümüşsuyu Yokuşu'ndaydı evi. Uzak sayılmazdı. Taksiyle beş dakikada gidebilirdim. Peki ama gitmeli miydim? *"Saat on ya da onbir gibi bir toplantı var odanızda. Sanırım orada görüşeceğiz?"* yazıp yolladım son bir umut.

"Gelmeyeceğim ben bugün. Beni hasta zannediyorlar. Bu yazışmaları hemen sil ve konuştuklarımızdan hiç kimseye söz etme. HİÇ KİMSEYE! Öğlen seni bekliyorum."

Neler dönüyordu ortalıkta? Sanem'in sözünü ettiği komploların bir parçası olmam mı bekleniyordu acaba? Tadımı kaçırmıştı bu durum. Adam sen de, dedim sonra kendi kendime, nedir yani, en kötü ihtimalle istifa eder ya da kovulurum. Kim kime ne tür dalavereler çevirirse çevirsin beni ırgalamaz. Âşığım ben, var mı ötesi?

"Oo pek çalışkanız bakıyorum..."

Sanem! Gelip karşıma oturmuştu ve farkına bile varmamıştım. "Yok ya, işle ilgili değil," gibi bir şeyler geveledim özür diler gibi. "Günaydın."

"Günaydın," diye gülümsedi Sanem. "İşle ilgili değil demek?

"*Maillere* bakıyordum," dedim yerimden kalkarak. Çeşme'yle aramızda geçen yazışmalardan ona söz edip etmemek konusunda kararsızdım. "Ben çay alacağım kendime. İster misin sen de?"

"Teşekkür ederim, ben gelirken aldım bir şeyler," dedi masanın üzerindeki kese kağıdını açarken. Huzursuzluk içindeydim. Karşınızdakinin bilmesi gerektiğini düşündüğünüz bir konudan ona söz etmemek, yalan değilse bile kuşkusuz yalana giden ilk adımdı. Aramıza güvensizlik girmesine izin vermemeliydim. Ona yazışmaları göstermeye karar verdim. Bu konudan söz etmek üzere tam ağzımı açmıştım ki, o benden önce davrandı. "Kruvasan ve buzlu kahve... Arzu edersen seninle paylaşabilirim."

Durduğum yerde öylece kalakaldım. Buzlu kahve? "Hayır," dedim. "Evden çıkarken bir şeyler yedim. Afiyet olsun sana." Nereden çıkmıştı yine bu Allah'ın cezası buzlar? Hepsi komik bir tesadüften mi ibaretti, yoksa... Yoksa neydi?

Saat onda Çeşme hariç hepimiz, yaratıcı grup başkanının odasında hazırdık. Tunçay Bey, Ayberk, Berkay, ben, Sanem. Ve elbette Şeytan Bey. Dikdörtgen biçimindeki toplantı masasının iki ucunda Tunçay Bey ve sabahki sidik yarışının galibi Berkay bulunuyordu. Biz Sanem'le önümüzde açık defterlerimiz, yan yana ve kardeşinin yüzüne bile bakmadan buz gibi duran Ayberk'in karşısında oturuyorduk. Lanet kediyse kimseyi sallamadan bir kenarda önüne konan sütü zıkkımlanıyor ve nedense beni anormal derecede geriyordu. Misal süt çanağının içinde buz parçaları görsem, oracıkta cinnet getirip kendimi camdan aşağı atabilirdim.

Berkay yeni basın kampanyasıyla ilgili sıkıcı birtakım bilgileri art arda sıralarken, defterime çaktırmadan "*H?*" yazıp Sanem'e gösterdim. Ne sorduğumu anlamamıştı haklı olarak. Usulca kulağına eğildim. "İkinci bir ismin mi var senin? Bugün gönderilen *mail*'de dikkatimi çekti... Sanem H?" diye fısıldadım.

Tam yanıt verecekti ki, Tunçay Bey'in melun sesi girdi araya. "Galiba şimdiden bir fikir çıktı ortaya... Biz de duyabilir miyiz Musa Bey?"

Normal koşullarda özür dileyip devam ederdim, ama Sanem'in bulunduğu bir ortamda çocuk gibi azarlanmayı yediremezdim kendime. "Evet," dedim büyük bir kendine güvenle ve fakat ne söyleyeceğim konusunda hiçbir fikrim olmaksızın. "Burada yeni bir markadan söz ediyoruz," diye başladım sallamaya. "İlk yapmamız gereken şey, ismini herkesin öğrenmesini sağlamak..."

Tunçay Bey bu yaklaşıma başıyla belli belirsiz bir onay verince, Ayberk, sanıyorum kardeşinin sözünün kesilmesinden de duyduğu hoşnutlukla, "İsim çok önemli," diye destek görüş bildirdi.

"Bu yüzden de ismin üzerine oynamalıyız," dedim aldığım gazla.

"Ürün vaadi ne olacak peki?" dedi Berkay ters ters.

"Bence Musa haklı," diye araya girdi Ayberk ben bir şey söyleyemeden. "Marka değeri çok daha önemli."

"Peki aklında bir şey var mı?" diye sordu Tunçay Bey gözlerini kısarak.

Boğazımı temizleyip vakit kazanmaya çalıştım. "Samanyolu..." diyerek uzaklara baktım. Aklıma hiçbir şey gelmiyordu. "Samanyolu..." diye tekrarladım.

"Mutluluk yolu!" dedi Ayberk.

Tunçay Bey ona dönüp bir an durdu. Fikri tartmaya çalışıyordu. Berkay ondan geri kalmamak için, "Uygarlık yolu," diye atıldı o anda.

Ve böylece ikili arasında müthiş bir beyin fırtınası başlamış oldu. "Sevgi yolu!"

"Aşk yolu!"

"Kader yolu!"

"Hayat yolu!"

"Uzay yolu!"

"Neler saçmalıyorsunuz siz!" diye bağırdı Tunçay Bey.

"Ben esprili olur diye şey etmiştim," dedi Ayberk pısmış bir halde.

"Daha dile dolanacak, daha akılda kalıcı bir şeyler olmalı," diye girdim araya. Herkes susup ağzımdan çıkacak sözlere dikkat kesildi. Derhal bir şey söylemeliydim. "Aklın yolu Samanyolu!"

Tunçay Bey yüzünü ekşitirken, "Kalbin yolu Samanyolu," dedi Sanem.

O öyle deyince Tunçay Bey'in suratındaki ifade birden yumuşadı. "Evet," diye mırıldandı. "Buradan bir şey çıkacak sanki..." Dönüp minnetle baktım sevgilime. Hiç oralı değil gibiydi. Tam bir profesyoneldi o. Hayrandım ona.

"Pekâlâ," diye toplantıyı kapattı Tunçay Bey. "Gidin bunları uygulayın. Ve muhakkak yanlarına bir üçüncü ilan ekleyin. Kalbin yolu, aklın yolu... Bir de, bir şey daha... Yarın sabah bakarız işlere."

Toplantı odasından çıkarken, "Harikaydın," diye fısıldadım Sanem'in kulağına. "Kurtardın bizi."

Gülümseyerek baktı bana. O da benim kulağıma doğru eğildi. "Ömrümde bundan daha berbat bir fikir duymadım."

Masalarımızın başına geldiğimizde hâlâ gülüyorduk. "Nedir o Berkay'la Ayberk'in durumu yahu?" diyerek koltuğuma oturdum. "Film falan yapmak lazım bunlara: Öküz Kuleler! Hahaaa..." Birden gözüm bilgisayarımın monitörüne takıldı. Ekranda Çeşme'yle aramızdaki tüm yazışmaların bulunduğu son ileti açık duruyordu. Gitmeden kapattım diye hatırlıyordum oysa. Yoksa tekrar mı açmıştım? Emin olamıyordum.

"Hayrola? Bir şey mi var?"

"Hayır hayır, öğlene bir işim çıktı da," dedim kafam karmakarışık bir halde iletileri silerken. Yalan söylememek için de başka bir şey söylemedim.

* * *

Gümüşsuyu Yokuşu'nun başında taksiden inip kapı numaralarını kontrol ederek yürümeye başladım. Tam apartmanı buldum sandığımda küçük bir ayrıntı dikkatimi çekti: Karşımda aynı numarayı taşıyan, birbirine bitişik iki bina yükseliyordu; biri A, diğeri B blok olmak üzere. Elimdeki adreste bu bilgi mevcut olmadığı için can sıkıntısıyla cep telefonumu çıkartıp Çeşme'nin numarasını tuşladım. Bir-iki adım gerileyip binanın üst katlarına göz gezdirmeye başladım, belki çıkıp el falan eder diye. Ama kimse el etmedi. Onun yerine A blok 4. katta yer alan dairelerden birinin açık penceresinden dışarı iri bir kütle fırladı, havada tuhaf devinimler çizerek yaklaşık yirmi metrelik bir uçuş gerçekleştirdi ve dört-beş metre önümde çatırdayarak yere çakıldı. Bunun bir insan gövdesi olduğunu o zaman anladım.

Acı fren sesleri, kadınların çığlıkları, erkeklerin koşuşturmaları derken, bir anda düşenin çevresi insanla doluştu. Derken biri, "Yaşıyor!" diye bağırdı. Merakla aralarına daldım. Düşen adam artık sırtüstü yatıyordu. Gömleğinin kollarını, ne ara fırsat bulduysa, sıvamış bir delikanlı kulağını onun göğsüne dayamıştı. Sonra kafasını kaldırıp yerde yatanın ceketini açtı ve iç göğüs cebinden bir cep telefonu çıkarttı. "Telefonmuş..." Sonra telefonu açıp kulağına dayadı. "Alo, kimsiniz?"

Sesin sadece karşıda değil, aynı zamanda hâlâ kulağıma dayalı duran cep telefonumdan geldiğini fark edince, gözüm cesedin yüzüne kaydı. Gözlerinden kanlı yaşlar sızan bu kişi, ziyaretine geldiğim adamdan, zavallı

Çeşme'den başkası değildi. Bir süre ne diyeceğimi bilemeden elimde telefon kalakaldım. Delikanlı bir şeyler söyleyip duruyordu. Telefonu kapattım. Demek A Blok'ta oturuyormuş diye düşünerek bakışlarımı apartmanın girişine çevirdim. İşte o anda tanıdık bir başka yüzün apartmanın kapısından çıkıp önce kalabalığa karıştığını, sonra sakince yolun karşısına geçip bir taksiye atladığını gördüm. Kıdemli, esmer ve seksi sekreterimiz Mehtap Hanım öğle tatilini bitirmiş ajansa dönüyordu herhalde.

Dehşet içinde kalmıştım. Bir kâbusun içine düşmüştüm ya da bir Hitchcock filminin ortasına. Gayri ihtiyari gerisin geri birkaç adım attım, sendeledim. Kendimi toparladığım anda da koşarak oradan uzaklaşmaya başladım. Aptalca bir hareketti. Adımlarım beni şuursuzca önce İstiklal Caddesi'ne, oradan da Çiçek Pasajı'na sürükledi. Aklımı oynatacağımdan korkarak içgüdüsel biçimde kendimi en güvende hissettiğim yere gidiyordum: Peyote'ye. Oraya varınca artık ahbabım sayılacak birkaç barmene selam verip kendimi terasa attım. Gün ortası olduğu için ortalıkta in cin top oynuyordu. Hızla bir bira yuvarladım. Sonra bir tane daha. Beynim kırmızı alarma geçmişti. Tehlikedeydim. Öyle miydim? Düşünerek bir yere ulaşamıyor, o yüzden de durmaksızın içiyordum. Uyuşmalıydım.

Tam biraz gevşemiştim ki, cep telefonum çalmaya başladı. Korkuyla arayan kim diye baktım. Derin bir soluk alıp "Canım," dedim ona.

"Musa?" Sanem'in sesi, hayır endişeli değil, evet öfkeliydi.

"Ya başıma bir iş gelseydi?" dedim önümdeki birayı bitirip. Kırılmıştım.

"Ne diyorsun sen? Saat üç oldu, herkes seni soruyor..."

"Polis?"

"Polis mi?"

"Kim? Kim soruyor beni?"

"Kim olacak? Ayberk, Berkay... Şu ilanları bitirmemiz lazım. Hatırlıyorsun, değil mi?"

"Başka biri aradı mı peki?"

"Musa," dedi Sanem, bu kez evet, endişeyle. "Neredesin sen?"

"Onlara söylemeyeceksin değil mi?"

"Anlamıyorum seni Musa... Neler diyorsun? Lütfen gel buraya."

"Hayır," dedim. "Ben gelemem. Sen gel."

"Sarhoş musun sen?"

"N'olur gel. Bir yalan uydur. Ama sakın nerde olduğumu kimseye söyleme. Özellikle sekretere. Daha seksi olana..."

Telefonun diğer ucunda derin bir iç geçirdiğini duydum. "Nerdesin?"

Kuşkuyla bakışlarımı bomboş terasta gezdirdim. "Peyote," diye fısıldadım.

"Tamam. Birazdan ordayım." Anlayışlı sevgilim benim. Şimdiden çok daha iyi hissediyordum kendimi. Hatta kendi derdimi bir yana bırakıp Çeşme için üzüntü duymaya bile başlamıştım. O yüzden bir sonraki içkiyi onun şerefine içmeye karar verip bir büyük bira daha söyledim. Zavallı adam ömrü boyunca gözyaşı dökmüş, sonra da dördüncü kattan aşağı düşerek can vermişti. Gerçi pek tanımıyordum kendisini ya, yine de ona karşı bir tür şefkat, hatta sevgi duyduğumu fark ettim. Doğaldı tabii. Ne de olsa ölüleri sevmek daha kolaydır. Özellikle de dört-beş büyük biradan sonra.

Tam Çeşme'nin şerefine biramı diktiğim sırada telefonum tekrar çaldı. Bu kez daha bir cesaretle baktım telefona. "Şabancığım," dedim neşeyle. İyiden iyiye keyiflenmiştim. Yalnız değildim. Harika bir sevgilim ve iyi bir dostum vardı.

"Kardeşim ben bu akşam eve gelemeyeceğim, onu haber vereyim dedim."

"Hayırdır Şabancığım?"

"Valide Hanım rahatsızlanmış... Köye gideceğim acil."

"Geçmiş olsun. Ciddi değil inşallah?"

"Yok yok, odun taşırken ayağını çatlatmış. Hastaneye götürmüşler, gideyim bir bakayım..."

"Tamam Şabancığım. Tekrar geçmiş olsun..."

"Allah razı olsun. Sen iyisin, değil mi?"

"Süperim!" Alkolün zararları yahut nihayet aklını kaçırmış bir adam. "Merak etme sen beni. Aaa yalnız şey var yahu... Anahtar almadım ben sabah çıkarken."

"E Müberra Abla'da var ya yedek anahtar, ondan alırsın..."

"Eyvallah Şaban."

"Haydi kal sağlıcakla."

Nerede kaldı sevgilim diye kafamı şöyle bir kaldırdım ki, bak nasıl da hissetmiştim, "Söyle bakalım nedir şu seksi sekreter meselesi?" diye yanımda bitti aşkım fırtına gibi.

Ona gülerek karşılık verdim. O kadar mesele arasında seksi sekretere takılmıştı demek ki. Demek ki kıskanıyordu beni. "Evet," dedim. "Mehtap Hanım."

"Hmm," diyerek karşımdaki sandalyeyi çekti biraz da hırçın bir tavırla. Aramıza mesafe koyacaktı demek ki. Çantasını pat diye masanın üzerine bırakıp sipariş almaya gelen garsona, "Bir neskafe," dedi.

"Neskafe mi içeceksin?"

"Kahve senin için," diyerek biramı kendi önüne çekti. "Anlat bakalım."

Kızgın ve endişeliydi ama birama ortak çıkarak bana hâlâ duygusal açıdan bağlı olduğunu gösteriyordu. Ya da ben tamamen zırvalıyordum. "Evet Mehtap," dedim içinde bulunduğumuz duruma son derece uygunsuz düşecek biçimde, cilveli cilveli. "Sanırım bu kız bana âşık!"

"Saçmalayacaksan gideyim ben."

"Hayır hayır! Cidden söylüyorum. Bak... İşte bu yüzden

bana gizli *mailler* atan Çeşme'yi kıskanıp öldürdü. Ya da belki şöyledir: Çeşme bunun eski sevgilisidir de, Mehtap onu aradan çıkartmak için öldürüvermiştir... Öyle de olabilir yani. Tam emin değilim. Kesin olan tek şey var, Mehtap bana âşık."

Sanırım bütün sululuğuma rağmen, Sanem ortada ciddi bir durum olduğunu sezmişti. Garsonun getirdiği kahveye bir şeker atıp kahveyi karıştırdı, hatta rahat içebileyim diye çantasından çıkarttığı bir pet şişeden üzerine soğuk su ekledi ve fincanı usulca önüme koydu. "Haydi, şunu iç ve neler olduğunu anlat." Yaşadıklarımın ağırlığı olanca gücüyle geri geliyordu. Çenem kasılıyor, şakaklarım zonkluyordu. Ağlamam an meselesiydi. O zaman Sanem elimi avuçlarının arasına aldı. "Neyin var Musa? Anlat bana."

"Çeşme öldü," dedim.

"Efendim?"

"Her şey çok acayip Sanem," dedim. "Sanem, Sanem, Sanem..." diye inledim sonra.

Şefkatle yüzümü okşadı. "Lütfen sakin ol biraz. Haydi, anlat bana."

Sümüklerimi çeke çeke ona sabah Çeşme'yle aramızda geçen elektronik posta trafiğini ve öğleden sonra gördüklerimi anlattım. "Daha önce söylemediğim için özür dilerim."

"Boş ver," diye omuz silkti. "Apartmandan çıkan kişinin Mehtap olduğuna emin misin?"

Başımla onayladım. Gözlerimden yaşlar geliyordu artık. Kahvemden bir yudum aldım. "Ne yapacağım ben?"

"Ne yapacağını bilmiyorum hayatım," dedi Sanem iç geçirerek. "Ama şu ana kadar yapabileceğin en yanlış şeyleri yapmışsın."

"Şey... İlanlar için özür dilerim. Bir bahane uydururum. Rahatsızlandım derim. Yarın bitiririz hepsini."

"İlanlardan söz eden kim şaşkın?" dedi sevgilim tatlılıkla.

"Adam tuhaf bir mesajla seni evine çağrıyor, gidiyorsun, gözlerinin önünde kendini öldürüyor, ajansa ya da polise gideceğin yerde oradan kaçıp saklanıyor ve sarhoş oluyorsun."

"Kendini öldürdüğü ne malum?" diye karşı çıktım konuya büsbütün başka bir yerden yaklaşarak. "Belki de biri onu aşağı atmıştır? Mehtap belki? Bilemiyorum..."

"Umarım polis böyle düşünmez. Çünkü Çeşme'nin bilgisayarında bulunması muhtemel yazışmalar onun seni tam o saatte oraya çağırdığını gösteriyor, çünkü tam o sırada seni orada gördüğünü söyleyebilecek pek çok tanık mevcut, çünkü cep telefonundaki son arama sana ait ve çünkü o koskoca adamı elli kiloluk bir kadının değil, senin camdan aşağı atman daha akla yakın."

"Tanıklar benim için avantaj," dedim sinirle. "Çeşme aşağı düştüğü sırada ben zaten oradaydım. Yani pencereden fırlattığım adamdan daha önce aşağı inmeyi başarmam pek mümkün sayılmaz, değil mi?"

"Emin ol hepsi senin hangi saniyede ne yaptığını dikkatle takip etmiştir," dedi sabrının taşmaya başladığını belli eden bir sesle Sanem. "Tanıklar adam aşağı düşerken orada olup olmadığını değil, sadece ve sadece olayın cereyan ettiği yerde bulunduğunu hatırlayacaktır."

Haklıydı. Başımı kollarımın arasına gömdüm. "Tanrım, ne halt edeceğim ben?"

"Korkma," diyerek usulca yüzümü okşadı. "Korkma ben varım."

İşte o an bir fırtına kopar, sanki yer yerinden oynar. Ellerine sarıldım. "Âşığım ben sana."

"İçmeyi bırak artık," diye yanıtladı Sanem yüreğimden kopan itirafı. "Evine git, dinlen."

Biraz mahcup hissediyordum kendimi. Biraz da allak bullak. "Polise gitsem daha doğru olmaz mı?"

"Hayır," dedi Sanem kararlılıkla. "İşin içyüzü biraz daha

ortaya çıksın, o zaman duruma göre hareket ederiz. Bu halinle ajansa gelmen de pek iyi olmaz. O yüzden şimdi yapacağın en iyi şey artık içmeyi bırakmak ve evine gitmek."

Birinci çoğul şahısta konuşması bana güven veriyor, ayrıca tuhaf bir şekilde içimde korkunç bir ağlama isteği uyandırıyordu. "Benimle gelir misin?"

O güzel başını iki yana salladı. "İkimizin birden ortadan kaybolması kuşku uyandırabilir. Yanlış şeyler düşünebilirler." Yüzümün düştüğünü görünce kulağıma doğru eğilip gülümseyerek fısıldadı. "Ya da doğru şeyler..."

Nasıl da oynuyordu benimle. Nasıl da âşıktım ona. "Tamam," dedim. "Eve gideyim ben." Hesabı ödeyip kalktık. Peyote'nin önünde, ayrılmadan önce, "Akşam seni arayabilir miyim?" diye sordum. "Bu gece yalnız kalmak pek kolay olmayacak."

"Elbette arayabilirsin. Hem ev arkadaşın yok mu senin? Söyle, sana güzel bir çorba yapsın."

"Bu akşam yalnızım. Şaban annesini ziyarete gidecekmiş. Kadıncağız bir kaza mı ne geçirmiş..."

"Bekle," diye kesti sözümü Sanem. Sonra cep telefonunu çıkartıp benden birkaç adım uzaklaştı. Kısa bir görüşmenin ardından tekrar yanıma döndü. "Yürü haydi, gidiyoruz."

Pek saf biri sayılmasam da, hakikaten anlayamamıştım. "Nereye?"

"Sana. Bu gece yalnız kalmamalısın. Ajanstakilerle görüşüp bir işimin çıktığını söyledim."

İşte havayi fişeği icat eden Çinli'ye esin kaynağı oluşturan duyguyu keşfedişim tam o ana denk geliyordu. "Peki ikimiz birden ortadan kaybolunca yanlış bir şeyler düşünmesinler?" dedim sırıtarak.

"Dua et de düşünsünler," diye karşılık verdi sevgilim. "Evlilik dışı ilişki hâlâ cinayet kadar büyük bir suç sayılmıyor."

5.

Şaban'la aramızda geçen telefon konuşmasını ancak malikânemizin kapısına varıp bir süre anahtarlarımı bulmak için boş yere ceplerimi karıştırdıktan sonra hatırladım. Merakla beni izleyen cananıma dönüp, "Bir saniye," şeklinde hiçbir şeyi açıklamayan bir açıklama yaptım ve Müberra Abla'nın ziline bastım. Bir karşılık alamayınca tekrar denedim. Ardından tekrar. Birkaç dakika sonra Müberra Abla'nın evde olduğu doğrultusundaki bütün ümitlerimi kaybetmiş, ama zile kökleme konusundaki ısrarıma son vermemiştim. Ne de olsa ben, birine bir şey var mı diye sorup yok cevabını alınca, hiç mi yok diye soran ve bu kez aslında o şeyden biraz var olduğunu öğrenen bir ceddin evladıydım.

Nitekim çabalarım meyvesini verdi ve Müberra Abla gül cemâlini pencere pervazından bize şöyle bir gösterme lütfunda bulundu. "Kim o?" diye sordu gözümün içine baka baka.

Ben de ona gülümseyerek, "Benim, Müberra Abla," diye cevap verdim.

O da bunu duyunca tatmin olmuş bir şekilde, "Ha siz miydiniz?" dedi. Ne güzel anlaşıyorduk.

"Çıkarken anahtarımı evde unutmuşum da," diye açıkladım sarhoşluğumu anlamasın diye tabak gibi sırıtarak ve muhtemelen vaziyetimi apaçık ortaya koyarak. "Sizdeki anahtarı rica edecektim."

Müberra Abla bir süre cevap vermedi. Kuşku ve düşmanlık yüklü bakışlarını Sanem'e dikmişti. O evimin anahtarını bana verip vermemesi gerektiğini tartarken biz de içeriden uğursuz uğursuz havlayan köpeklerinin namelerine kulak vererek vakit geçirdik. "Atayım anahtarları," dedi sonunda sıkıntıyla. "Ama geri getirin hemen."

"Çok sağol Müberra Abla," dedim rahatlayarak. Ciddi ciddi bizi kapıdan geri çevireceğini düşünmeye başlamıştım. "Hemen getiririm."

"Hemen getir," dedi Müberra Abla. "Kapıyı aç, hemen getir. Bekliyorum."

Müberra Abla'nın pencereden aşağı attığı anahtarla dış kapıyı açarken, Sanem'e dönüp o sırada aklından geçtiğine emin olduğum soruyu yanıtladım. "Deli." Yukarı çıkıp dairenin kapısını da açtıktan sonra Sanem'e içeri girmesini işaret ettim. "Ben şu anahtarı verip geleyim hemen. Sen keyfine bak. Dolapta yiyecek içecek bir şeyler var. Televizyonu açabilirsin ya da istersen..."

"Merak etme," diye sözümü kesti Sanem. Sonra dudaklarını hafifçe benimkilere değdirdi. "Ver anahtarları da gel haydi hemen. Bakma yüzüme öyle... Haydi!"

Merdivenleri uçarcasına tırmanırken suratımdaki gülümseme iyice derinleşmişti ve muhtemelen beni büsbütün aptal göstermekteydi. Müberra Abla ise, kapıda dikilmiş beni bekliyor ve kesinlikle gülümsemiyordu. "Çok teşekkürler Müberra Abla," deyip anahtarları eline tutuşturdum ve bir an önce sevgilime kavuşmak için arkamı döndüm.

"Musa Bey!" Korktuğum başıma gelmişti. Öyle kolay kurtulamayacaktım. "Bir dakika konuşabilir miyiz?"

"Tabii... Müberra Abla..."

"Çok kırıldım size. Biliyorsunuz, değil mi?" Dev gibi bir kurt köpeği, Müberra Abla'nın bacaklarının dibine gelip korkunç gözleriyle beni kesmeye başladı. Bu arada hangi türe girdiğini bilemediğim ama illa zoolojik bir sınıflandırma yapmam gerekse, rahatlıkla cehennem köpeği diye adlandırabileceğim simsiyah iki tanesi de, hemen arka taraftaki holde, üstelik iğrenç hırıldamalarına bakılırsa varlığımın son derece farkında, dolanıyordu.

"Özür dilerim," diye geveledim. "Ben Şaban evde olur diye düşünmüştüm..." Aptala yatıyor değildim; hakikaten aklım çalışmıyordu.

"Mesele anahtar değil Musa Bey," diye açıkladı Müberra Abla daha ziyade idam kararı açıklayan bir yargıç gibi. "Parti."

"Ah şu mesele..."

"Size o kadar rica ettim, parti yapmalarına izin vermeyin diye... Siz ikazımı umursamadınız, ne oldu? Bir oy farkla kazandılar."

"Müberra Abla, zaten bu Mutluluk Okulu dışında apartmanda üç daire var. Siz, biz bir de yönetici..."

"Görüyorsunuz ya, bir oy farkla kaybedebilirlerdi."

"Evet," diye yutkundum. "Özür dilerim... Ama cidden, büyük bir sorun çıkacağını sanmıyorum..."

"Çok yanılıyorsunuz," diye kesti sözümü sertçe. "Siz iyi niyetlisiniz ve herkesi kendiniz gibi zannediyorsunuz. Ama inanın bana çok yanılıyorsunuz..."

"Ne diyeceğimi bilemiyorum Müberra Abla..."

"Emirhan Bey de aynı sizin gibiydi Musa Bey. Ona da defalarca yabancılara güvenmemesini tembih etmiştim; ama beni dinlemedi. Sonunda ne olduğunu biliyorsunuz değil mi?"

"Trafik kazası geçirdi," dedim boğulacak gibi.

"Yalan!" diye bağırdı Müberra Abla. "İçkiyi ağzına bile sürmezdi Emirhan Bey. Tuzak kurdular ona. Canice katledip sonra da ölümüne cinayet süsü verdiler." Oradan hızla kaçıp kurtulmayı istiyor, ama yerimden kıpırdadığım anda köpeklerin üzerime saldırıvermelerinden korkuyordum. Hatta belki hiçbir şey yapmasam bile parçalayacaklardı beni. Müberra Abla, yumruğunu ağzına sokup "Zavallı adam," diye inledi. Yaşlar süzülen deli gözlerini bana çevirdi sonra. "Benim aklımı kaçırdığımı düşünüyorsunuz," dedi.

Zihnimi okuyordu. "Hayır, rica ederim..."

Tam o anda apartman otomatiği söndü. Göğüs kafesimde sivri, kemikli bir parmağın basıncını hissettim. "Ölüm," diye hırladı. Yüz çizgileri şimdi karanlıklar ülkesinin haritasına dönüşmüş bu kadın artık Müberra Abla değil, *Macbeth*'in cadılarından biriydi. "Şu saniyede, tam şu saniyede dünyada kaç kişinin korkunç bir ölümle yüz yüze olduğunu biliyor musunuz Musa Bey?" Bir şey söylemedim. Cevap beklemiyordu. "Kaç çocuğun az sonra ellerinde can vereceği sapıktan başka hiç kimsenin duyamayacağı çığlıklar attığını... Anneciğim, yardım et bana diye bağırdığını... Ama hayır... Annesi ona yardım edemeyecek. Çünkü o da yandaki odada kanlar içinde yatıyor... Paramparça... Bunu ona yapan kişi, iyi niyetli insanlar sayesinde istediği deliğe giren, elini kolunu sallayarak aramızda dolaşan bu sapık cani, az sonra çocuğun da küçük canını alıverecek..." Kanım donmuştu. Soluk bile alamadan karşımdaki manyağın sergilediği vahşet tiyatrosunu izliyordum. Kulağıma iyice sokulup "Sakın unutmayın Musa Bey," diye fısıldadı sonra. "Kâbuslarınız bir nefes kadar yakınınızdadır." Artık bayılacağımı düşünüyordum ki, tak diye otomatiği yaktı. "Arkadaşınız var galiba?"

"Sevgilim," diye inledim bir nefes. "Sevgilim o benim."

Kurt bir anda doğrulup bana doğru bir hamle etti, ama Müberra Abla hayvanı tasmasından çekerek zaptetti. "Çok dikkatli olun Musa Bey," dedi. "Sizden rica ediyorum. Çok dikkatli olun."

Delirmiş diye düşündüm aşağı inerken, aklını oynatmış. Erkeksizlik, yalnızlık, güvensizlik, her ne boksa çıldırtmış onu. Bir an önce Sanem'in yanına ulaşıp huzur bulmayı istiyordum. Evin kapısı açıktı. "Sanem," diye daldım içeri. Salonda yoktu. Mutfakta yoktu. Paniğe kapılmıştım. Odama koştum. "Sanem!"

"Burdayım hayatım." Kafamı sesin geldiği yana çevirdim. Aşkım Şaban'ın odasının kapısında belirivermişti. "Odanı şaşırmışım galiba?"

Onu sıkıca kollarıma aldım. "Bırakma beni."

"Buradayım," diye sarıldı o da bana. "Tanrım, ne kadar gerginsin. Haydi şu balkona geçelim, biraz hava al."

Birlikte oturma odasının balkonuna çıktık. Bir elim Sanem'in omzundaydı, o da usul usul sırtımı okşuyordu. Kafamı balkonun demirlerine dayayıp aşağı baktım. Çeşme'nin düştüğü mesafe bizim dairenin yüksekliğinin en az iki katı olmalıydı. "Çığlık atmadı," dedim.

"Efendim?" Bakışları sevecen, sesi merak yüklüydü.

"Çeşme aşağı düşerken bağırmadı. Sence bu mümkün mü?"

"Belki? Belki de gerçekten bir intihardır. O zaman kendini ölüme zaten hazırlamış olmalı, değil mi?"

Başımı iki yana salladım. "İnşaat halinde bir bina düşün," dedim. "Ve ben de kendimi onun çatısından aşağı atarak intihar etmeye karar vermiş olayım. Eğer merdivenlerin parmaklıkları henüz inşa edilmemişse, inan bana, basamakları apartman boşluğu tarafından değil, duvar tarafından tırmanırım. Hiç kimse ölene kadar ölüme hazır değildir."

"Peki sence nedir?"

"Aşağı düşmeden ya da atılmadan önce ölmüştü," dedim.

"Bağırmadığından nasıl emin olabilirsin ki? Belki sen duymamışsındır? Ya da havada kalp krizinden ölmüştür? Ya da ne bileyim, belki de senin dediğin gibidir. Şimdi bunları düşünmenin bir yararı yok."

Sokağa şöyle bir göz gezdirdim. Gözüm hemen karşıda park etmiş pis bir otomobile takıldı. Arka camdaki tozun üzerine biri parmağıyla "*Beni yıka*" yazmıştı. "İnsan beyni ne tuhaf çalışıyor," diye mırıldandım gülerek.

"N'olur sevgilim," diye iç geçirdi Sanem bezgin bir halde. "Bırak artık."

"Hayır hayır. Aklıma çok alakasız bir şey geldi. Ona gülüyordum." Sanem'in soran bakışlarına karşılık olarak parmağımla otomobili işaret ettim. "Annem beni yıkarken çok hoyrat davranırdı. Saç diplerimi öyle bir çekiştirirdi ki gözümden yaş gelirdi. Banyodan çıktığımda da bütün cildim cayır cayır yanardı. Nefret ederdim bu yüzden banyo yapmaktan..."

"Buna mı gülüyordun?"

"Yok," dedim. "Ona gülmüyordum." Sanem'e döndüm ve alkol aklımı bulandırmamış olsa, asla edemeyeceğim bir laf ettim. "Sen bana banyo yapmayı yeniden sevdirebilirsin diye düşünüyordum."

Beklediğimin aksine ne kızardı ne de işi şakaya vurmaya kalktı. "Hmm," diyerek, birbirinden ceberrut yapılara ne kadar manzara denebilirse, manzaraya göz gezdirdi. "Deneyelim bakalım."

Sonra... Sonrası mahrem.

* * *

Kâbuslarla dolu, rahatsız bir uykudan baş ağrısıyla uyandığımda, komodinin üzerinde duran saatin onbiri geçtiğini gördüm. Sanem yanımda değildi. Neden beni kaldırmadı diye düşünürken, saatin hemen yanı başında duran bir not dikkatimi çekti. *"Gece çok kıvrandın. Uyandırmak istemedim. Sen bugün dinlen. Hem aynı anda ortadan kaybolup aynı anda geri dönersek işyerinde 'doğru' şeyler düşünebilirler!"* Altında da imza olarak bir kalp. Gülümseyerek kağıdı dudaklarıma götürdüm. Aşk böyle de aptallaştırırdı işte insanı. Boktan bir kağıt parçasını öpmek işten değildi yani.

Banyoda yüzümü yıkarken, bir önceki gün yaşadıklarım yavaş yavaş zihnimde canlanmaya başlamıştı. Sanem'le yaşadıklarım ne kadar yüreğimde çiçekler açtırıyorsa, tanıklık ettiğim korkunç ölüm de bir o kadar dehşete düşürüyordu beni. Ne yapmam gerektiğini bilemiyordum. En iyisi işe gitmek diye düşündüm. Sanem yanımdayken kendimi çok daha iyi hissediyordum. Hem, işi daha ilk haftadan iki gün kırmak benim standartlarımda bile aşırı bir performans sayılabilirdi. Tunçay Bey'e bir önceki gün rahatsızlandığım, bu sabah da doktora gittiğim yalanını sıkmaya karar verdim. Hızlıca kusup bir ağrı kesici aldıktan yarım saat sonra bomba gibi olacağımdan kuşkum yoktu. Kimisi güne duş alıp spor yaparak başlar. Benim iyi bir güne başlama formülüm de buydu işte.

Tam banyoya yöneldiğim sırada cep telefonum çaldı: Sanem. Telefonu, sevenlere özgü ve üçüncü şahıslara son derece sevimsiz gelebilecek canımlı cicimli bir ünlemeyle açıp "Uyandırmamışsın beni," dedim.

"Çok zor bir gece geçirdin. Şimdi daha iyi misin?"

"Evet evet," dedim. Aslında midem hâlâ berbattı. "Geliyorum şimdi ajansa."

"Gerek yok. Tunçay Bey bugünü tatil ilan etti. Kimse kalmadı ajansta, ben de birazdan çıkacağım zaten."

"Çeşme yüzünden mi?"

"Evet. Tunçay Bey *mail* attı herkese... Yaratıcı yönetmenimizin beklenmedik, trajik vefatı nedeniyle önümüzdeki hafta başına kadar tatiliz."

"Beni sordular mı?" diye sordum endişeyle.

"Merak etme," dedi sevdiğim kız. "Sabahtan beni arayıp hasta olduğunu bildirdiğini söyledim herkese."

"Teşekkür ederim."

"Bir şey daha var: Çeşme intihar etmiş."

"Nereden biliyorsun?" diye karşı çıktım. Oysa ona inanmayı o kadar çok istiyordum ki...

"Bütün gazeteler yazıyor hayatım," dedi. Ben tam ikinci bir itiraza hazırlanırken de hızla ekledi: "Geride bir intihar mektubu bırakmış."

"Öyle mi?"

"Düşünceli adammış rahmetli," dedi Sanem, ne kadar ince ruhlu olduğunu bilmesem, dalga geçer gibi diyebileceğim bir tavırla. "Haberin ayrıntıları *Hürriyet*'te var, istersen al bir bak. Endişelenecek bir şey yok, tamam mı? Benim şimdi çıkmam gerekiyor. Göktekin arabasıyla eve bırakacak, aşağıda bekliyor. Sonra konuşuruz."

"Göktekin?"

"Ya grafikten bir arkadaş işte. Bizim orada oturuyor o da..."

"Tamam konuşuruz," dedim birden içime basan değişik bir sıkıntıyla. Madem ajans tatildi, neden hemen bana gelmiyordu ki? Ne işi vardı grafikten arabalı çocuklarla? "Seviyorum seni." Bu son cümleyi söylediğimde, o telefonu kapatmıştı bile. Lafı uzattığım için kendime lanet ettiysem de, aslında biliyordum ki telefonu çat diye kapatıp son hız grafikten çocuğa doğru koşmaya başladığı için kızıyordum ona.

Her neyse diye düşündüm; netice itibarıyla adli açıdan temize çıkmış görünüyordum, sevdiğim kadınla mercimeği fırına vermiştim ve önümde dilediğim gibi değerlendirebileceğim bomboş bir gün vardı. Tabii daha bir gün evvel zavallının biri gözlerimin önünde feci bir şekilde canına kıymışken aşırı mutlu olmak biraz ayıptı ama, bunun için utanmayı kahvaltıdan sonraya bırakabilirdim. Midemin bulantısı artık hafiflediğinden içimdekileri dışarı çıkarma fikrimden vazgeçip bir ağrı kesici aldım ve cep telefonundan Şaban'ı aradım. "Alüü," diye açtı telefonu her zamanki gibi.

"Şabancığım, ne var ne yok bir sorayım istedim. Annen iyi mi?"

"İyi iyi, sağolasın. Ayağını alçıya almışlar, yatıyor öyle evde."

"Haydi geçmiş olsun. Ne zaman dönüyorsun?"

"Bir onbeş gün burada anama bakacağım ben. Sonrasına teyzemgiller gelecek. Kısmetse bir sonraki cuma gününe oradayım."

"Sen nasılsın peki? Bir şeye ihtiyacın var mı?"

"Yok yahu, iyiyiz biz. Kahvede oturuyoruz işte babamla, sabahtan geldik. Allah'a şükür her şey var burada..."

"Kahvede mi? Annen?"

"Yatıyor öyle evde," diye durumu bir kez daha güzelce açıkladı Şaban. "Akşam giderken lahmacun falan götüreceğiz işte..."

"Hayırlı evlatsın vesselam Şaban." Teyzesigiller, kadıncağız ölmeden yetişirlerdi inşallah. "Dönünce görüşürüz öyleyse."

"Eyvallah kardeşim."

Telefonu kapattıktan sonra bir süre televizyonun karşısında pinekledim. Baş ağrım yavaş yavaş yerini açlık duygusuna bırakınca, önce kendime bir kahvaltı hazırlamayı düşündüm sonra üşenip dışarıda kahvaltı etmeye karar verdim. Onbeş dakika sonra, Beşiktaş'taki müdavimi sayılabileceğim börekçide bir porsiyon patatesli kol böreğim, fincanda açık çayım ve *Hürriyet* gazetemle baş başaydım.

Çeşme'yle ilgili haber, tahmin ettiğim gibi, üçüncü sayfada yer alıyordu: "Reklamcının intiharı!" manşetin altında, bir süredir psikolojik tedavi gören Gürcan Uslu'nun (44) bir bunalım sonucu kendisini evinin penceresinden aşağı atarak canına kıydığı bildiriliyordu. Ayrıca yarım sayfalık habere ait iki fotoğraftan birinde intiharın gerçekleştiği binaya, diğerinde ise zavallı reklamcının siyah-beyaz bir vesikalığına yer veriliyordu. Fotoğrafta Çeşme'nin ıslak ıslak bakan gözleri öylesine acı yüklü, çehresi öylesine karanlıktı ki, insan neredeyse böyle bir adamın o güne kadar kendini öldürmemiş olmasını garipsiyordu. Haber metninde ise, merhumun kendisini tanıyanlar (komşuları) tarafından açıkça belirtilen depresif kişiliğinden, masasında bulunan ve ölümünden kimsenin sorumlu olmadığını belirten intihar notundan ve tekrar tekrar, bir süredir psikolojik tedavi gördüğünden söz ediliyordu. Orada burada, her insanın zaman zaman ruhsal sıkıntı içine düşmesinin, yeri geldiğinde psikologlardan, psikiyatrlardan yardım almasının doğallığına ve hatta gerekliliğine dair reklamlar yapılıyor; sonra da bunu yapan birinin intiharı, elbette ki hiç yadırganamayacak bir durum olarak yansıtılıyordu. Haber baştan sona, biz normal insanlardan bambaşka bir dünyada yaşayan, hatta satır aralarına bakıldığında, neredeyse bunu hak eden birine dair bir trajedi biçiminde kurgulanmıştı. Diyelim gözünü kırpmadan birilerinin canına kıyanlar tuhaf bir biçimde yüceltilir, ya da en hafif anlamıyla makul görülürken, bu sefil hayata ve kendine katlanamayarak çekip gitmeyi tercih edenler hor görülüyordu. Dünyanın ikiyüzlülüğüne bir lanet okuyup patatesli böreğimden bir parça yemek dışında yapabileceğim bir şey yoktu.

"Musa Bey?"

Bakışlarımı, henüz açtığım spor sayfasından ismimi söyleyen kişiye çevirdim. Kıvırcık beyaz saçlar ve sakallarla çevrelenmiş armudi bir kafa, altında, kallavi bir göbeğe doğru genişleyip neredeyse aynı eğimle, şaşılası derecede küçüklükleri nedeniyle özür diler gibi saygıyla birbirine bitişik duran bir çift ayağa doğru kavislenen bir vücut. Hayır, kocaman bir *rugby* topunu andıran bu adamı daha önce hiç görmemiştim. Yine de kimliğimi reddetmenin pek akıllıca olmayacağını düşündüm. "Buyrun?" dedim elimden geldiğince kendine güvenli bir tavırla.

"Oturabilir miyim lütfen? Konuşmamız gerekiyor," diyerek davetimi beklemeden bir sandalye çekti.

"Konu nedir?" diye sordum kaygıyla. Ama hemen sonra aklıma aydınlatılması gereken daha öncelikli noktalar geldi. "Siz kimsiniz? Beni nereden tanıyorsunuz?"

"Adresinizi çalıştığınız yerden aldım. Evinizin oraya geldiğim sırada sizi kapıdan çıkarken gördüm ve aradığım kişi olabileceğinizi düşünerek sizi buraya kadar takip ettim," dedi çok normal bir şey söylüyormuşçasına. Sonra da eliyle önümdeki gazeteyi işaret ederek ekledi. "Ve uzun uzun intihar haberiyle ilgilendiğinizi görünce de, haklı olduğumu anladım."

"Siz polis misiniz?" diye sordum, sesime herhangi bir çekince vurgusu değil de, kendimden tiksinme pahasına, neredeyse hayranlık dolu bir merak yükleyerek. Hani evet dese, ah ne hoş, ben de tam size gelmeyi düşünüyordum diyecekmişçesine.

O ise bana yanıt vermek yerine, öncelikle garsona dönüp bir porsiyon su böreği siparişi vermeyi tercih etti. Sonra bana dönerek, "Özel araştırmacıyım diyelim," diye kestirip attı. "Adım Fezai Aydıntürk."

Özel araştırmacı! Dedektif gibi bir şey miydi yani? Komik fiziği, Lennon tipi tel çerçeveli gözlüğü ve kısa kollu *Lacoste*'uyla, karşımdaki adam polis ya da hafiyeden çok üşütük bir bilim adamına benziyordu. Yine de neyin nesi olduğunu daha fazla kurcalamak, kimliğini sormak falan gibi atraksiyonlara girmemeye karar verdim. Üç buçuk atmaktaydım zira hayat kesinlikle Amerikan filmlerindeki gibi değildi. "Araştırdığınız konu nedir acaba?"

"Gürcan Bey'in ölümü."

Elim ayağım kesilmişti. "Evet," dedim. "Çok üzücü bir olay..."

"Haberi gazeteden öğrenmediğinizi tahmin ediyorum."

Bir an olup biten her şeyi ona anlatmayı düşündüm. Ama sonra Sanem'in ortalığı bulandırırsam, olayın bir numaralı şüphelisi durumuna düşeceğim konusunda söyledikleri geldi aklıma. Hem şimdilik Çeşme'nin intihar notu her şeyi az çok açıklamış görünüyordu. Ayrıca karşımdaki herifin kimliğine dair hiçbir fikrim yoktu. Belki de Çeşme'yi temizleyen çetenin bir mensubuydu ve neyin ne kadarını bildiğimi anlamaya çalışıyordu. "Hayır," dedim. "Ajanstan bir arkadaşım arayıp söyledi."

"Siz niye işe gitmediniz bugün?"

"Biraz rahatsızdım da..."

"Şimdi iyi görünüyorsunuz. Maşallah."

Oyun oynuyordu benimle pezevenk. "Ben işe bu hafta girdim. Kendisini pek tanımazdım. Ajanstaki diğer arkadaşlar size daha çok bilgi verebilir sanıyorum."

"Ama cep telefonundaki son arama size aitti," dedi ciddiyetle. Sonra da önüne gelen börekten kocaman bir lokma alıp attı ağzına.

Çeşme'nin cep telefonu kayıtlarına kadar ulaşabildiğine göre, hakikaten de bir çeşit yetkisi var demekti. Peki ya randevumuzdan da haberdar mıydı acaba? Çeşme benden yapmamı istediği gibi kendi iletilerini de silmiş miydi, yoksa şu anda kurbanın bilgisayar kayıtlarından bana ulaşmış bir polisle mi görüşüyordum? "Evet, kendisini aramıştım," dedim. "Cevap veren olmadı."

"Niçin aramıştınız peki?"

"İşle ilgili bir konu. Kendisi bizim departmanın sorumlusuydu."

"Dün öğleden sonra neredeydiniz? Yemeğe çıktıktan sonra işe dönmemişsiniz."

Sinirlerim daha fazlasına dayanamayacaktı. "Onu ben öldürmedim," diye bağırdım.

Sükûnetle gülümseyerek böreğinden bir parça daha götürdü. "Bunu da nereden çıkarttınız kuzum? Onu hiç kimse öldürmedi. Olay bir intihardı, öyle değil mi?" Açık düşürmüştü beni namussuz. Hem de fazla uğraşmadan. Kesinlikle bir profesyoneldi. Ya da ben kesinlikle bir salaktım.

"Öte yandan bunu söylemeniz ilginç tabii," diye devam etti ipleri tamamen eline aldığının farkında. "Yani bir cinayetten söz ediyormuşuz gibi tepki vermeniz."

"Bunu bana düşündüren sizin tavırlarınız," diye üste çıkmaya çalıştım. "Böyle gelip bana *Mike Hammer* gibi sorular sormanız... Cinayet saatinde neredeydin? Ne yapıyordun? Kimleydin?"

"Bakın yine cinayet diyorsunuz..."

"Demiyorum!"

"Sakin olun Musa Bey," dedi gülümseyerek. "Sizin kimseyi öldürdüğünüzü düşünmüyorum. Aslında sizinle konuşmayı istememin sebebi, size güvenebileceğime inanmam."

"Ben bu söylediklerinizin ne anlama geldiğini bilemiyorum... Nasıl yardım edebileceğimi de."

"Musa Bey, işe yeni başladığınızı biliyorum, ama yine de çalıştığınız yerde bazı tuhaflıklar dikkatinizi çekmiş olmalı. Yanılıyor muyum?"

İlk kez bütün bu muhabbetin ne hakkında olabileceğine dair kafamda bir ışık yanmıştı. Fezai Aydıntürk belki de Barbaros Bey'in karısı adına çalışan bir tür özel dedektifti ve Çeşme'nin intiharını vakfa karşı bir koz olarak kullanıp kullanamayacağını anlamaya çalışıyordu. Peki istediği bilgileri ona vermeli miydim? Ayrıca böyle bir bilgiye sahip miydim? "Bilemiyorum," dedim. "Bir şeylerden kuşkulanıyorsanız, başka biriyle konuşun ya da ajansa gidip ortalığı kontrol edin. Size casusluk etmeyeceğim."

Fezai Aydıntürk bir kahkaha attı ve kabul etmeliyim ki, bu onu bir hayli sempatik hale getirdi. Hızla silip süpürdüğü tabağındaki son lokmayı da mideye indirip "Sevgili çocuğum," dedi, "görüyorum ki ortada bir şeyler döndüğünü anlamaya başlıyorsun. Bu güzel. Yalnız küçük bir sorun var..." Garsona dönüp eliyle hesabı istediğini belirttikten sonra gözlerini bana çevirdi. "Düşündüğün her şey yanlış."

"Öyleyse işin aslını siz bana anlatın."

"Henüz vakti değil." Cüzdanından bir kartvizit çıkartıp uzattı. "Bu kartı sakın kaybetme ve gerektiğinde beni ara." Kartın üzerinde isminden ve cep telefonu numarasından başka bir bilgi yoktu. Fezai Aydıntürk her ikimizin hesabını da ödeyip ayağa kalktı, kapıya doğru birkaç adım attı ve çıkmadan önce durup tekrar bana döndü. "Bir de şu var delikanlı; attığın her adıma dikkat et, çünkü inan bana, çok büyük bir tehlikedesin."

Fezai Aydıntürk şaşılacak derecede çabuk biçimde kalabalığın arasına karışıp gözden kaybolduktan sonra, sıkıntıyla tabağıma baktım. Gizemli ve tombik dedektif su böreğini mideye indirip gitmişti, oysa benim tabağım neredeyse dokunulmamış halde duruyordu. Fakat artık ne kahvaltımdan ne de spor haberlerinden keyif alabilecek durumdaydım. Bir an önce oradan kalkıp evime dönmek ve Müberra Abla ile köpeklerinin kanatları altına sığınmak istiyordum.

6.

Pazartesi günü ajansta hiç de öyle yas havası falan yoktu. Herkes, belki her zamankinden biraz daha sessiz olmakla birlikte, sakin sakin işine gücüne bakıyor, kimse Çeşme hakkında tek söz etmiyordu. Belki de böylesi daha iyiydi. Bu arada saat on olmasına rağmen, Sanem hâlâ ortalıkta görünmemişti. Beni haftasonu boyunca hiç aramadığı gibi benim aramalarımı da telesekreter yanıtlamıştı. Biraz kırgındım ona yani. Aşkımızın zavallı tarafı olarak şimdi ona surat yapmam, sessiz bir gerginlik yaratmam ve onu epeyi bir uğraştırdıktan sonra üzüntümü dile getirmem gerekiyordu. Tabii blöfümü görüp o da bana aynı şekilde karşılık verirse, ne halt edeceğimi düşünmek bile istemiyordum. Yine de, sanıyorum, her an ağlayarak ayaklarına kapanabileceğimi bilmek içimi rahatlatıyordu.

Saat on buçuk gibi telefonum çaldı. Arayan belki odur diye küskün bir ses tonuyla açtım. "Alo?"

"Musa Bey?"

"Ha Tunçay Bey, siz miydiniz?"

"Beş dakika odama gelebilir misiniz lütfen?"

"Hemen geliyorum."

Tadım kaçmıştı. Muhtemelen Çeşme'nin öldüğü gün ve ertesi sabah neden işe gelmediğimi soracaktı. Yalan söylemeyi sevmiyor, ama Tanrı'ya şükür ki başarıyla gerçekleştirebiliyordum. Kocaman kapıyı iki kere tıklatıp odasına girdim. Birtakım ilan taslaklarına göz gezdiren Tunçay Bey'in masasının karşısındaki koltuklardan birinde oturan Mehtap'ı görünce, tüylerim diken diken oldu. Yetmiyormuş gibi bir de Şeytan'ın kedisini kucağına almış usul usul okşuyordu.

Tunçay Bey kafasını yaptığı işten kaldırıp kibarca beni selamladıktan sonra, "Mehtap Hanım'la tanışmış mıydınız?" diye sordu.

Yanıtlarımız neredeyse aynı anda geldi. Onun hayırı, benim evetimden belki saniyenin dörtte biri kadar daha sonra. Her şeyi bildiğimi anlatmak istercesine, sertçe gözlerine baktım. O ise tatlı tatlı gülümsüyordu.

"Hmm, her neyse," dedi Tunçay Bey. "Bu Musa Bey, yeni metin yazarımız ve Mehtap Hanım da yönetici sekreterimiz."

"Memnun oldum," dedi Mehtap kesinlikle şuh bir tavırla. Bence herkese karşı böyle davranıyordu. Yine de bütün erkekler gibi ahmak olduğumdan, hoşuma gitmişti tavrı.

"Geçmiş olsun," dedi Tunçay Bey. "Sanem Hanım geçen gün hastalandığınızı söyledi."

"Evet, sanırım öğle yemeğinde zehirlendim. Özür dilerim, aramam gerekirdi."

"Hmm, peki hastalanınca ne yaptınız?"

Yüzümü ateş basıverdi. Her şeyi bilen onlardı, ben değil. "Eve gittim."

"Hastaneye gitmeliydiniz."

"Biraz dinlenirsem geçeceğini düşündüm; nitekim öyle de oldu. Teşekkür ederim."

"Hastaneye gitmeliydiniz," diye yineledi Tunçay Bey. "Ama hata bizde..." *ki senin gibi bir eşeği işe aldık* diye devam etmesini bekliyordum cümlenin, ama öyle olmadı. "İş görüşmemiz sırasında sizi eksik bilgilendirdik. Şirketimiz size özel sağlık sigortası veriyor. Birkaç dakikalığına Mehtap Hanım'la masasına kadar giderseniz hemen gerekli evrakları doldurur, en geç bir hafta içinde sigortanıza kavuşursunuz."

Bir anda rahatlayıvermiştim. "Teşekkür ederim," dedim. "Yanmışsınız."

"Efendim?"

"Teniniz," diye açıkladım neşeyle. "Bronzlaşmışsınız. Hafta sonu bir yere mi gittiniz?"

"Evet," dedi Tunçay Bey. "Cenazeye."

Özür dilemek para etmezdi. Hakikaten eşeğin tekiydim. Gözüm ister istemez Çeşme'nin boş ve boynu bükük masasına kaydı. Mehtap kucağındaki kediyi yere bırakıp ayağa kalktı. "Gidelim mi Musa Bey?" Başımla onayladım, birlikte odadan çıktık. Dışarı adım attığımız anda Mehtap kıkırdadı. "İlahi Musa Bey!"

"Affedersiniz?"

"Yanmışsınız!" diye taklidimi yapıp bir kez daha güldü.

Tepem atmıştı. "Keyfinizin yerinde olmasına sevindim. Gürcan Bey'in ölümünü çabuk atlatmışa benziyorsunuz."

"Alınganlaşmayın Musa Bey," dedi aynı havai tavrını sürdürerek. "Ölümü üzücü tabii, ama doğrusu kendisini pek tanımazdım. Ayrıca Gürcan Bey bugün aramızda olsa, kendisinden Çeşme diye söz edeceğinizi ikimiz de biliyoruz."

"Yani?"

"İkiyüzlülük ile saygı birbiriyle sıkça karıştırılan kavramlardır." Aslında bu küstahlığına feci sinirlenmem gerekirdi, ama sesindeki tuhaf samimiyet, hatta sevecenlik nedeniyle hiç de öyle hissedemiyordum. Ya da belki kalçaları nedeniyle, emin değilim. Masasına gelmiştik. O çekmecesinden çıkarttığı bazı formları düzenlerken, diğer sekreter dirseklerini masaya dayamış hayranlık dolu bir gülümsemeyle bana bakıyordu. Çok seksi bir erkek olduğuma inanmam an meselesiydi. Mehtap'ın verdiği formları aldıktan sonra boştaki elimi ona uzattım. "Merhabalar," dedim en sıcak tavrımla. "Ben, Musa. Tanışamamıştık sizinle."

"Sevilay ben de," diye tanıttı kendini kız, elimi parmak uçlarıyla sıkarken.

"Memnun oldum," dedim Casablanca Barı'ndaki *Humphrey Bogart* gibi. Yalnız elimde viski yerine birtakım boktan sigorta evrakları tutmaktaydım. "Sizin vazifeniz..."

"Sekreterim," dedi Sevilay masasını göstererek. Evet, sorum aptalcaydı.

Mehtap ise, suratında hâlâ aynı alaycı gülümsemeyle, "Bunları doldurup Tamay Bey'e verirseniz işleminiz hemen yapılır."

Ona yardımı için nerdeyse yüzüne bile bakmadan yarım yamalak bir teşekkür ettikten sonra, belki daha az seksi, ama daha genç sekretere gülümsedim. "Görüşürüz." Sevilay eliyle sevimli bir karşılık verdi.

Asansörde düşündüm. Mehtap'ta düpedüz kendisiyle değil diğer güzel kızla ilgilendiğim havasını yaratmaya çalışmıştım. Niye böyle bir şeye ihtiyaç duymuştum ki? Manyak mıydım ben? Aslında ikisiyle de ilgilenmiyordum. Hayatımın aşkı belki de yukarıda beni bekliyordu.

Hayatımın aşkı yukarıda beni bekliyordu. "N'aber?" diye sordum, sanki beni aramamasına hiç alınmamışım havalarında.

"Fena değil," dedi Sanem bilgisayarından kafasını kaldırıp gülümseyerek. "Seni merak ettim."

"İyiyim ben de," dedim, durumumla nezaketen ilgilenen herhangi bir iş arkadaşımla konuşuyormuşçasına. Geçip bilgisayarımın başına oturdum. Bir süre hiç konuşmadan işlerimize baktık.

"Şu ilanlar için birkaç başlık çalıştım," dedim. "Atıyorum sana."

"Hafta sonu seni arayamadım..."

"Kapalıydı telefonun," dedim. Bu aslında kesinlikle bir soru cümlesiydi.

"Cep telefonum tamamen öldü. Ev telefonum da yok maalesef... Ama çok merak ettim seni."

Kötü bir bahaneydi bu. Doğru olsa bile. "Boş ver," diye omuz silkerek yüzüne baktım. Tuhaf ama o da bronzlaşmıştı. "Cenazeye gittin mi?"

Başını evet anlamında salladı. "Senin nasıl geçti haftasonun?"

"Genel olarak sakin ama cuma günü bir dedektif bozuntusu sorguya çekti beni..."

"Ne?"

"Gürcan Bey'in ölümüyle ilgili sorular sordu. Cep telefonundaki kayıtlardan bulmuşlar beni."

"Ne söyledin peki ona?"

"Hiç. Konuyla ilgili bir şey bilmediğimi."

"İyi yapmışsın. Muhtemelen formalite icabı yapılmış bir görüşmedir..." Benim için hakikaten endişelenmişti ve bu da yüreğimin yağlarının erimesi için yeterliydi.

"Çok meraklandım sana ulaşamayınca," dedim. Yanına gidip onu kollarıma almak istiyordum. "Beni terk ettiğini düşündüm."

"Deli," diye güldü ilk ve son aşkım. "Öğlen kendime yeni bir cep telefonu alacağım. Gelir misin benimle?"

Aklınca gönlümü almaya çalışıyordu. Bu sorusuna son derece zekice bir cevap vermeye karar verdim. "Gelirim." Tanrım, ne müthiş şeydi şu aşk. Ne kadar harikaydı bir darılıp bir barışmak.

"Tamam o zaman, anlaştık. Ben şu ilanlar için birkaç görsel bakayım," dedi profesyonel sevgilim. "Elindekiler ne öyle?"

"Özel sigorta içinmiş," diye yanıtladım. "Doldurup Tamay Bey'e götüreceğim."

"Ah demek nihayet tanışacaksın kendisiyle. Haydi kolay gelsin."

Onbeş dakika sonra, itinayla doldurulmuş sigorta evraklarımla birlikte muhasebe müdürümüzün huzurundaydım. Kendisini bir tek cümleyle anlatmam gerekirse, Tamay Bey bir gün enişteniz olarak karşınıza çıkmasından en çok korkacağınız adamın ta kendisiydi diyebilirim. Ziyadesiyle esmer, ziyadesiyle kıllıydı bir kere. Buna rağmen keldi. Halk arasında göz akı diye bilinen sarı yuvalarının içinde simsiyah iki üzüm tanesi gibi parlayan gözleri ve bu gözleri çevreleyen mosmor halkalar, karşınızdakinin ya kronik bir karaciğer illetiyle boğuştuğunu yahut insan zehirleme sanatının bütün inceliklerine vâkıf olduğunu düşündürüyordu. Bakışları, eline teslim ettiğim evraktaki yazıları otomatik bir şaryo gibi soldan sağa tarıyor, işaret ve baş parmakları kağıtları iki yandan soymak istercesine hızlı hızlı ovuşturuyordu. Burun deliğinin ucunda, şakacı bir deniz kızı misali bir görünüp bir kaybolan kıla eşlik eden hırıltı ise, bu kutsal tetkik ayininin aşk müziğiydi. Böyle bir adama kül yutturamazdınız. Böyle bir adamı ikna edemezdiniz. Böyle bir adama söyleyecek sözünüz olamazdı. O, biz sıradan fanilerin asla akıl sır erdiremeyeceği; tamim, tüzük ve tebligatlardan muhteva bambaşka bir âlemin bileği bükülmez şövalyesi, hak dağıtıcısı ve yol göstericisiydi. O, Kafka'nın kâbus şatosunun insan kılığındaki tezahürüydü. Velhasıl, böylesine çirkin bir adam, işte bu dehşet verici ve sapıkça gücü sayesinde, ablanızın koynuna girip annenizin yaptığı yemeklerden ziftlenebilirdi.

Nihayet Tamay Bey incelemesini tamamlayıp evraklarımı masanın üzerine bıraktı, bakışlarını bana dikti. "Bugünün tarihini atmışsınız."

"Şey, evrakları biraz önce aldım..."

"Anlıyorum ama işe girişiniz geçen hafta göründüğü için o günün tarihini atmanız gerekiyordu. Daha sonra başımıza iş açabilir bu türden şeyler."

Umurumda bile değildi. Bir an önce ne gerekiyorsa yapıp ordan kaçmak istiyordum. "Tabii anlıyorum. Yeni bir form doldurmamı ister misiniz?"

Çok büyük bir savaşa hazırlanmış bulunan Tamay Bey, hemen teslim bayrağı çekmemden memnun kalmıştı. "Hiç gerek yok," dedi şefkatli bir delgeç gibi gülümseyerek. "Şimdi hallederiz." Sonra da masasının çekmecesinden, fi tarihinden kalma, daktilo hatalarını düzeltmek için kullanılan türden beyaz bir boya çıkarttı.

"Teşekkür ederim," dedim Tamay Bey dilini ısırarak yazdığım tarihin üzerini boyarken. "Bunun dışında her şey tamamsa ben gideyim."

"Bir saniye lütfen. Şu arkanızdaki beyaz kutuyu verebilir misiniz rica etsem?"

Dönüp baktım. Kocaman bir tel dolabın raflarında belki elli tane, çeşitli ebat ve renklerde kutu duruyordu. "Bu mu?"

"Hayır hayır, sağda bakın... Şu büyük olan. Hah, teşekkür ederim."

Tamay Bey evraklarımı önce mavi plastik bir klasöre koydu sonra da bu klasörü, içinde birçok başka benzeri dosya bulunan beyaz kutuya yerleştirdi. Kutunun kapağını kapatıp sevgiyle okşadı. "Ben kutuları çok severim Musa Bey," dedi sonra. Sadece gülümseyebildim. O ise usul usul kutunun kapağındaki görünmeyen toz zerreciklerini silmeyi sürdürerek, "Ben kutuları çok severim," diye yineledi. "Çünkü kutuların içine bir şeyler koyabilirsiniz. Dergiler, eski fotoğraflar, hatta daha küçük başka kutular... Tek tek atmaya kıyamadığınız onca şeyi hatırlamak yerine, nesneleri genel kategorilere ayırır, sonra uygun kutulara yerleştirirsiniz. Hem aradığınızı bulmak kolay olur hem de ortalık düzenli durur... Katılmıyor musunuz?"

Katılmamak ne mümkündü? "Tabii," dedim. "Kutuları ben de severim. Yani şimdiye kadar bu konuda düşünmemiştim ama siz söyleyince fark ettim, evet."

"Hayattaki idealim nedir biliyor musunuz?" Tahmin yürütmeye korkuyordum. Neyse ki yanıtımı beklemeden devam etti. "Bir kutu müzesi kurmak! En küçüklerinden dev konteynerlere kadar binlercesini bir yere toplayıp, insanları kutuların uygarlığımız için taşıdığı anlam ve önemi düşünmeye teşvik etmek... Tabii benim gibi mütevazı biri için ulaşılması çok zor bir hedef bu."

"Estağfirullah efendim," sözleri çıktı ağzımdan gayri ihtiyari. Ne demekti ki bu şimdi? Kafaya koyarsanız pekâlâ da bir kutu müzesi kurabilirsiniz demeye mi getiriyordum?

"Hayır hayır, doğru bu, mütevazı bir insanım ben. Hiç değilse küçük bir sergi açayım diyordum bir aralar ama..." Bakışlarını uzaklara dikip derin bir iç geçirdikten sonra cümlesini tamamladı. "Sanat zannederler diye korktum!"

Bu enteresan kaygıya gülmek, daha sonradan aklıma gelecekti. O anda sadece, şimdi Tamay Bey'i tanıdıktan sonra bana artık çok daha normal görünen çalışma arkadaşlarımın arasına karışmak istiyordum. Ben söyleyecek az çok manalı bir şeyler bulmak için kıvranırken, kutu fetişisti muhasebe müdürümüz sohbetimizde zaten eser miktarda bulunan mana ve akıl faktörünü toptan imha etme kararını apaçık ortaya koydu. "Sizce hatıraların biçimi nedir?"

"Nasıl? Anlayamadım."

"Hatıralar diyorum," dedi kıllı parmaklarıyla kafasını işaret ederek. "Hani şu beynimize depoladığımız yaşam parçaları. Ben üçgen ya da dörtgen gibi iki boyutlu olduklarını hiç sanmıyorum açıkçası. Mesela kübik ya da silindirik olabilir hatıralarımız... Veya konik. Neyse, ben çok düşünürüm bu konuyu. Acaba beynimizin biçimi bu hatıraları depolamaya uygun mudur diye..."

Kapana kısılmıştım. Başım dönüyordu. "Oturabilir miyim?"

Eliyle karşısındaki koltuğu işaret edip sürdürdü konuşmasını. "Bakın insanlar milyonlarca yıldır bir şeyler toplayıp saklıyor, oysa modern paketlemenin tarihi sadece birkaç yüzyıl. Belki de diye düşünüyorum bazen, belki de ilk insanın çok düzgün, optimize edilmiş hafıza kutularına ihtiyacı yoktu. Hatırlamaları gereken üç-beş şeyi içine atacakları adi bir poşet yeterliydi onlar için, olamaz mı? Ama bilim ve teknoloji geliştikçe, yetersiz kaldı işte o ilkel depolama enstrümanları. Şimdi belki de bizim çok daha doğru biçimlendirilmiş, bilgilerimizi, hatıralarımızı çok daha düzgün şekilde yerleştirebileceğimiz bir, evet, kutuya ihtiyacımız vardır?" Bu manyakça akıl yürütmenin sonu nereye varacaktı? "Kutu derken neyi kastettiğimi anlıyorsunuz değil mi Musa Bey? Beyinden söz ediyorum elbette. İşte, çok daha az şeyi saklamak için evrimleşmiş bu ilkel beyin, içine rasgele bir şeyler tıkılmış bir poşet gibi yırtılıp parçalanıyordur belki... Belki oradan bir sürü şey düşüp kaybolduğu için unutkanlık gibi, akıl hastalıkları gibi şeyler ortaya çıkıyordur? Olamaz mı?" O saniyede ona "olamaz" diyebilecek bir yiğit var mıydı acaba şu koca dünyada? Ağzım açık dinliyordum. "Oysa bir düşünün, hatıraların şeklini bilsek, ona çok daha uygun bir kutu geliştiremez miyiz? Mesela kübik bir beyin daha iyi olmaz mıydı?"

"Bu konuda bir çalışmanız var mı?" diye sordum meraktan ziyade nihayet soracak bir şey bulabildiğim ve bu sayede de karşımdaki manyağı, belki sigorta evraklarımı işleme sokmamaktan alıkoyabileceğim için.

"Deneme yanılmayla ilerlemekten başka çaremiz yok," dedi Tamay Bey, şimdi bu konularda kendine ilk başta göründüğünden çok daha güven duyduğunu gösteren bir tavırla. "Baştan hatıraların biçimini öğrenmemiz pek mümkün görünmüyor maalesef, ama önceden kutuları tasarlayıp sonuçlarını incelersek doğru şekli bulabiliriz..."

"Burada kutu, beyin oluyordu değil mi?"

"Kesinlikle!" diye yanıtladı Tamay Bey keyifle. "Yani tüm yapmamız gereken, insanların beyinlerini çeşitli biçimlerde kesip üzerlerinde öğrenme deneyleri yapmak! Doğru kutuyu bulunca da... Tak tak... Doğan bütün bebeklerin beynine o şekli kazandırmak. Tabii cerrahi müdahaleyle." Durmuş tepkimi inceliyordu. Kesinlikle teorik bir tartışmaydı bu. Fikir jimnastiği yapıyorduk. Gerçek insanları kesip biçmek söz konusu değildi. Onu böyle sakin sakin dinlemem beni potansiyel bir cani yapmazdı. Aptal aptal bakıyordum. Derken kahkahayı patlattı Tamay Bey. "Hay Allah iyiliğinizi versin Musa Bey! Yüzünüzü görmenizi isterdim."

"Nasıl?" diye geveledim.

Katıla katıla gülüyordu karşımda. "Dalga geçiyorum yahu! İşletiyordum sizi. Ben kutular konusundaki hobimden bahsederken öyle boş bakıyordunuz ki, dayanamadım..."

Oyuna getirmişti beni pezevenk. Çaresiz gülümsedim. "Neyse içim rahatladı..."

"Yani kusura bakmayın n'olur... Sabahtan akşama insan patlıyor bu küçücük yerde. Mütevazı bir eğlence diye bakın, olur mu?"

Çok pis tufaya gelmiştim hakikaten. "Tamam tamam," dedim. "Benim aptallığım. Kutu müzesi gibi sapıkça bir şey söylediğiniz anda anlamalıydım..."

Bıçak gibi kesildi kahkahaları. "O konuda şaka yapmıyordum."

Bir an buz gibi birbirimize baktık. Derken uyandım. Namussuz yine işletiyordu beni. Bir kahkaha attım. Hayır. O hâlâ gülmüyordu. Nefretle bakıyordu bana. "Ben gideyim," dedim.

Odasından çıkınca derin bir nefes aldım. Nasıl Allah'ın cezası bir yerdi bu Gizliajans? Nasıl insanlardı bunlar? Hepsi bir kâbus muydu? Hayır, değildi. Hayatımın en tatlı düşüydü belki. Çünkü Sanem vardı. Asansörü bekleyemeyecektim, merdiven basamaklarını ikişer-üçer tırmanarak birtanemin yanında aldım soluğu. Bilgisayarının başında bir şeylerle uğraşıyordu. Kolundan tutup ayağa kaldırdım onu. Bir açıklama beklentisiyle boş boş yüzüme bakarken, ağzımı dudaklarına yapıştırdım. Bir kolumu beline dolayıp bedenini sıkı sıkı kendime çektim. Nihayet onu bıraktığımda Ayberk ve Berkay da dahil olmak üzere etrafımızdaki tüm ajans çalışanları işi gücü bırakmış bizi izliyordu. Sonra biri bir alkış tutturdu, diğerleri ıslıklarla ona katıldılar. Sanem kıpkırmızı kesilmişti. "Ne dersin?" dedim. "Gidip sana yeni bir cep telefonu bakalım mı?"

Sanem ağzı hâlâ açık, gözleri gözlerimde, usulca başıyla onayladı.

* * *

Tüm mutlu evlilikler birbirinin aynısıdır, mutsuz olanların her birinin mutsuzluğu ise kendine özgüdür. Herkes bilir ki, aşk filmlerini, örneğin, ilginç kılan birbirini seven çiftin hikâye boyunca yaşadığı sıkıntı ve acılardır. İlişkinin kaygısızca yaşandığı süreç ise, sevgililerin yağmur altında yürümesi, dondurma yemesi ve köşe kapmaca oynaması gibi, açıkçası daha ziyade çocukça denebilecek edimler içinde bulundukları birkaç sahneyle ve genellikle de hafif bir müzik eşliğinde çabucak anlatıp geçilir. Mesut aşkın, tarafları dışında kimseye bir şey ifade etmeyen tabiatı nedeniyle, ben de o iki hafta içinde yaşadığım günleri tatlı bir aşk rüyası diye tanımlamakla yetinebilirdim. Oysa ben, kaderden önce davranma telaşından olacak, hayatımın bu en hülyalı günlerinde bile her şeyi derhal ıstıraba çevirmeyi başarıyordum.

Sanem benim sevgilimdi. Ajansta da biliniyordu bu durum açıkça. Elbette iş saatlerinde öyle laubali birtakım pozisyonlara girmiyorduk, ama aramızda bir şey yokmuş gibi de davranmıyorduk. Paydostan sonra atıyordum elimi kız arkadaşımın omzuna, birlikte çıkıyorduk. Bir yerlerde yemek yiyor, uzun uzun sohbet ediyor, gülüşüyorduk. Hatta aşağı yukarı gün aşırı gelip bende kalıyordu. Buraya kadar bir sorun yoktu. Ama birlikte geçirmediğimiz akşamlar... İşte o zaman tuhaf tuhaf şeylere takıyordum. Misal, ayrılık vakti geldiğinde ben onu öpüyordum, birbirimize iyi geceler birtanem, yarın görüşürüz sevgilim gibi sözler ediyorduk. Ve sonra Sanem dönüp gidiyordu. Arkasına hiç bakmadan. Bense hep bakıyordum. Çoğunlukla hiç yerimden kıpırdamadan, onu gözden kaybolana kadar izliyordum. Bir kez dönüp bana el edecek, bir gülümseyiverecek mi diye. Bazen içimden ona seslenmek geliyordu. Dönüp baksın diye. Sonra vazgeçiyordum. Öylesinin bir anlamı olmayacağını hissediyordum. Acımı sessizce içime akıtıyordum.

Ne gerekçeyle olursa olsun, birbirimizden ayrılmamız bana yanlış görünüyordu. Biz asla farklı yönlere hareket etmemeliydik. Hep birlikte, hep aynı yönde devinmeliydik. Belki çok ufak tefek, cilveleşme kabilinden ayrılıklar söz konusu olabilirdi. Self servis bir kafeye falan gittiğimizde o geçip bir yere oturabilir –muhakkak ki benim görebileceğim bir yere– sonra ben çayları alıp hemen yanına gidebilirdim. Bu kadarı makul, bir dirhem fazlası ise elemdi.

Kimi zaman da uzay boşluğunda onunla birlikte ilerlediğimizi düşünüyordum. Bir merkezden bir zamanlar aldığımız bir hızla, usul usul yan yana yolculuk ettiğimizi. Herhangi bir yere varmak gibi bir amacımız yoktu. İstenebilecek her şeye sahiptik zaten. Yıldız kümelerini, asteroidleri, meteor fırtınalarını izleyerek sonsuza dek sürecek bir düşüş halindeydik. Bizi birbirimizden uzaklaştıracak hiçbir şey yoktu. Hayır, vardı. Birbirimizi itebilirdik. Mesela ben onun saçını okşarken ya da o beni öpmek için uzanmışken, farkında bile olmadan gidiş yönümüzde ufak bir sapma meydana getirebilirdik. O bir milimetrelik fark ağır ağır büyüyebilir, biz uyurken aramızda birbirimize bir daha dokunamayacağımız bir mesafeye yol açabilirdi. O zaman birbirimizin gözlerinin içine baka baka yavaş yavaş uzaklaşabilir, sessiz çığlıklarla evrenin sonsuzluğunda kaybolup gidebilirdik. Bunu düşündüğüm zaman sırtım buz gibi olurdu. Hemen gömleğimin düğmesini onun hırkasının iliğine geçirmek gibi şeyler geçerdi aklımdan. Ya da mesela kemerimi her ikimizin pantolonunun kemer deliklerinden geçirmek suretiyle bunu engelleyebilirdim. En iyisi ikisini birden yapmaktı.

Sonra ölüm gelirdi aklıma. Ölümün bizi ayıracağı. Bu beni çok üzerdi. Bende geçirdiği gecelerde ya da ertesi sabahları orada burada duran giysilerine bakarken, ölümünü düşünürdüm onun. Nedense o giysiler içimi acıyla doldururdu. Bak, beğenmiş almış. Ne vardı bunda? Bilmiyorum. Ellerimde o kumaş parçaları, deli gibi ağlamak gelirdi içimden. Belki de hep en küçük beden oldukları için. Sonra katlayıp koyardım hepsini bir köşeye. Ölüm kaçınılmazsa, acaba aynı anda ölmemiz mümkün mü diye düşünürdüm sonra. Belki o zaman bir mesele kalmazdı. Ama aynı saniye ya da saliseden söz etmiyorum; birbirimizi asla yalnız bırakmamalıydık biz. Bir saniye ile sonsuzluk arasında bir fark yoktu. Ölümümüz için, bölünemeyecek o bir tek ideal an yakalanabilir miydi? Bu soru kafamı çok kurcalıyordu. Evet, aşktan deliriyordum.

* * *

Bir sonraki cuma akşamı geldiğinde, çıkışta Sanem'le önce bir yerlere eğlenmeye, sonra da bana gideriz, bütün haftasonunu birlikte geçiririz diye umuyordum; ama maalesef sevgilim o akşam bir işi olduğunu söyleyip beni bir kez daha hayal kırıklığına uğrattı. Elinde, ertesi güne mutlaka bitirmesi gereken bir korsan işi vardı. (Çalışanların ajans dışından, özel olarak aldığı işlere "korsan iş" deniyordu reklam piyasasında.)

"Asma öyle suratını," dedi gülümseyerek. "Hem senin ev arkadaşın bugün dönmüyor muydu? Neydi adı bakayım?"

"Şaban," dedim somurtmayı sürdürerek.

"Hah, Şaban. Hasret giderirsiniz işte biraz. Yarın da partide görüşürüz."

"Parti mi?"

"Haberin yok mu senin? Müşterimiz bir parti veriyor ofislerinde. Bizi de davet etmişler."

"Samanyolu Mutluluk Okulu," diye mırıldandım.

"Biliyorum, müşteri partisi kulağa pek hoş gelmiyor, ama ikimiz olunca eğleniriz nasıl olsa. Hem ofisleri senin eve bayağı yakın bildiğim kadarıyla."

"Hem de fazlasıyla," dedim. Hiç değilse bir sonraki geceyi birlikte geçireceğimizi düşünmek beni biraz rahatlatmıştı. "Okul bizim apartmanın en üst katında, fark etmemiş miydin? Partiyi de terasta veriyorlar."

"İnanamıyorum," diye bir kahkaha attı Sanem. "Tesadüfe bak."

"Ya," diye onayladım. "Peki şey yapsak... Bu akşam da ben sana gelsem. Sen işini bitirene kadar bir kenarda otururum. Hiç rahatsız etmem seni. Sonra da geceyi birlikte geçiririz. Yarın ben sana kahvaltı hazırlarım..."

"Bir kere sen yanımdayken ben aklımı işe veremem,

bunu ikimiz de biliyoruz," diye araya girdi Sanem, yalancıktan da olsa içimi eriten bir işveyle. "Ayrıca annemler bu işe ne der pek emin değilim."

"Annenler mi?" diye dikildim. "Sen ailenle birlikte mi yaşıyorsun?"

"E biraz geç de olsa sormana sevindim," dedi Sanem masasını toplamaya başlarken. "Ben hâlâ bir aile kızıyım." Bir anda hayretle onun hakkında ne kadar az şey bildiğimi fark ettim. Doğrusu daha nerede oturduğunu bile bilmiyordum. Serzenişte bulunmakta haklıydı. Bizi birbirimizden ayırabilecek bir şey duyarım korkusuyla, daha önce hiç soru sormamıştım ona özel konularda. Bilemiyorum, belki de acınası derecede bencil olduğumdan. Ama şimdi bak, her şeyi bilmek istiyordum onunla ilgili. Ne yazık ki o akşam buna fırsat bulamayacaktım. Sanem toparlanmış çıkıyordu. "Haydi saat beş oldu. Tunçay Bey ilanların akıbetini sormadan kaçalım hemen."

"Biraz acayip değil mi?" diye sordum bilgisayarımı kapatırken. "Yani Gürcan Bey öleli daha onbeş gün olmuşken, böyle partilere katılmak falan?"

"İş dünyası," diye omuz silkti Sanem. "Tunçay Bey herkesin katılımını şart koştu."

"Bana bir şey söylemedi."

"Benim söyleyeceğimi düşünmüştür herhalde."

"Herhalde."

Birkaç dakika sonra, ajansın giriş kapısının önündeydik. Ayrılmadan önce ona sıkı sıkı sarıldım, yanaklarına birer öpücük kondurdum. Sonra Sanem dönüp gitti. Bir onbeşyirmi metre uzaklaşmıştı ki, saçını geriye attı, yol üzerinde kısa bir süre durup kırtasiye malzemeleri satan bir dükkânın vitrinine baktı, çantasını taşıdığı kolunu değiştirdi ve nihayet Tünel'e çıkan yokuşu tırmanırken hafifçe sağ bileğini burktu. Elbette tüm bunları bildiğimden onun hiç haberi yoktu.

7.

Eve döndüğümde beni Şaban'la birlikte, bir kuş sütü eksik bir kahvaltı masası karşıladı. Akşam kahvaltılarını ne kadar sevdiğimi bilen dostum, benim için mükemmel bir sofra hazırlamıştı. Kucaklaşma ve karşılıklı hal hatır muhabbetinden sonra, "Haydi geç otur," dedi Şaban. "Ben sucuklu yumurtayı yapıp geliyorum."

"Büyüksün be Şaban."

Her şey ziyadesiyle lezizdi ve ben de Şaban'ı, doğrusu tahmin etmeyeceğim kadar özlemiştim. O bana tatlı tatlı köyünde geçirdiği günleri anlatırken, neredeyse akşamı Sanem'le değil de evde Şaban'la geçiriyor olmaktan memnuniyet duyacaktım. "Eee," dedi Şaban sonunda. "Sen neler yaptın?"

Derin bir iç geçirdim. "Âşık oldum Şabancığım," dedim.

"Aşk güzel şeydir," diye karşılık verdi Şaban gülümseyerek. "Gerisini ne sen sor ne ben söyleyeyim."

Şaban kalkıp çaylarımızı tazeledikten sonra, geçip karşıma bağdaş kurdu. "Anlat bakalım."

Ona Gizliajans'a girdiğimden beri yaşadıklarımı, ajansın geçmişi hakkında öğrendiklerimi, Samanyolu Mutluluk Okulu'yla aralarındaki tuhaf bağlantıyı, tanıdığım hepsi birbirinden antika tipleri, Şeytan Bey'i ve elbette Gürcan Bey'in ölümünü anlattım. "İşte böyle," diye bağlayıp konuşmam boyunca masanın üzerinde unuttuğum için artık iyice soğumuş olan çayımdan bir yudum aldım.

Hiçbir şey karşısında şaşkınlığa düşmeyen dostumun yüzünde bile tuhaf bir merak ifadesi oluşmuştu. "Ne diyecekti acaba?"

"Kim?"

"Gürcan Bey. Seni çağırdığı gün."

Doğrusu Gürcan Bey'in ölümünden sonra cinayet zanlısı durumuna düşme meselesine o kadar kafayı takmıştım ki, bu konuda doğru düzgün bir şey düşünmüş değildim. "Sanıyorum Barbaros Bey'in eşi için casusluk etmemi isteyecekti. Bilemiyorum, başka ne olabilir ki?"

"Kim bilir?" diye iç geçirdi Şaban. "Allah rahmet eylesin."

Hemen daha neşeli bir konuya geçmek istiyordum. "Bu arada Savuray Bey'in partisi vardı ya? Ona bizim ajans da katılıyormuş. Yarın gece terasta..." Bir yanıt beklemem boşunaydı. Parti sözcüğü Şaban'ın kafasındaki hiçbir ontolojik kümede yer almıyordu. "Neyse işte, ben katılacağım ona. Sanem de. Sevgilim yani. Sen de gelmelisin mutlaka..."

"Kısmet bakalım," diye her sıkıntı anında olduğu gibi kaşınmaya başladı sevgili alerjik dostum.

"Yahu beş dakika," diye üsteledim. "Tanışmış olursunuz."

"Bakarız işte o zaman..."

"Ha bak bir de ne var... Bizim Müberra Abla çok fena takmış o partiye. Evi sapık katillerin basacağını düşünüyor. Parti yapılmasına ses çıkarmadık diye çok bozulmuş bize de."

"Yazık kadıncağıza..."

"Ohooo Şaban, olmuyor ki böyle... Sen ne söylesem pas geçmeye başladın. Haydi kalk bir ziyarete gidelim Müberra

Abla'yı. Hem yarın akşam gelenlerin tanıdığım insanlar olduğunu söyleyeyim de içi rahatlasın biraz."

Şaban başta biraz hık mık ettiyse de, sonunda bu kamu görevini ifa etmek üzere bana katılmayı kabul etmekle kalmadı, gidip mahalle pastanesinden bir kutu kuru pasta bile yaptırdı. Müberra Abla da iyi gününde olmalıydı ki, evinin kapısını bize açmadan önce sadece iki kez kim olduğumuzu sormakla yetindi. "Şaban Bey, Musa Bey... Ne güzel sürpriz. Buyrun girin girin. Ah ne zahmet ettiniz. Bak, ben de çay koymuştum az evvel. Evin kusuruna bakmayın lütfen."

Tedirginlikle eşikten içeri adımımı atarken, gözüm Allah'ın cezası itleri arıyordu. Birinin hırıltısını duyduğum anda öyle bir irkildim ki boğazımdan bir inilti koptu. "Korkmayın korkmayın," dedi Müberra Abla. "Yavrularım içeriki odada. Zaten bir zararı dokunmaz size. Sizi tanıyorlar. Geçin oturun şöyle rahat rahat; keyfinize bakın..."

Müberra Abla'nın bizi keyfimize bakmaya davet ettiği yer, bej rengi kılıflarının üzerine jilet gibi yayılmış örtülerle kaplı kanepeleri değil, oturma odasının ortasında duran yuvarlak masanın çevresindeki tahta iskemlelerdi. Masanın üzerinde bir makas, yapıştırıcı, kâğıt kırpıkları ve içine katlanmış gazeteler sıkıştırılmış kocaman bir dosya duruyordu. Boş zamanlarını kolaj yaparak falan geçiriyordu herhalde. Böyle kadınlar arasında nedense çok popüler olan ve genellikle seramik yapımı ya da İspanyolca dersleriyle başlayıp Küba Dostları Derneği'yle devam eden, en nihayetinde de tımarhaneyle tamamlanan bir kişisel gelişim yolculuğunun uğrak noktalarından birinde olmalıydı. Düşünüyordum da, Savuray Bey ona Samanyolu Mutluluk Okulu'nun broşürünü vermekle çok da büyük bir hata yapmış sayılmazdı.

Müberra Abla, Şaban'ın getirdiği kuru pastaları büyük bir tabağa doldurup masanın ortasına koyduktan sonra, yanımıza oturdu. "Çay bir beş dakikaya demlenir," dedi neşeyle. Ziyaretine gelmemize çok sevindiği belliydi. Biraz içimi burkmuştu bu durum benim de. Korku içinde yaşayan, yapayalnız bir kadındı işte. Ara sıra kapısını çalmak, hatırını sormak, sıkıntıdan patlama pahasına bile olsa, oturup birlikte bir bardak çay içmek insanlık vazifemizdi.

"Nasılsınız Müberra Abla?" diye sordum olanca sevecenliğimle.

"Size hâlâ biraz kızgınım Musa Bey," dedi Müberra Abla bir çocukla konuşur gibi. Bu iyiye işaret olmalıydı. "Ama ne yapalım, oldu bir kere..."

"Bakın biz de tam o konuda konuşmaya gelmiştik," dedim neşeyle.

"Partiyi iptal mi ettirdiniz yoksa?"

"Hayır hayır, öyle değil. Ama korkmanızı gerektirecek bir şey yok, onu söyleyecektim."

Müberra Abla, ne söylersem söyleyeyim asla ikna olmayacağını belli eden bakışlarını sessizce yüzüme dikti. Nereden başlasam diye düşünüyordum ki, Şaban girdi araya. "Ahbabıymış bunun partiyi verenler."

"Nasıl?" Müberra Abla sanıyorum o an beni de tecavüzcü caniler klasörüne taşımakla meşguldü.

"Ahbabım değil canım," diye düzelttim telaşla. Sonra da dilimin döndüğünce durumu açıklayıp, gelen insanların iş güç sahibi, ne kadar sevimli ve düzgün insanlar olduğundan söz ettim.

"Yani yukarı katı tutanlar, sizin çalıştığınız yerdeki insanlarla çalışıyormuş, öyle mi?"

"Tastamam öyle Müberra Abla. Tesadüf işte. Umarım içiniz rahatlamıştır biraz?"

Bir an için Müberra Abla'nın gözlerinde şimdiye kadar hiç şahit olmadığım türden bir dehşet ifadesi gördüm gibi geldi. Ama sonunda gülümseyerek, "Tabii," dedi. "Gelenler tanıdıklarınızsa mesele yok. Ben gidip çayları koyayım."

Müberra Abla mutfağa gidince, Şaban teklifsizce masada duran dosyayı önüne çekip kapağını açtı. Bir yığın gazete kupürü ve dergi sayfasıyla dolu dosyanın ilk sayfasında çok eski bir fotoğraf göze çarpıyordu. Resmî bir üniforma içindeki kepçe kulaklı bir çocuktu bu. Şaban sayfaları çevirdikçe, çocuk da yavaş yavaş büyüyordu. Derken, bir av partisinde, bir savaş uçağının kokpitinde, at binerken, evlilik töreninde, Kanuni Sultan Süleyman Sergisi'nin açılışında, askerî bir heyeti selamlarken, Mardin'de köylülerle kahve içerken ve daha sayısız şekilde resimlerini gördüğümüz bu adamı çok iyi tanıdığımızı hayretle fark ettik. "Prens Charles değil mi bu yahu?" dedi Şaban bir kuru pastayı ısırarak.

"Ta kendisi," dedim. Acaba Müberra Abla da, beni dünyanın tüm hanedanları hakkındaki derin bilgisiyle defalarca şaşkınlığa düşüren annem gibi kendini saraylı zanneden çatlaklar grubuna mı dahildi? Gerçi onun herhangi bir saltanat mensubu hakkında böyle detaylı bir dökümantasyon yapmışlığı yoktu. Bildiğim kadarıyla tabii.

"Allah affetsin, ne çirkin adam," diye söylendi Şaban, Prens'in zamanının Amerika Birleşik Devletleri başkanıyla el sıkışırken çekilmiş bir fotoğrafına bakarak.

Tam o anda Müberra Abla odaya daldı, elindeki çay tepsisini masaya bırakıp sinirli bir hareketle çat diye dosyanın kapağını kapattı. "Charles bir beyefendidir!"

Charles! Aralarındaki samimiyet düşünülürse, bu konuda Müberra Abla'yla tartışmaya girmemek en akıllıcasıydı. Sonrasında pek fazla konuşmadan çaylarımızı bitirip müsaade istedik. Müberra Abla kapıda bizi geçirirken, kötü niyetli birinin yalakalık diye tanımlayabileceği bir tavırla, "Partiye muhakkak siz de gelmelisiniz Müberra Abla," dedim.

Müberra Abla bir bana, bir Şaban'a baktı ve "Pekâlâ," diye hayli sürpriz bir deklarasyonda bulundu. "Ama bir şartım var: Kavalyem Şaban Bey olacak."

* * *

Samanyolu Mutluluk Okulu işletmecileri ruhsal kurtuluş vaatlerini yerine getirme konusunda ne kadar başarılıydı bilemiyorum ama, parti verme işini iyi bildikleri kesindi. Her tür içkinin ücretsiz servis edildiği kocaman bir bar, üçlü-dörtlü grupların çevresinde toplanıp sohbet edebileceği iştah açıcı kanepe tabaklarıya dolu yuvarlak masalar, hem ısıtma hem aydınlatma işine yarayan ayaklı fenerler ve konuklara şarap servisi yapmak için ortalıkta dört dönen garsonlarla, terasımız beş yıldızlı bir düğün salonuna dönüşmüştü. Barın iki yanına yerleştirilmiş iki dev hoparlörden yayılan klasik caz müziği, uzaklarda İstanbul Boğazı ve gökyüzünde parlayan ay, partiye Şaban'ın kolunda teşrif eden Müberra Abla'ya bile derin bir iç geçirtmişti. Buna karşılık, üzerinde en az bir beden büyük duran korkunç takım elbisesiyle, kendini hiç alışık olmadığı türden bir kalabalığın ortasında bulan Şaban, ortamdan hiç memnun görünmüyordu. Bilakis gayet sinirli ve huzursuzdu. Bunda koluna sımsıkı yapışmış bulunan kaçık komşumuzun payı da olsa gerekti. "Eee," dedi kıpır kıpır. "Yenge Hanım hangisi?"

Hemen hemen bütün ajans çalışanlarının da aralarında bulunduğu otuz kadar insan terasta salına salına dolanıyordu, ama Sanem'i göremiyordum. "Henüz gelmemiş herhalde," dedim gözlerimle çevreyi taramayı sürdürerek.

"Ooo kimleri görüyorum! Hoşgeldiniz efendim, hoşgeldiniz..."

Müberra Abla'nın suratında anında bir tiksinti ifadesine neden olan kişi Savuray Bey'den başkası değildi. "Selamünaleyküm," dedi Şaban.

Savuray Bey bizimle tokalaşıp Müberra Abla'nın eline nazik bir öpücük kondurdu. "Nasıl buldunuz partimizi?"

"Kalabalık," diye yanıtladı Müberra Abla ters ters.

Mutluluk profesörü tarafından esir edilmeden önce bara gidip içecek bir şeyler almalıydım. "Ben bir bira alacağım kendime. Bir şey isteyen var mı?"

Beş dakika kadar sonra Şaban'ın gazoz, Müberra Abla'nın bir kadeh beyaz şarap siparişiyle birlikte kendime bir bira almayı başarmıştım. Elimdekileri dökmemeye gayret ederek barın çevresinde yoğunlaşmış kalabalığı yarmaya çalışırken, birden, en fazla bir saniyeliğine teras duvarının üzerinde şimşek gibi hareket eden bir karaltı gördüm. Küçük ve uğursuz bir karaltı. Ensemden aşağı bir ürperti yayıldı. Bir süre daha, dikkatle terasın duvarlarını gözlediysem de, başka hiçbir hareket göremedim. Derken Tunçay Bey'le burun buruna geldik. Beni kibarca selamladıktan sonra yanımdan geçip gitmeye davranıyordu ki önünü kestim. Nezaket kurallarına özen gösterecek halde değildim. "Kedi burada mı?" diye sordum. Tunçay Bey'in suratında şaşkınlıktan ziyade davranışımın uygunsuzluğunu gösteren bir ifade belirmişti. "Özür dilerim," dedim. "Şeytan Bey'i soruyordum. Demin onu gördüm gibime geldi de..."

"Şeytan Bey partilerden pek hazzetmez," dedi Tunçay Bey ilk tanıştığımız günkü alaycı tavrına bürünerek. "Kendisi bu gece çalışmayı düşünüyordu. Ama eminim civarda damdan dama atlayarak vakit geçirmeyi tercih eden pek çok kedi vardır."

Dalga geçmekte haklı diye düşündüm. Aptal gibi davranıyordum. Kendisine iyi eğlenceler dileyip yoluma devam ettim. Üçlü, bıraktığım yerde değil, terasın korkuluğuna monte edilmiş teleskobun yanındaydı. Görünüşe bakılırsa Savuray Bey, Şaban'ı yine abuk subuk bir konuda lafa tutuyor ve Müberra Abla da sıkıntıdan patlıyordu. "İçecekler geldi," diye girdim araya.

Savuray Bey seksi bir tavırla teleskobu okşuyordu. "Bununla hiç enteresan bir şey gördünüz mü?"

Şaban gazozunu kafasına dikti. Eminim alkol kullanmadığına çok yanıyordu o sırada. "Ay tutulmasını izlediydik."

"Peki daha sıradışı bir şeyler?" diye ısrar etti Savuray Bey. Sonra da gözlerini iri iri açıp ekledi: "Mesela bir UFO?"

"Yavrularım!" diye bağırdı birden Müberra Abla.

Bir yudum şarap adamı böyle çarpabilir miydi? "Ne oldu Müberra Abla?"

"Susun. Duyuyor musunuz? Bağırıyorlar..." Hakikaten de bütün gürültüye rağmen, dikkat edince köpeklerin sesi duyuluyordu. Müberra Abla şarap kadehini korkuluğun kenarına bırakıp hızla kapıya yöneldi.

Koşup ona yetiştim. "Müberra Abla korkulacak bir şey olduğunu sanmıyorum. Belki buradaki patırtıdan huzursuz olmuşlardır."

"Gitmem gerekiyor Musa Bey," dedi Müberra Abla açıklamama hiç prim vermeden. "Davetiniz için teşekkür ederim. Size iyi eğlenceler."

Merdivenleri ikişer-üçer atlayarak aşağı inerken arkasından baktım. Kim bilir hangi sebeple anlamsız korkularına sığınmış bu zavallı kadın için yapabileceğim pek bir şey yoktu. Savuray Bey teleskopla gökyüzüne bakıyor ve Şaban'a bir şeyler sorup duruyordu. Onların yanına dönmeden önce, acaba Sanem gelmiş mi diye terası şöyle bir dolaşmaya karar verdim. Tam o anda da bir fısıltı işittim. "Evli olduğunu biliyordum."

Hızla arkamı döndüm. Bu münasebetsiz esprinin sahibini tahmin etmeliydim diye düşündüm. "Mehtap Hanım," dedim biramı şerefine kaldırarak.

"Musa Bey," diye beyaz şarap kadehiyle karşılık verdi Mehtap her zamanki gibi cilveli cilveli.

"Bilmem açıklamama gerek var mı ama, Müberra Abla karım değil. Adı üstünde işte, Müberra Abla. Komşumuz."

Esrik bir kahkaha attı Mehtap. "Rahat olun Musa Bey.

Açıklama yapmanız gerekmiyor."

"Sanem'i gördünüz mü?"

"Hayır ama eşi buradaydı az önce." Elimdeki bira şişesini neredeyse yere düşürüyordum. "Hahahaaaa... Ay çok safsınız gerçekten Musa Bey. Şaka yapıyorum. Bildiğim kadarıyla Sanem Hanım en az sizin kadar bekâr."

"Niye benimle bu kadar uğraşıyorsunuz?"

"Çünkü sizi çok sevimli buluyorum."

Ne diyeceğimi bilemiyordum. "Bilmukabele."

Mehtap şuh bir kahkaha daha attı. "Ömürsünüz hakikaten. Bilmukabele! Nereden öğreniyorsunuz bu lafları? Eski Türk filmlerinden mi?"

"Her rüzgâra yelken açsaydık, çoktan baştankara olmuştuk yavrum," dedim bitirim bitirim. "Bak bunu eski bir Türk filminden öğrendim işte. *Orhan Günşiray* kendisini baştan çıkarmaya çalışan bir konsomatrise söylüyordu." Mehtap apışmış bir halde suratıma bakarken, "İzninle, sevgilimi bulmam gerekiyor," deyip yanından uzaklaştım. Zevkten geberecektim.

Biram tükenmişti ve yenisini almak için bar kuyruğuna girmeyi göze alamıyordum. O yüzden garsonlardan birinin tepsisinden bir kadeh kırmızı şarap kaptım. Fazla sarhoş olmak istemiyor, ama içmeden de duramıyordum. Kadehteki şarabın en az yarısını bir dikişte bitirip insanların arasına daldım. Sanem yoktu. Sanem'i gören de yoktu. Birkaç kişiyle daha ayaküstü lafladıktan sonra, dayanamayıp onu cep telefonundan aramaya karar verdim. Yine lanet olası "Aradığınız kişiye ulaşılamıyor" mesajıyla karşılaşınca sinirden gözüm döndü. Bulduğum her şeyi içmeye başladım. Biraları, şarapları, hatta masaların üzerinde bulduğum yarım kalmış içkileri yuvarlıyordum. Bir süre sonra başım dönmeye başladı. İnsanların arasında sendeleyerek ilerliyor ve artık kollarıma almak için değil, "iki çift laf etmek" üzere Sanem'i arıyordum. O benim kim olduğumu biliyor muydu? Kendisini ne sanıyordu? Bilmiyor muydu ki güzelliği on para etmezdi, bendeki bu aşk olmasa? Arkamdan ne gibi oyunlar çeviriyordu?

Bu gibi düşünceler içinde ordan oraya sürüklenirken, birden Göktekin'i gördüm. Hani evine gideceği akşamlar Sanem'i arabasıyla alıp götüren grafiker çocuğu. İki akşamda bir iş çıkış saatinde masamızın dibinde biter, Sanem'e "haydi gidelim" anlamında bir bakış atar, Sanem de ona, "hemen geliyorum" anlamında bir bakışla karşılık verir, hasılı bu ikisi bakışlarıyla anlaşarak beni kabak gibi ortada bırakıp birlikte ortadan kaybolurlardı. Bütün bu yaptıkları yetmiyormuş gibi ince, uzun, yakışıklı bir çocuktu Göktekin. Bir anda Sanem'in benimle olmadığı, telefonlarını açmadığı her saniyeyi onunla birlikte geçirdiği düşüncesine kapıldım. Gerçi şu anda Göktekin yanında Tamay Bey ve tanımadığım iki kızla orada bir yerde dikilip sohbet ettiğine ve Sanem de hâlâ ortalıkta görünmediğine göre bu düşüncelerim tamamıyla isabetli sayılmayabilirdi ama, umurumda değildi. Hırstan gözüm dönmüştü. Sanıyorum sonun başlangıcı; hedefime, kabul etmeliyim ki dosdoğru değil, küçük zikzaklar çizerek, ama son derece kararlı bir biçimde yöneldiğim işte o ana denk geliyordu.

"Selamlar!" diye votka, rakı veya şarabımı şereflerine kaldırarak fırtına gibi daldım grubun ortasına. "Sana da selam Göktekin..."

"Oh oh maşallah," diye kutladı gelişimi Tamay Bey. "Yükünüzü almışsınız galiba Musa Bey?"

"Güzel insan," diye boynuna sarılıp iki yanağından öptüm ucubeyi. Düşünüyorum da, facianın yaklaştığını görmem için bu kadarı dahi yeterli gelmeliydi.

"Musa Bey ajansımızın reklam yazarı," diye kibarca tanıttı beni kızlara Tamay Bey. Kızlar da karşılık olarak bir saniye içinde unuttuğum kendi isimlerini söylediler.

"Siz de Tamay Bey'i çok güzel bulmuyor musunuz?" diye sordum kızlara kolumu sıkıca muhasebecimizin kalın ensesine dolayarak. Kızlar sorumu kikirdeyerek yanıtladılar. "Ben son derece ciddiyim. Gerçek güzelliği kavramak için görünenin ötesine bakmalısınız. Ben sizi çok beğeniyorum Tamay Bey. İnanın bana. Hatta sizi o kadar beğeniyorum ki... Sizden yeğenlerim olsun istiyorum!"

"İlahi Musa Bey," diyerek güldü Tamay Bey. Kızlar da güldü.

Ve Göktekin de güldü.

Bu ölümcül bir hataydı.

"Niye güldün Göktekin?" dedim ciddiyetle. "Sen beğenmiyor musun Tamay Bey'i? Bak sen geceleri uyurken o bizi düşünüyor... İnsanlığın evrimiyle kutular arasındaki bağlantıyı düşünüyor... Bebeklerin beynini doğramakla ilgili projeler geliştiriyor. Evet, bu bazılarına korkunç görünebilir. Ama bana sorarsan, kızların yanında süzülüp avanak avanak sırıtmaktan daha ilginç bir uğraş. Sence öyle değil mi?"

Göktekin elinden geldiğince sakin görünmeye çalışarak, "Söylediklerin komik olduğu için güldüm," dedi. "Aslında herkes güldü."

"Hayır hayır," dedim işaret parmağımı iki yana sallayarak. Alttan alarak kurtulamayacaktı elimden. "Onların gülüşüyle seninki arasında fark vardı. Onlar müsamahakâr bir biçimde güldüler, sense müstehzi bir biçimde. Bu iki sözcüğün anlamına gelince... Ona da kızları evlerine bıraktıktan sonra gidip sözlükten bakarsın."

Artık hiç kimse gülmüyordu. Ortamın tadını kaçırmayı başarmıştım ve bundan tuhaf bir zevk alıyordum.

"Musa Bey, size bir kahve alalım mı?" diye sordu Tamay Bey. Müstakbel yeğenlerimin babası sıfatıyla, kendisini benden sorumlu hissediyordu herhalde.

"Hayır, iyiyim ben," diyerek ayrıldım yanlarından. Bir yerlerden bir şişe bira bulup terasın korkuluk duvarlarından birine çöktüm. Cep telefonumu çıkarıp acaba Sanem'den bir çağrı ya da mesaj var mı diye baktım. Hiçbir şey yoktu. Bir daha aramayacaktım onu. Bir daha yüzünü bile görmek istemiyordum. Artık iyice ağırlaşmış kafamı kucağıma gömdüm.

"Musa Bey, iyi misiniz?"

Bu şefkatli sesin sahibini görmek için kafamı güçlükle kaldırdım. Yanıma oturmuş, endişeli gözlerle beni süzen güzel kızın ellerine sarıldım. "Sevilay! Neredeydin sen?"

"Buradaydım. Pek iyi görünmüyorsunuz Musa Bey..."

Yere bıraktığım biramı alıp kafaya diktim. "Sen buradasın ya, artık mesele kalmadı."

"Daha fazla içmeseniz. Yarın çok kötü olacaksınız..."

"Ne kadar dibe batarsan, o kadar yükseğe çıkmaya hak kazanırsın Sevilay," dedim. "Tutkular cehenneminden geçmeden cennete ulaşamazsın!" Bu havalardan bir şeyler tutturmuş gidiyordum. Beni anlamıyordu. Anlaşılacak şeyler söylemiyordum zaten. Kendi içimde kaybolup gitmiştim.

Ben atıp tutmayı sürdürürken, Sevilay usulca avcumun alt kısmındaki yara izine dokundu. "Nedir bu?"

"Cam kesiği," dedim. "Anneme çok sinirlendiğim bir gün evdeki kapılardan birinin camına yumruk atmıştım. O zamandan kaldı bu iz."

"Benim de var bir yara izim," diyerek sol bileğini gösterdi Sevilay. Kocaman, yuvarlak bir leke vardı atardamarının üzerinde. "Erkek arkadaşımla atışıyorduk biz de. O bağırıp çağırıyor, ben de susmasını söylüyordum. Hiç tınmıyor, aynı şeyleri tekrarlayıp duruyordu... Ben de sonunda elimdeki sigarayı bileğime bastım."

"Kendini öldürmek için mi yaptın bunu?"

"Hayır hayır," dedi Sevilay. "Konuyu değiştirmek için

yaptım." Gülerek bana baktı sonra. "Bazı konular zor değişiyor."

Hayranlıkla baktım ona. "Ne kadar güzelsin Sevilay. Ne kadar doğrusun... Sevenler birbirlerine yara izlerini gösterirler. İlk önce bunu yaparlar... Sana ruhumu açmadan önce bil ki incinebilirim demek için... Çünkü en çok sevdiklerin yaralar seni." Gözlerim yaşlarla dolmuştu. "Neden Sanem bana hiç yara izlerini göstermedi Sevilay?"

"Dinle beni Musa," dedi Sevilay birden ciddileşerek. "Sen iyi bir insansın. Bana bir söz vermeni istiyorum."

"Ne istersen Sevilay."

"Pazartesi günü işe gelme. Duydun mu beni?"

"Anlamıyorum..."

"Söz ver bana. Yarından sonra ne olursa olsun işe gelmeyeceksin ve Gizliajans'ta yaşadığın her şeyi unutacaksın."

"Gizliajans'ta dönenler umurumda bile değil," dedim. "Korkma benim için boşuna."

"Dinle," diye üsteledi. "Sana zarar gelmesine gerek yok."

Her ne kadar bu cümlede bir gariplik olduğunu fark etsem de, hiçbir şeyi derinlemesine sorgulayabilecek halde değildim. "Bak bir vals çalıyor," dedim neşeyle. Ayağa kalkıp onu kolundan çektim. "Dans edelim haydi." Kollarımda Sevilay, üç dörtlük bir ritimle kendi çevremde hızla dönerek terasın ortasına doğru savruldum. Çevremde her şey fıldır fıldır dönerken, kaçınılmaz bir tükenişe doğru tam gaz ilerlediğimi artık biliyordum. Frene basacak gücüm yoktu. "Du rap rap, du rap rap... Biliyor musun ben harika vals yaparım..." Bu sözün ardından kollarım çözüldü, ayaklarım birbirine dolandı ve kendi çevremde bir yarım dönüş daha gerçekleştirip kafa üstü yere yapıştım. Bir süre boş yere ayağa kalkmaya çabaladıktan sonra, hiç değilse dizlerimin üzerinde doğrulmak için yüzüstü döndüm ve içimde ne varsa boşaltmaya başladım.

Bir kadının "Musa!" diye bağırdığını ve bir çift kolun omuzlarıma sarıldığını hissettim.

Terasın ortasına böğüre böğüre kusarken, "Sevilay," diye inliyordum. "Sevilay... Seni seviyorum!" Nihayet ağzıma dolan son safraları da attıktan sonra, kafamı kaldırıp saçlarımı okşayan kadına baktım. "Sanem?"

* * *

Birkaç dakika mı yoksa birkaç saat mi geçmişti bilemiyorum. Parti artık sona ermiş ve terasta Sanem'la benden başkası kalmamıştı. Âşıklara en çok yakışacak yeri, çift kişilik veranda salıncağını mesken tutmuştuk kendimize. O halimizle bir romantik dönem ressamı için mükemmel bir kompozisyon oluşturuyorduk. Belki, sevgilisinin dizlerine uzanmış, tam bir teslimiyet içinde yatan tarafın kadın değil de erkek olması dışında.

"Beni affedebilecek misin?" diye sordum elini tutarak.

"Ne için?"

Elini avcumdan sıyırıp çekmese, bunu içtenlikle söylediğine inanabilirdim. "Budalalık ettim, bağışla beni. Çok kızgındım sana. Çok içtim." Cevap vermedi. "Kıskandın mı beni?"

Hafif bir kahkaha attı. "Her şeyi birbirine karıştırıyorsun sen."

İtirazım yoktu. "Ne kadar güzelsin..."

"Ya, güneşle aynı anda doğduk da." Bir kahkaha daha.

"İnanırım."

"Çünkü aptalsın. Bu sözler Küçük Prens'ten. Bilir misin Küçük Prens'i?"

"Bilirim," dedim. "Uzak bir gezegende yaşayan çiçeğine âşık bir deli oğlandır kendisi."

"Dünyada yazılmış en güzel aşk hikâyesidir Küçük Prens," diyerek elime bir şey tutuşturdu. "Bunu sana aldım." Elimi zor bela kaldırıp sevgilimin bana aldığı hediyeye baktım. Yıldızlarla süslenmiş bir fanusun içinde Küçük Prens ve çiçeği.

"Benimle evlenir misin?"

"Belki."

"Yarın?"

"Belki yarından da yakın?"

"Duygularımla alay mı ediyorsun Sanem? Çünkü eğer ciddi değilsen, gözümü kırpmadan kendimi şu terastan aşağı atarım."

"Hayır," diye gülümsedi Sanem. Sonra yüzümü okşadı. Dudaklarıma bir öpücük kondurdu. "Hemen evlenebiliriz."

"Yüzük..." diye geveledim. Aptala dönmüştüm. "Nikâh memuru... Şahitler..."

"Yüzük takmayı sevmem," dedi Sanem. "Nikâh memurlarını da. Ve şahit meselesine gelince..." Güzel yüzünü gökyüzüne çevirdi.

Elimi güçlükle kaldırıp yüzünü avuçladım. Gözlerimden yaşlar süzülüyordu. "Aşksın sen," diye inledim.

* * *

Biliyorum. Yüreğime ellerimle açtığım yaradan sızan bu kan, bu gazap ateşi, bu kutsal fikr-i sabit, gözlerimdeki perdeyi kaldıran biricik hakikattir. Mutluluğum, felaketim, en pervasız günahım... Bil ki hiçbir tecrübe, hiçbir tövbe, hayatın gelip geçiciliğine, kerhen olana dair hiçbir şey bu mührü kıramaz. Zavallı varlığımın anlamı, başka hiçbir şey değil, sadece gizli nikâhımızı kıydığımız o gece yüreğimi sana bağlayan bu yemindir. Bundan böyle aldığım her nefeste senin ruhunu içime çekeceğim, yüreğimin her vuruşu senin ismini fısıldayacak. Aşkından gayrısı yalan, ve bak, gökteki ay şahidimdir.

8.

Günün ilk ışıkları yüzüme vurup ağzımda kusmuk tadı, susuzluktan dilim damağıma yapışmış bir halde beni uyandırdığında, hâlâ salıncakta yatmaktaydım. Tek başına. Birden kafamda feci bir zonklama hissettim. Hayır, bu akşamdan kalma günlerin ertesinde yaşadığım türden bir başağrısı değildi. Elimi kafamın arkasına atıp da küçük bir şişlikle karşılaşınca, bir önceki geceye dair anılar aklıma hücum etmeye başladı. Göktekin, Tamay Bey, Sevilay... Düşünmemek ve derhal tekrar uyumak istiyordum. Hatta yer yarılsa ve içine girsem en uygunu olacaktı, ne var ki yaşama güdüsü kuvvetliydi ve derhal susuzluğumu gidermeliydim. Güç bela doğrulup oturdum. O anda bir şey kucağımdan yere düşüp çatırdadı. Kendime lanet okuyarak kırık cam parçalarının arasından sevgilimin daha bir akşam önce verdiği hediyeden geri kalanı kaldırdım. Küçük Prens ile çiçeği hâlâ yuvarlak kaidenin üzerinde yan yana duruyorlardı, ama ne yazık ki artık kendilerini koruyacak bir fanusları yoktu.

Partinin enkazı arasında bir şişe su bulabilir miyim diye bakışlarımla terası taradım. Netice olumsuzdu. Çaresiz kalkıp apartmana girdim ve trabzanları sıkı sıkı tutarak bizim daireye kadar indim. Sıkıntıyla, zili çalıp Şaban'ı uyandırmam gerekecek diye düşünürken, kapının aralık durduğunu fark ettim. Düşünceli arkadaşım eve o halde döneceğimi tahmin etmiş olmalıydı.

Zavallı Küçük Prens'i girişteki ayakkabı dolabının üzerine bıraktıktan sonra, ilk iş mutfağa girip bir bardak su içtim. Midem bulanmıştı. Çişimi yaparken acaba bir de kussam mı diye düşündüm, ama hemen sonra midemde dışarı atılacak hiçbir şey kalmadığını hatırladım. Yüzümü yıkayıp ağzımdaki iğrenç tattan kurtulmak için dişlerimi fırçaladım. Önce odama gidip birkaç saat daha uyumaya karar verdiysem de, tuvaletten çıkıp holde duran saatin akşamüstü beşi gösterdiğini fark edince bundan vazgeçtim. Sanem neredeydi acaba? Bir umut, odama girdim. Boş bir yatak karşıladı beni. O saatte uyuyor olamayacağına göre Şaban da evde değildi herhalde. Yine de bir göz atayım diye düşünüp odasının kapısını araladım ve... kalakaldım.

Şaban'ın odası bir savaş alanına dönmüştü. Yatak yorgan yerlere saçılmış, komodin yere devrilmiş ve odanın arka balkona bakan camı kırılmıştı. Yerler cam kırıklarıyla doluydu ve en korkuncu da, duvarda kıpkırmızı bir leke, yemin edebilirdim ki bir kan lekesi vardı. Ne yapacağını, ne düşüneceğini bilemez bir halde içeri girip oraya buraya bakmaya başladım. Derken yatağın diğer yanında, yerde tuhaf bir şey gördüm. Üzerinde elektronik göstergeler ve tuşlar bulunan kocaman ahşap bir kutuydu bu.

Kutunun kenarından küçük bir çanak antene benzer bir zımbırtı yükseliyordu. Lanetli bir hisle alete yaklaşıp tuşlara göz attım. İşte o anda, sırtımdan vücuduma buz gibi bir titreme yayıldı. Tuşların üzerindeki işaretler, tıpatıp Gizliajans'ın rekreasyon katındaki kapıda gördüklerime benziyordu!

Hızla cep telefonundan Şaban'ı aradım. Telefonu kapalıydı. Tanrı'ya sığınarak Sanem'in numarasını denedim. Kalbimin zalim sultanı, elbette her zamanki kadar ulaşılmazdı. Bakalım ertesi gün bunun açıklamasını nasıl yapacaktı?

Evin içinde çılgın gibi dört dönerek bir hareket planı oluşturmaya çalışıyordum. Tekrar Şaban'ın odasına gidip duvardaki lekeyi inceledim. Sonra olayı soğukkanlılıkla ele almak için Şaban'ın yatağına uzanıverdim. Duvardaki gerçekten kan izi miydi? Pek büyük bir şey sayılmazdı. Gördüğüm, Şaban'ın hakladığı irice bir böceğin kalıntısı olabilirdi pekâlâ. Peki odanın halini nasıl açıklayacaktım? Ya da şu tuhaf aletin üzerindeki harfleri? Acaba şu yere devrilmiş abajuru zihin gücüyle kaldırabilir miydim? Dünya üzerinde telekinezi yeteneğine sahip insanlar var mıydı gerçekten? Zihin gücüyle nesneleri oynatabilen insanlar, o nesnelerden güç alarak kendilerini de hareket ettiremez miydi? O zaman bu gücü yeryüzüne dikey biçimde uygulayarak uçmayı da başaramazlar mıydı? Ve bir de lisedeyken yaptığımız bir maçta, minyatür kale olarak kullandığımız ve en fazla otuz santim yüksekliğindeki banka attığım rövaşata golü vardı. Ben gerçek mucize diye buna derdim işte. Kendimi yeniden uyku kardeşimin kollarına bırakırken gülümsemek ne kadar güzeldi...

* * *

Saat, bir kez daha susuzluktan kavrularak uyandığımda sabah sekizi, bir önceki güne dair hatırladıklarımın bir kâbus değil gerçek olduğunu kabul etmek zorunda kaldığımda sekiz sıfır üçü gösteriyordu. Boş yere bir kez daha Şaban ve Sanem'i telefonla aradıktan sonra, hızlı bir duş alıp kendimi dışarı attım. İçim içime sığmıyordu. Şaban'ın başı belada olabilirdi. Hatta kesinlikle beladaydı. Evdeki durumu gördüğümde derhal harekete geçmek yerine, on beş saat uyumak suretiyle her zaman olduğu gibi gerçeklerden kaçmayı tercih etmiş ve affedilmez bir hata yapmıştım. Bir an önce Sanem'i görmek, ona binlerce soru sormak istiyordum. Sonra da birlikte polise gidecektik. Her şeyi, o her şey her ne haltsa, kolluk kuvvetlerine bir bir anlatacaktık.

Ajansa vardığımda mesai saatimizin başlamasına sadece on dakika kalmıştı, fakat tuhaf bir biçimde giriş kapısı kilitliydi. Üstelik camlarına da içeriden kağıtlar asılmıştı. Ben çaresizce zile basıp kapıyı zorlarken, hemen Gizliajans'a bitişik otelin kapısında, uzun beyaz saçlı, çenesine kadar bıyık bırakmış bodur bir tip belirdi. "Nereyi aramıştın kardeşim?"

"Ben burada çalışıyorum. Reklam ajansında..."

Alaycı bir gülümseme belirdi karikatürün suratında. "Onlar taşındı buradan."

"Nasıl taşındı? Nereye taşındı?"

"Orasını bilmem ben. Haftasonu koca bir kamyona yüklediler içeride ne varsa, sonra da çekip gittiler."

"Daha cuma günü buradaydım," dedim adama çıkışmanın manasızlığını bile bile. Bir kez daha dehşet içindeydim. "Bana kimse bir şey söylemedi."

Ben yanıtsız sorular denizinde çırpınırken, "Senin pozisyonun neydi?" diye sordu bıyık.

"Nasıl yani?"

"SSK'lı mısın?"

Bu sorunun yanıtı her şeyi aydınlatabilir miydi? "Sanırım," dedim.

"Tamam işte. İflas etmişlerdir, tazminat vermemek için kaçmışlardır." Ne güzel çözümleyivermişti her şeyi Allah'ın belası. Ne kadar kolaydı her şey onun için. Nereye gideceğim konusunda en ufak bir fikre dahi sahip olmadan koşar adım oradan uzaklaşırken, arkamdan seslendi. "Bulursan, alırsın paranı!" Küçük insanların içine düştüğü açmazlardan haz duyan sapıklardan biriydi.

Adımlarım beni İstiklal Caddesi'ne çıkartmıştı. Yapmam gereken en doğru şey gibi görünmekle birlikte, polise gitme düşüncesi kanımı donduruyordu. Arayabileceğim birileri olmalıydı. Şaban'ın hiçbir akrabasını ya da arkadaşını tanımıyordum. Keza Sanem'in de. Nasıl bu kadar ilgisiz olabiliyordum? Ne pis, bencil, umursamaz bir heriftim ben.

Derken gözüme bir gazete bayisi ilişti ve o anda kafamda bir şimşek çaktı: Sezyum! Şimdilerde *Radikal* gazetesinde matrak yazılar yazan, Gizliajans'ın benden önceki metin yazarı Sezyum. Belki ondan bir şeyler öğrenebilirdim. Hemen bir *Radikal* alıp künyesinden gazetenin telefonunu tuşladım. Telefonu açan kişiye Sezyum hakkında bilgi almak istediğimi söylediğimde, beni bir kadına bağladılar. Kibarca kendisine Sezyum'la görüşmek, mümkünse irtibat bilgilerini almak istediğimi belirtince, maalesef kadının bu konuda benden daha dertli olduğu ortaya çıktı. Sezyum tam iki aydır gazeteye tek bir satır yazı göndermiyordu, telefonlarına ve elektronik posta mesajlarına yanıt vermiyordu, hangi cehennemde olduğu konusunda hiç kimsenin en ufak bir fikri yoktu. Ben başına bir şey gelmiş olmasın falan gibi bir şeyler söylemeye çalıştıysam da, kadın yanıt olarak bana, yok canım Sezyum'un bunu kaçıncı kez yaptığını, kendisinin sorumsuzun önde gideni olduğunu ve bir şekilde ona ulaşmayı başarırsam, lütfen kendisine bundan sonra zahmet edip gazeteyi aramamasını, çünkü kovulduğunu iletmemi rica etti ve telefonu çat diye kapattı.

Onu da ortadan kaldırdılar diye düşündüm. Çeşme'ye ve Şaban'a yaptıkları gibi... Ve Sanem'e! Sanem'i öldürecekleri düşüncesi aklıma geldiği anda elim ayağım çekildi. Gazetecinin önünde yere çöküp kafamı ellerimin arasına aldım. Beynim zonkluyor, gözlerime yaşlar hücum ediyordu. Sonra hayır dedim, şimdi kendine acımanın zamanı değil. Şimdi bir şeyler yapma zamanı. Öncelikle kimdi bu lanet olasıcalar? Her şey vakfın çevirdiği katakullilerle ilgiliyse Şaban'ın bununla ne gibi bir alakası olabilirdi? Sevilay'ın sözleri ne anlama geliyordu? Neden pazartesi günü işe gelmememi tembihlemiş, neden Gizliajans'a dair bildiğim her şeyi unutmamı söylemişti? Ve en korkuncu, "*Sana zarar gelmesine gerek yok,*" ne demekti? Tüm bu soruların yanıtını bilemiyordum, ama bir şey çok açıktı: Dostuma ve sevgilime zarar vereceklerdi!

Ve ben buna göz yumacaktım?

Çok yanılıyorlardı.

Bedelini ödeyeceklerdi.

İntikam yemini etmiş bir kahramanın ilk atraksiyonu için yeterince afili bir hareket sayılmasa da, fırtına gibi bir internet kafeye daldım. Bir bilgisayarın başına geçip *sezyum.com* adresine bağlandım. Eğer başına bir şey gelmemiş de, sırf gazetedeki hanımefendinin dediği gibi sorumsuzluğundan dolayı ortalıkta görünmüyor idiyse, bana yardımı dokunabilirdi. Hatta o an sırf sağ olduğunu bilmek bile önemliydi. Sezyum'un sitesinde tuhaf bir giriş sayfası karşıladı beni: "*Rehberin Rehberi*" şeklinde bir başlık ve altında da anlamsızca sürüp giden bazı sayılar.

5-13-1

9-10

12-1-1

17-12-2

...

Elemanın kendine özgü şaka anlayışının bir ürünü olmalı diye düşünerek doğruca elektronik posta adresine yöneldim. Hızla "Gizliajans" başlıklı ve Sezyum'a derhal benimle iletişime geçmesini, insanların hayatının söz konusu olduğunu ve bu satırların bir şaka değil ölüm kadar hakikat olduğunu belirten bir *mail*'i, altına telefon numaramı yazıp gönderdim.

Kafeden çıkmadan önce kasaya gidip bir yirmi lira bıraktım. Kasanın başında oturan tip, yüzyılların küçük esnaf geleneğine uygun biçimde suratıma ters ters bakıp "Bozuk yok muydu?" diye sordu.

Cüzdanımı çıkartıp bozuk para gözüne parmaklarımı sokuşturdum. Oraya kim bilir ne zaman tıkıştırdığım birkaç kartla birlikte çıkan birkaç lirayı kasiyerin önüne koydum. "Bu kadar çıkıyor."

Eleman canı sıkkın bir şekilde bozuklukları kasaya atarken, benim gözüm elimdeki kartlardan birinin üzerinde yazılı isme takılmıştı: Fezai Aydıntürk. Herifçioğlu beni börekçide sıkıştırdığı gün, kabul etmeliyim ki ziyadesiyle tadımı kaçırmıştı; ama şimdi Gizliajans'ta dönenlerin içyüzü hakkında bilgi sahibi gibi duran, beni büyük bir tehlikeyle karşı karşıya olduğum konusunda herkesten önce uyaran ve belki de en önemlisi, bana güvendiğini söyleyen birinin varlığını hatırlamak bir şekilde içimi rahatlatıyordu.

Cep telefonumdan kartın üzerindeki numarayı tuşlarken, kendimi yeniden İstiklal Caddesi'ne attım. O anda en korktuğum şey bir kez daha "Aradığınız kişiye ulaşılamıyor" mesajıyla karşılaşmaktı, ama neyse ki bu kez tok bir ses çağrımı yanıtladı. "Alo?"

"Fezai Bey, ben Musa. Gizliajans'tan. Hani görüşmüştük..."

"Çok iyi hatırlıyorum," dedi Fezai Aydıntürk. "Ve büyük bir sorunun var diye tahmin ediyorum."

"Neden böyle düşündünüz?"

"Kişisel bir şey değil," dedi Fezai Aydıntürk gülerek. "İnsanlar beni sadece kimi arayacaklarını bilemediğinde ararlar. Anlat bakalım."

"Her şey çok karışık. Nereden başlayacağımı bilemiyorum..."

"Sondan başla."

"Sondan mı? Bu biraz saçma olmaz mı?"

"Bir dene sen hele."

"Gizliajans yok oldu," dedim. "Buhar olup uçtu. Az önce işe geldim, kapıya kilidi vurup gitmişler. Ve sanırım giderken sevgilimi, ev arkadaşımı ve Sezyum isimli bir gazeteciyi de kaçırmışlar. Ya da öldürmüşler. Ya da ikisi birden..."

"Tamam," diye sözümü kesti Fezai Aydıntürk. "Şu anda neredesin?"

"İstiklal'deyim. Polise gidiyorum."

"Polisin sana bir yararı olmaz. Kırkbeş dakika sonra Gizliajans'ta buluşalım."

"Gizliajans diye bir yer kalmadı. Dediğim gibi basıp gitmişler."

"Kırkbeş dakika sonra Gizliajans binasının önünde ol," deyip telefonu kapattı Fezai Aydıntürk.

Durup boş boş elimdeki telefona baktım bir süre. Polise gitmeliydim. Kesinlikle ve derhal, derin anlayış sahibi bir emniyet mensubu bulup ona bir süredir büyük bir vakfın içini boşaltan paravan bir şirkette çalıştığımı, şirketin amirimi öldürüp kayıplara karıştığını anlatmalıydım. Ev arkadaşım ve sevgilimle birlikte. Ve bir gazeteciyle. Amirimi yönetici sekreterinin öldürdüğünü, muhasebecimizin kutu müzesi kurmayı planladığını ve şirketin genel müdürünün de Tunçay Bey –dikkatinizi çekiyorum Tuncay değil, Tunçay– isimli hep sandalet giyen biri gibi göründüğünü, ama kanımca perde arkasındaki asıl beynin Şeytan Bey, yani bir kedi, ama gerçekten çok ürkütücü, kapkara bir kedi olduğunu belirtmeliydim. Ve sonra da memur beyi hayır, ne münasebet kesinlikle sopa istemediğime, anlattıklarımın her kelimesinin doğru olduğuna ikna etmeliydim.

Bu hayli cesaret kırıcı düşünce silsilesi, beni karakola gitmekten en azından bir süreliğine daha alıkoymuştu. Biraz oyalanıp Fezai Aydıntürk'ün belirttiği saatte Gizliajans'a gittim. Boş boş sağıma soluma bakınırken, ajansın kapısının aralandığını ve içeriden uzanan tombul bir elin beni içeri davet ettiğini fark ettim. Basamakları hızla tırmanıp içeri girdim. Fezai Aydıntürk sırtında, o güne kadar kimlerin giydiğini hep merak ettiğim türden göğsü armalı bir ceketle karşımda dikiliyordu. "Nasıl girdiniz içeri?"

Fezai Aydıntürk, "Gel," diyerek artık kilitli olmayan turnikeden geçip merdivenlere yöneldi.

Çaresiz peşine düştüm. "Ne yapıyoruz burada?"

"İnceleme."

"Neyi inceliyoruz?"

Çalışma masaları ve yabani otlar gibi yerden fışkıran kablolar dışında birinci kat bomboştu. "Şimdi," dedi onsekiz basamaklık bir tırmanışın ardından nefes nefese kalmış olan Fezai Aydıntürk. "Ben sağa sola göz atarken, sen de bana her şeyi anlat. Gizliajans'a nasıl girdiğini, Gürcan Bey'le aranızda gerçekten neler geçtiğini, şu kaybolan arkadaşlarını... Her ayrıntıyı."

Sonraki yarım saat Fezai Aydıntürk, bir suç mahali araştırma uzmanı gibi, kim bilir ne bulmayı umut ederek odaları didik didik ederken, ben de ona Gizliajans'a çağrılışımı; Sanem'den öğrendiğim şekilde Albatros Vakfı, Gizliajans ve Samanyolu Mutluluk Okulu arasındaki bağlantıyı; Gürcan Bey'in öldüğü günü ve partiyi anlattım. Fezai Aydıntürk anlattıklarımdan pek heyecan duymuşa benzemiyordu. Yalnızca Şeytan Bey'den söz ettiğimde, "Hımm, demek kedi," gibi zayıf bir tepki verdi.

Artık anlatacak bir şeyim kalmamıştı ve Fezai Aydıntürk sükûnetini koruyordu. "Tüm bunlar ne anlama geliyor?"

"Göreceğiz." Mehtap'ın masasının altına eğilip yerde duran küçük bir kağıt parçasını dikkatle eline aldı. Bu, ajans çalışanlarının dahili telefonlarının bulunduğu bir listeydi.

"O listedeki numaralar artık işinize yaramaz," dedim biraz asabiyetle. "Farkındaysanız herkes gitmiş."

"Ama isimler yarar," diye gülümsedi Fezai Aydıntürk. "Demek Samanyolu Mutluluk Okulu sizin binadaydı ha?"

"Evet," dedim. "Onlar da bu işin içinde mi sizce?"

"Muhtemelen," diye yanıtladı Fezai Aydıntürk bir üst kata çıkarken. "Gidip onlar yerinde duruyor mu diye baktın mı?"

Başımı iki yana salladım. "Buraya gelirken ajansın yerinde olmayacağını da bilmiyordum ki."

Fezai Aydıntürk ikinci katı da dikkatlice gözden geçirdi, ama görünüşe bakılırsa pek bir veri elde edememişti. "Üst katta ne var?" diye sordu sıkıntıyla.

"Galiba pek bir şey yok," diye omuz silktim. "Orası ajansın rekreasyon bölümüydü. Bilardo masası, toplantı odası, bir de kilitli başka bir oda..."

Tam merdivenlere hamle etmiştim ki, "Dur, dur," diyerek asansörü çağırdı. Fena halde nefes darlığı çekiyordu bizim acar dedektif.

"Ben nedense sevdim aslında üst katı," dedim asansör bizi en üst kata çıkartırken. "Bir keresinde buraya gelmiştim de..."

O arada asansörün kapıları açıldı ve Fezai Aydıntürk dikilip eliyle susmamı işaret etti. "Burası soğuk."

"Sormayın."

"Normalde sıcak hava yükselir. Oysa burası binanın en soğuk katı..."

"Evet," dedim. "Ajansta bütün gün kıçımın donması yetmiyormuş gibi burayı özellikle daha da soğuk tutuyordu sapık herifler."

"Sözünü ettiğin kilitli oda şu mu?" diye sorarak, ama bir cevap beklemeyerek dosdoğru çelik kapıya yöneldi. Heyecanlandığı açıktı. Kapının kenarındaki dijital göstergeyi gördüğü anda düpedüz titredi. Hızla bazı tuşlara ve en sonunda da ortadaki büyük tuşa bastı. Ve kapı yana doğru kayarak açıldı.

Şeytan'ın metalik ini aşağı yukarı on metre uzunluğunda, üç-dört metre genişliğinde ince uzun bir yerdi. Bir duvar boydan boya ranzalarla, diğeri ise ne olduğunu bilmediğim, belki bir buzdolabı ebatlarında, sıra sıra tuhaf aletlerle doluydu. "Bu ne?" diye inledim.

"Bir tür soğuk hava deposu," dedi Fezai Aydıntürk. Bütün soruların yanıtını bulmuş gibiydi. "Bu gördüklerin yatak," diye en aşikâr olanı açıklayarak başladı yine de.

İşaret parmağımı diğer taraftaki aletlere çevirdim. "Peki bunlar?"

"Endüstriyel bir soğutma sistemi. Yarı hermetik kompresörlü ve hava soğutma kondenserli." Eğilip zemine dokundu. "Oda galvanizle izole edilmiş. Minimum ısı kaybı için."

Fezai Aydıntürk'ün soğutma sistemleri konusundaki derin bilgisi takdire şayandı, ne yazık ki söyledikleri bana hiçbir anlam ifade etmiyordu. "Niçin?" diye sordum yalvarırcasına. "Bütün bunlar niçin?"

"Tunçay Bey'in sana söylediği gibi bir tür rekreasyon alanı ve yatakhane..."

"Yatakhane mi?"

"Görünüşe bakılırsa, dostların geceyi burada geçiriyormuş..." Fezai Aydıntürk çıkıp kontrol panelinde başka bazı tuşlara bastıktan sonra beni yanına çağırdı.

Odadan çıkıp yürümeye başlayınca, oraya ilk ayak bastığım günkü tuhaf ve sevimli hissin yeniden içimi kapladığını fark ettim. Yürümek, yürümek, yürümek istiyordum. "Neler oluyor?" diye sordum Fezai Aydıntürk'e dönerek.

"Sıçramayı dene."

Bacaklarımın üzerinde hafifçe yaylandım. "Ne oldu ki?" Sanki bir şey olmuştu ama.

"Ne kadar yükseğe sıçradığını fark etmedin mi?"

Bir kez daha denedim. İnanılmazdı. "Hakikaten," dedim yere indiğimde. "*Michael Jordan*'a blok yapabilirdim."

"Yerçekimi yüzünden," dedi Fezai Aydıntürk. "Bu sistem yerçekimini azaltıyor." Paneli tekrar tuşlayıp büyülü zemini altımdan çekti. Buna üzülmüştüm gerçekten.

"Artık çıldıracağım Fezai Bey," dedim. "Ne olur söyleyin... Kim bu insanlar? Kara büyücü bir grup Eskimo mu? Şaban'dan, sevgilimden ne istiyorlar?"

"Ben de bunu merak ediyorum," dedi Fezai Aydıntürk çenesini kaşıyarak. "Şu ev arkadaşın, Şaban... Ne iş yapıyordu o?"

"Alım satım," dedim. "Yani gibi... Yani bilmiyorum. Gidip geliyordu."

"Nereye?"

"Onu da bilmiyorum. Şaban da onlardan biri demeyin sakın... Buna asla inanmam. Bir kere soğuktan nefret eder Şaban."

"Bu Şaban nasıl biriydi? Garip bir huyu, ne bileyim dikkat çekici bir yanı var mıydı?"

"Vallahi dünya tatlısı bir insandır," dedim. "Beş vakit namazındadır. Ailesi köyde yaşıyor. Hangi köydedir bilmiyorum ama. Garipliğine gariptir biraz, evet. Acayip kitaplar okur, acayip hikâyeler anlatır. Hatta geçenlerde terasta bir teleskobu olduğunu öğrendim..."

"Teleskop mu?"

Belli ki, önemli bir noktaydı bu. Soğuk hava deposundan sonra en çok bunu duyunca heyecanlanmıştı çünkü. "Aman Tanrım!" dedim. "Bir de şey var... Nasıl unuttum? Dün odasında tuhaf bir alet gördüm. Böyle kutu gibi bir şey. Göstergeler, bir anten... Ve üzerindeki harfler, tıpkı şu kontrol panelindekilere benziyordu."

"Tahmin ettiğim gibi," diye alnını kaşıdı Fezai Aydıntürk.

"Ne olur anlatın artık. Nedir tahmin ettiğiniz? Onları öldürdüler mi?"

"Gidelim," diyerek asansöre doğru yürüdü Fezai Aydıntürk. "Burada yapacak işimiz kalmadı."

Zorlamanın anlamı yoktu. İstediği zaman konuşacaktı. Birlikte ajanstan çıkıp birkaç dakikalık bir yürüyüşle Tepebaşı'ndaki otoparka ulaştık. Fezai Aydıntürk, peşinde ben, bir sürü otomobilin arasından geçip altmış ya da yetmişlerden kalma külüstür bir Deux Chevaux'nun başında durdu. Cebinden anahtarlarını çıkartıp arabanın kapısını açtı. "Otomobiliniz bu mu?" diye sordum cevap almaktan çok onu aşağılamak için.

"Muhteşem, değil mi?" dedi keyifle Fezai Aydıntürk. "Hem de üstü açılabiliyor. Paris'teki öğrencilik yıllarımdan kalma. Haydi binin..."

Çaresiz, külüstürün kıç kadar yolcu koltuğuna geçip oturdum. Deux Chevaux birkaç kez homurdandıktan sonra hareket etmeye karar verdi ve bizi Tarlabaşı'ndan Beşiktaş'a, oradan da sahil yoluna doğru götürdü. Aşağı yukarı yarım saatlik bir yolculuğun ardından Yeniköy'deydik. Fezai Aydıntürk nihayet Boğaz kıyısında sıra sıra uzanan yalılardan birinin girişine doğru direksiyonu kırdı ve kapının önünde durdu.

"Beni nereye getirdiniz?" diye sordum daha fazla dayanamayarak.

"Aradığın cevapları bulacağın yere," diyerek klaksona bastı Fezai Aydıntürk.

Birkaç saniye sonra kapı otomatik olarak açıldı ve girişin hemen sol tarafındaki kabinden fırlayan korkutucu görünümlü birkaç güvenlik görevlisi bizi saygıyla selamladıktan sonra, kulaklarına takılı duran tuhaf vericilere bir şeyler söyleyip içeri buyur ettiler. İki yanı çimlendirilmiş, çiçeklendirilmiş ve yer yer de ağaçlandırılmış küçük patikadan indikten sonra bembeyaz renkte, denize sıfır, görkemli bir tarihî Boğaziçi yalısının önündeydik. Fezai Aydıntürk, Deux Chevaux'yu park edip aşağı inmemi işaret etti. Biraz ürkerek de olsa, dediğini yaptım.

Fezai Aydıntürk yalının büyük giriş kapısının üzerine asılı dev tokmağı iki kere vurdu. Kapıyı, tepeden tırnağa Batılı bir uşak kıyafetine bürünmüş beyaz saçlı bir adam açtı. "Hoşgeldiniz efendim. Hanımefendi yukarıda."

Kalın halılarla kaplı mermer zeminli antreye girince, Fezai Aydıntürk bana bir kenarda duran müthiş gösterişli ve herhalde hayatım boyunca kazanacağım tüm para karşılığında bile satın alamayacağım değerde bir koltuğu işaret etti. "Sen biraz otur bekle şurada." Pek itaatkâr biri sayılmasam da, yüksek tavandan sarkan gösterişli kristal avize, duvardaki yağlı boya tablolar, saatler ve tüm o ihtişam bana, ne söylenirse yapmam gerektiğini telkin ediyor gibiydi. Çaresiz, emre uyacaktım.

Yeter artık, buradan derhal çekip gidiyorum diye düşünmeye başlayalı kırkbeş dakika kadar olmuştu ki, uşak merdivenlerin başında belirdi. "Lütfen böyle buyrun. Hanımefendi sizi bekliyor."

Hanımefendi? Bu sözcüğün beni o güne dek hiç bu kadar korkuttuğunu hatırlamıyordum. Yayvan, ahşap merdivenleri çıkıp uşağı takip ettim. Uşak beni bir odaya buyur edip çekildi. Hepsi Nuh Nebi'den kalma, antika eşyalar ve biblolarla dolu vitrinlere, konsollara, kanepelere, oymalı kakmalı aynalara ve oraya buraya yerleştirilmiş siyah-beyaz aile fotoğraflarına rağmen, Boğaz'ın laciverdine bakan pencerelerden giren gün ışığı bu odayı tuhaf bir yaşam sevinciyle dolduruyordu. Hayli geniş odanın diğer ucundaki iki koltuktan birinde Fezai Aydıntürk, hemen yanı başındaki diğerinde ise her yanından devrik bir kraliçenin asaleti akan, bir zamanlar nice yürekler yaktığı apaçık ve altmış yaşlarında gösterdiğine göre en az yetmişbeşinde olacağını tahmin ettiğim bir kadın oturuyordu.

"Merhum Barbaros Albatros'un eşi Durnev Hanım," diye hanımefendiyi tanıttı Fezai Aydıntürk. Barbaros Albatros'un eşi! Tombul dedektifimizin onun için çalıştığına dair öngörümde yanılmamıştım demek ki. "Ve bu genç adam da, sözünü ettiğim kişi, Musa Bey."

Dizlerimin üstüne mi çöksem, bir asker selamı mı çaksam, fırlayıp elini mi öpsem, elini öptükten sonra acaba başıma da koysam mı bilemez bir halde kıvranırken, Durnev Hanım beni başıyla hafifçe selamlayıp "Oturun Musa Bey," dedi.

"Teşekkür ederim efendim." Pencerenin kenarındaki koltuğa oturmadan bir an önce dışarı bakınca, içinde bulunduğumuz odanın direkler üzerinde denize doğru uzatılmış bulunduğunu fark ettim ve bu durum tedirginliğimi büsbütün artırdı.

O arada uşak elinde bir tepsiyle yeniden içeri girdi. Tepsideki porselen çay fincanını ve kurabiye dolu bir tabağı önümdeki küçük sehpaya bırakıp çekildi. Durnev Hanım, "Yiyiniz yavrum," diye icazet verince, tabaktaki kurabiyelerden birini ağzıma attım. Tam yeniden bana bir şeyler söyleyecek gibiydi ki, dışarıdan geçen bir sürat teknesinin sesiyle irkilip pencereye döndü. "Soytarılar! Otomobillerinin, motosikletlerinin çıkardığı gürültü yetmiyordu, bir de denizden gelmeye başladılar." Sakinleşmek için bir süre bekledikten sonra, "Biliyor musunuz," diye devam etti. "Benim çocukluğumda buradan yol geçmezdi. Lüzum duyduğumuz her şeyi sandalla geçen satıcılardan alırdık. İstanbul'a gitmemiz gerektiğinde bile buharlı vapurları değil, saltanat kayığımızı kullanırdık."

"Neyse ki artık İstanbul buraya geldi," diye gereksiz bir espri yaptım.

Durnev Hanım hafifçe gülümsemeye tenezzül buyurdu. "Mübalağa etmiyorum. Nur içinde yatsın, paşa babam nasıl yapmış nasıl etmişse, Sultan Abdülhamid Han'ın Dolmabahçe Sarayı'nın kayıkhanesinde çürümeye terk ettiği saltanat kayıklardan birini almış, güzelce bakımını yaptırmış... Ah neyse, bunlarla canınızı sıkmayayım sizin."

Çattık diye düşündüm. Gözü dönmüş bazı manyaklar şu anda belki de sevgilimi kıtır kıtır kesiyor ve ben burada sıyırmış bir morukla çay içiyorum. "Bilakis," dedim. "Çok hoş, eski İstanbul'u dinlemek."

"Eski günleri sonra yâd ederiz," dedi Durnev Hanım. "Şimdi başka işlerimiz var, değil mi? Fezai Bey bana yaşadıklarınızdan söz etti. Sanırım bazı izahatlara ihtiyacınız var."

"Evet," dedim zoraki gülümseyerek. "Lütfederseniz." Saatlerin yüz yıl önce durduğu bir dünyada yaşayan bu çatlak Osmanlı Hanımefendisi'nin, yerçekimini ortadan kaldırabilecek teknolojiye sahip bir cani örgütü hakkında vereceği sırları dinlemek üzere kulaklarımı diktim.

9.

"Uzaylılarla dünyalılar arasındaki ilişkinin tarihi eskilere dayanır Musa Bey," dedi Durnev Hanım. Sonra bir şeyler daha söyledi, ama zihinsel melekelerim o an için bu cümleden ötesini algılayabilecek kadar güçlü değildi.

"Uzaylılar?"

"Tabii ki lafını ettiğimiz kişiler aslında uzayda yetişmiyor, başka bir gezegenden geliyor, ama bu gezegenin neresi olduğu hususunda tam bir malumat sahibi bulunmadığımız için, kendilerine kerhen uzaylılar diyoruz sizce de mahzuru yoksa," diye açıkladı Durnev Hanım, besbelli ahmaklığım yüzünden beni hafiften de kınayarak. Ne menem delilerin arasına düştüğüm konusunda kafama üşüşen onlarca düşünce yüzünden olacak, hâlâ bomboş bakıyor olmalıydım ki ekleme gereği duydu. "UFO, uzaylılar, dünya dışı mahluklar... Bütün bunlar hakkında daha evvel de bir şeyler işitmişsinizdir, değil mi?"

"Tabii tabii," diye geveledim. "Sadece duyduklarımı pek ciddiye almamıştım."

"Çocuğum, muhakkak sizin de malumunuzdur; maalesef avamın itibar ettiği meselelerden bugüne kadar kimseye pek bir hayır gelmemiştir."

Hayatımda bana yöneltilmiş bu en zarif hakareti ve Musa Bey'den "çocuğum" pozisyonuna tenzilirütbeyi bir yutkunmayla sindirdikten sonra, "Özür dilerim," dedim.

"Sana anlatacaklarımızı iyice dinlemen gerekiyor," dedi Fezai Aydıntürk. "Kafanın biraz karışması normal, ama bir süredir yaşayıp gördüklerini düşününce eminim duydukların sana daha inandırıcı gelmeye başlayacaktır."

"Merak etmeyin, sizi tarihî bilgilerle sıkacak değilim," dedi Durnev Hanım. "Sadece olup bitenleri idrak etmenize yetecek kadarını anlatacağım."

"Teşekkür ederim."

"Şimdi beni dinlerken," dedi Durnev Hanım kibarca, "siz de çayınızı içip kurabiyenizi yiyerek ağzınızı meşgul tutabilirsiniz." Ömrümde bu kadar hakimiyetçi bir kadın görmemiştim. Barbaros Albatros'un dağa bayıra vurmasını anlayışla karşılamak gerekiyordu. Evdeki hayatının pek kolay geçmediği kesindi. Sessizce çayımdan bir yudum aldım, o da devam etti. "Bu mahlukların dünyaya ilk olarak ne zaman geldiklerini tam olarak bilemiyoruz, ama insanların onlarla tanışması aşağı yukarı beşyüz yıl önceye dayanıyor. Tabiatıyla uzaylılar öncelikle krallar, devlet adamları ve Francis Bacon ya da Leonardo da Vinci gibi önde gelen düşünce adamlarıyla irtibata geçtiler. Dünya dışı varlıklarla tanışmanın bu insanları ne kadar heyecanlandırdığını tahmin edersiniz. Hatta bazılarının onları ilahlaştıracak kadar ileri gittiğini de... Her neyse, başlangıçta yaklaşımları dostane görünüyordu ve Ortaçağ'ın karanlığını geride bırakma yolunda insanlık için bir hayli de yol gösterici oldular. Aydınlanma'nın, Fransız ve Sanayi Devrimleri'nin arkasında hep onlardan alınan bilgilerin etkisi vardı. Ne var ki zaman içinde, gerçek niyetlerinin o kadar da hayrımıza olmadığı ortaya çıktı. Aslında bütün istedikleri, dünyayı daha verimli bir sömürge haline getirebilecek kadar geliştirmekten ibaretti. İlerlemeyi yeryüzündeki kaynakları azami nispette kullanacak, ama kendilerini tehdit etmeyecek düzeyde teşvik ediyor ve dünyayı düpedüz soyup soğana çeviriyorlardı..."

Ağır bir fırçayı göze alarak, "Amerika Birleşik Devletleri'ni uzaylılar yönetiyor desenize," diye bir yorumda bulunmaktan alamadım kendimi.

Neyse ki Durnev Hanım, benim seviyeme inmeyi reddederek devam etti. "İnsanlar bu durumu apaçık anladığında uzaylılarla her tür diplomatik ilişkinin kesilmesine karar verildi, sömürü kaynaklarının ortadan kaldırılması için topyekûn bir çalışma başlatıldı. Bunun üzerine onlar da maksatlarına ulaşmak için daha dolaylı yollara saptılar. Hükümetlere ve büyük holdinglere yerleştirdikleri adamlar ve işbirlikçi dünyalılar aracılığıyla, dünya ekonomisinde manipülasyona giriştiler. Artık çatışma kaçınılmaz hale gelmişti. Derhal dünya çapında bir müdafaa birliği oluşturuldu. Askerî, siyasi ve bilimsel komisyonlardan oluşan bu birlik, tüm uzaylı unsurları temizlemek için büyük bir savaşa girişti ve bugün o savaş halen sürmektedir."

"Anladığım kadarıyla," dedim esnememeyi güçlükle başararak, "bu uzaylıların bizimkinden çok daha gelişmiş bir teknolojisi var. Yani böyle diledikleri gibi dünyaya gelip gidebildiklerine göre... Üstelik söylediğinize göre hangi gezegenden geldiklerini bilmiyoruz, ama onlar bizim nerede bulunduğumuzu, haliyle, çok iyi biliyorlar. Bu durumda onları diledikleri vakit dünyayı yok etmekten alıkoymamız biraz zor, değil mi?"

"Onların istediği dünyayı yok etmek değil, kendi amaçlarına göre kullanmak," dedi Fezai Aydıntürk. Hakikaten bu zırvalara o da inanıyor muydu acaba?

"Peki ama yine de sahip oldukları güçle dünyayı istila edip hepimizi köle gibi kullanabilirler, değil mi?"

"Dünyaya karşı bir silahlı taarruza geçme ihtimallerini göz ardı edemeyiz elbette," diye araya girdi Durnev Hanım. "Bu hususta da çok ciddi çalışmalar yapılıyor. Tesla ismini duydunuz mu hiç?"

"Çılgın bilgin," diyerek onayladım başımla. Bunun Durnev Hanım'ı ne kadar sinirlendireceğini baştan bilmeyi dilerdim.

"Tesla bu dünyadan gelip geçmiş, sizin tasavvurunuzun çok ötesinde bir zekâdır," dedi çatlak moruk. "Size onun ismini çok dikkatle ağzınıza almanızı salık veririm."

"Ben kendisini çok iyi tanımıyorum elbette," diye sindim. "Bir yerlerde öyle bir şeyler okumuştum gibi hatırladım da."

Durnev Hanım öfkeden konuşamayacak gibiydi. Bu yüzden konuyu Fezai Aydıntürk devraldı. "Tesla hakikaten de tarihte en çok hakkı yenmiş insandır. Yaptığı icatların, geliştirdiği teknolojilerin haddi hesabı yoktur. Ne yazık ki, hayatının en büyük projesini geliştirmesine izin verilmemiş, varı yoğu elinden alınmış ve insanlığa kazandırdığı onca şeye karşılık, yapayalnız bir ölüme terk edilmiştir."

"Çok üzüldüm," dedim. Ne diyeceğimi bilemiyordum. Bir an önce bu kaçıklardan kurtulmak istiyordum aslında.

"Tesla Dünya'nın çevresini bir elektrik bulutuyla kaplamayı düşünüyordu; ozonosfer, stratosfer gibi bir katmanla. Üstelik bunu nasıl yapacağını da çözmüştü. Bu sayede Dünya'nın her noktasında yaşayan her insan elektriği ücretsiz olarak gökyüzünden elde edebilecekti..."

"Elektrik şirketleri bu işe çok bozulmuş olmalı," dedim.

"Gerçekten de öyle oldu," dedi Fezai Aydıntürk gülümseyerek. "Ama projenin gerçekleştirilmemesinin nedeni bu değildi. Tesla, elektrosfer diyebileceğimiz bu katmanın uzaylılara karşı etkin bir savunma silahı olarak kullanılabileceğini düşünüyordu. Elektriği dilediğimiz gibi yönlendirebileceğimiz için, Dünya'ya girmeye çalışan her tür uzay aracını yıldırımlarla kolayca vurabilirdik."

"E süpermiş," dedim artık laçkalaşmakta bir beis görmeden. "Niye iptal ettiler ki o zaman bu güzelim projeyi?"

"Çünkü büyük devletler bu silahın kendilerine çevrilmesinden korktular. Yıldırımların dileyen herkes tarafından kullanılabilmesi, süper güçlerin silah teknolojisindeki üstünlüğünü ortadan kaldırırdı, ki bu dünya barışı adına aslında tam da Tesla'nın istediği şeydi. Elbette söz konusu ülkelerin bunu kabul etmesi söz konusu dahi olamazdı. Böyle bir durumda, diyelim Amerika Birleşik Devletleri herhangi bir Ortadoğu ülkesine 'özgürlük ve demokrasi' getirmek için savaş gemilerini ve uçaklarını kaldırdığı anda, New York'un bir yıldırım saldırısına uğraması an meselesi haline gelecekti."

"Anlıyorum," dedim fincanımdaki çayı bitirerek. "Ben artık müsaadenizi isteyeyim."

"Dinleyin," diye durdurdu beni Fezai Aydıntürk. "Süpermen'i biliyor musunuz?"

Kendimi tutamayıp sinirli bir kahkaha attım. Artık bu kadarı da fazlaydı. "Süpermen'i bilmez miyim?" dedim. "Namussuz, kuru fasülyeyi her fazla kaçırdığında, dünyada bir deprem felaketine yol açıyor."

"Süpermen, Tesla'ya karşı kurulan komplonun parçalarından biridir," dedi Fezai Aydıntürk. "1940'ta yayınlanan ilk çizgi roman macerasında Süpermen, Dünya'yı ölümcül elektromanyetik ışınlarıyla yok etmeye çalışan Tesla adlı bir bilim adamına karşı savaşır. Uzaydan gelen bir kahraman, dünya barışını tehdit eden bir manyağa engel oluyor! Ne tesadüf ama, değil mi?"

"Bilemiyorum," dedim sıkıntıyla. "Ve doğrusu tüm bunların arkadaşlarımın başına gelenlerle ne alakası var, onu da anlamıyorum."

"Nasıl anlamazsınız çocuğum?" dedi Durnev Hanım. "Arkadaşlarınızı onlar kaçırdı."

"Uzaylılar?"

"Uzaylılar."

"Ben polise gidiyorum," diyerek ayağa kalktım.

"Düşün," dedi Fezai Aydıntürk, oturduğu yerden dikilerek. "Duyduklarının tek kelimesine itibar etmesen de bir düşün..." Konuşurken bir yandan da bana doğru yaklaşıyordu ve itiraf etmeliyim ki bu beni gerçekten korkutuyordu. "Bunca zamandır ne iş yaptığı hakkında hiçbir şey bilmediğin ev arkadaşının terasta bir teleskobu var ve odasında bulduğun alet de, uzaylıların iletişim araçlarını dinlemek için geliştirilmiş bir cihaz..."

"Yani Şaban bir uzaylı mı? Neler söylüyorsunuz?"

"Hayır hayır," dedi burnumun dibine kadar gelen Fezai Aydıntürk. "Bence o uzaylı değil, bir Dünya Savunma Örgütü ajanıydı. Örgüt, faaliyetlerinde her zaman uzaylı alfabesini kullanır. Onlar zaten dünya dillerine ait her tür yazıyı bilirler, çalışmalarımızı hiç değilse alakasız dünyalılardan gizleyebilmek için bu yolu seçiyoruz."

"Neden bence diyorsunuz? Anlattıklarınıza bakılırsa, siz de o Dünya bilmem nesi örgütündensiniz. Kendi adamlarınızı tanımıyor musunuz?"

"Kimse herkesi tanımaz," diye yanıtladı Fezai Aydıntürk. "Güvenlik gerekçesiyle. Ayrıca bizim durumumuz biraz farklı. Biz artık resmen örgüte dahil değiliz."

"Tekaüt uzay savaşçılarısınız yani," dedim.

"Öyle de denebilir," diye anlayışla gülümsedi Fezai Aydıntürk. "Bakın, uzaylıların uzun süredir arkadaşınızı izlediklerini düşünüyoruz. Görünüşe bakılırsa başından beri onun peşindelermiş..."

Kafamın içi darmadumandı. "Yani..."

"Yani sizi kullandılar yavrucuğum," diye yargıyı karara bağladı Durnev Hanım oturduğu yerden. "Ajans, mutluluk okulu... Her şey Şaban Bey'e ulaşmak içindi."

"Neden bu kadar zorlu bir yolu seçsinler ki? Neden onu doğrudan bir yerde kıstırıp ortadan kaldırmasınlar?"

"Bir açıklaması olmalı," dedi Fezai Aydıntürk. "Şaban Bey'in evindeki o aygıt sadece iletilen mesajları dinlemekle kalmaz, her kullanıldığında kendisi de bir elektromanyetik sinyal gönderir. Sanıyorum uzaylılar bu sinyali yakalayınca, bir Dünya Savaş Örgütü ajanının yerini saptadıklarını anladılar ve harekete geçmeden önce kimliğinden emin olmak istediler."

"Koca ajansı bunun için mi kurdular yani?"

"Hayır, ajans zaten vardı. Albatros Holding'in içini boşaltmak için," diye açıkladı Fezai Aydıntürk. "Sözümona 'Mutluluk Okulu', kısa bir süre öncesine kadar sadece kağıt üzerinde var olan bir yerdi. Birdenbire sizin evinizin çatısına üslenmelerinin sebebi ise, evet, kuvvetle muhtemel ki Şaban Bey'e yaklaşmaktı. Sinyalin sizin apartmandan geldiğini fark etmişlerdi, ama hangi evden geldiğini kesin biçimde belirlemek için inceleme yaptılar."

"Emirhan Bey," dedim dehşetle.

"Ne dediniz?"

"Bizim apartmanda oturan bir adam. Müberra Abla, üst kat komşumuz, onun bir süre önce şüpheli bir trafik kazasında öldüğünü söylüyordu..."

"Evet. Bu, durumu açıklayabilir. Emirhan Bey'i ajan zannedip öldürdüler ve sonra tekrar hata yapma riskini göze alamadıkları için, bu kez ince eleyip sık dokumaya karar verdiler. Çünkü yine yanlış adamı hedef alırlarsa bu, gerçek ajanın durumdan kuşkulanıp kaçmasına yol açabilirdi."

"Tanrım... Bütün bunlara inanamıyorum," diye tekrar koltuğa çöktüm. İşin doğrusu, bütün bunlara inanmaktan korkuyordum.

Fezai Aydıntürk elini dostça omzuma koydu. "Az önce ajansta benim gördüklerimi sen de gördün. Bütün o soğutma cihazlarını, yerçekimi makinesini... Ayrıca ajansın durmadan aşırı derecede soğuk tutulduğunu kendin söylüyordun. Sebebi Dünya'nın ikliminin onlar için aşırı sıcak ve yerçekiminin de çok fazla olması. Demin neden Dünya'yı istila etmediklerini sormuştun. İşte bu yüzden. Ve yine bu yüzden her üslendikleri yerde, kendilerine Gizliajans'takine benzer bir rekreasyon merkezi oluştururlar."

"Peki ya Çeşme?" diye sordum. "Onu da bir... ajan olduğu için mi öldürdüler?"

"O zavallının bunlarla pek bir ilgisi yoktu," dedi Durnev Hanım. "Sadece aile servetimizin göz göre göre çalınmasını engellemeye çalışıyordu. Muhtemelen tıpkı şu gazeteci gibi çevirdikleri dalevereleri fark edip sizi uyarmak istemiştir."

"Şu isimlere bak," dedi Fezai Aydıntürk elinde ajansta yerde bulduğu telefon listesine bakarak. "Ayberk, Berkay, Göktekin, Sevilay, Süreyya... Hepsi gökkubeyle ilgili isimler. Bu, aralarında oluşturdukları bir şifredir. Bunu da mı fark edemediniz?"

"Nasıl yani? Aylı göklü isim taşıyanların hepsi uzaylı mıdır?"

"Hemen hemen," dedi Fezai Aydıntürk. "Benim adım gökkubeyle ilgili sayılmaz ama," diye de açıklama gereği duydu hemen ardından.

"Bu bir kâbus olmalı," diye kafamı kollarımın arasına gömdüm. Ve çıkardım! Gerçekten de isminde ay ya da gök bulunmayan dört kişi tanıyordum ajansta. Ben, Gürcan Bey, çaycı Ercan ve... "Sanem," diye bağırdım. "Onun da adında ne ay var ne de gök."

"Sanem, evet," diyerek listeyi uzattı bana Fezai Aydıntürk.

Hızla listede adını buldum biricik aşkımın. Miray... Özay... Sanem. Sanem *Hilal* Mutlu. Hilal! Demek H.'nin anlamı buydu. "Saçmalık bu," diye bağırdım. "Ne var yani? Benim annemin adı da Yıldız!" Birden tüylerim ürpermişti. Her ne kadar söz konusu örneği onların iddiasını çürütmek için ortaya attıysam da, düşününce bunun pek çok şeyi açıkladığını görüyordum. "Hayır," dedim. "Sanem onlardan biri olamaz. Annem, belki... Hatta kesinlikle. Ama Sanem olamaz. Biz delice âşığız birbirimize..."

"Bakınız yavrucuğum," dedi Durnev Hanım. "Bunu kabul etmek zor, biliyorum. Fezai Bey işin içyüzünü bana izah etmeye çalıştığında, başlangıçta ona inanmamıştım. Hatta bitip tükenmek bilmeyen iş seyahatleri, toplantıları nedeniyle sevgili eşimin epey de günahını almıştım..." Ayağa kalkıp konsollardan birinin üzerinde duran ve ağır bir metalden yapıldığı belli küçük bir büstü eline aldı, okşamaya başladı. Odada bulunan siyah-beyaz fotoğraflarda Durnev Hanım'la birlikte endam eden kelden, ağırbaşlı bir görünüme sahip beyefendiye dikkatle bakınca büstün, hayır başlangıçta zannettiğim gibi Lenin'e değil, hanımefendinin merhum eşi Barbaros Albatros'a ait olduğunu tahmin ettim. "Ne kadar aptalmışım! Ona nasıl haksızlık ettim," diye devam etti Durnev Hanım sesinde içten bir elemle. "Muhtemeldir ki Fezai Bey olmasa onu bugün hâlâ lanetle anacaktım. Az önce sizin duyduklarınızı, kocamın da tıpkı kendisi gibi Dünya Savunma Örgütü'nün en üst düzey üyelerinden biri olduğunu ve vazifesinin dünyanın geleceği açısından ne kadar büyük bir ehemmiyet teşkil ettiğini, bana sarsılmaz delilleriyle birlikte anlatmamış olsa..."

"Bakın," dedim. "Eşiniz sizden birçok şeyi gizlemiş olabilir, ama Sanem başından beri bana karşı son derece dürüst davrandı. Gizliajans'ın servetinizi elinizden almak için kurulduğunu, Gürcan Bey'in sizin adamınız olduğunu, her şeyi baştan söyledi bana..."

"Bütün bunları size neden söylemesin ki?" diye karşılık verdi Durnev Hanım acımasızca. "Ajansta gördüğünüz acayiplikleri manalandırmanızı sağlayacak bir izahat vermiş size. Ne de olsa kız arkadaşınızın vazifesi sizi, bir uzaylı olmadığına ikna etmek değil, sadece kandırıp ev arkadaşınıza yaklaşmaktan ibaretti."

Kız arkadaşım değil diye düşündüm dudaklarımı ısırarak, karım o benim. Ve sonra Gürcan Bey'in ölümüne şahit olduğum gün, beni polise gitmekten nasıl vazgeçirdiğini düşündüm. Ardından, önce ajansa dönmeye niyetliyken Şaban'ın evde olmadığını öğrenince, nasıl fikir değiştirip benimle eve geldiğini... Müberra Abla'ya anahtarları verip eve döndüğümde de, onu nasıl Şaban'ın odasından çıkarken gördüğümü... Hakkında nasıl gerçekten hiçbir şey bilmediğimi... Onun gibi bir kadının bana pat diye, hatta herhangi bir şekilde âşık olabileceğine nasıl da inandığımı... Nasıl bu kadar aptal olabildiğimi.

"Yalan," diye inledim. Gözlerimde yaşlar birikmişti. "Âşıktı o bana."

"Sen ona âşıktın dostum," dedi Fezai Aydıntürk.

Daha fazlasına dayanamayacaktım. Teslim bayrağını çektim. "Benden ne istiyorsunuz?"

"Sanıyorum bu işin içine başlangıçta herkesin tahmin ettiğinden daha fazla bulaştın," dedi Fezai Aydıntürk. "Seni her nedense ortadan kaldırmadılar, ama fikirlerini değiştirmelerinin fazla uzun sürmeyeceğini tahmin ediyorum."

"Neden böyle düşünüyorsunuz peki?"

"Dediğim gibi, zaten çok fazla şeye şahit oldun. Tüm bunların üzerine bizimle irtibata geçtiğini öğrendikleri anda seni öldüreceklerdir."

Kapının yanında duran camlı dolapta son derece çekici içki şişeleri duruyordu. Acaba bir kadeh rica etse miydim? "Bunu nereden öğrenecekler ki?"

"Yanılmıyorsam çoktan öğrenmişlerdir," dedi Fezai Aydıntürk düşüncemi okumuş gibi içki dolabına yönelerek. Ne yazık ki, dolaptan çıkardığı şık buzlu şişeden sadece kendisine bir kadeh içki doldurdu. "Sizi öldürmemeye karar vermişlerse bile bir süre izlemeye aldıklarına kuşku yok. Bugün de muhakkak ki bizi birlikte görmüşlerdir."

Hafifçe boğazımı temizledim. "Peki bunu bildiğiniz halde neden benimle buluştunuz?"

"Sizi öldürmeye karar versinler diye," dedi Fezai Aydıntürk, mesela Eyfel Kulesi'nin boyu gibi sıradan bir genel kültür bilgisini paylaşıyormuşçasına. "Böylece harekete geçecek ve elimize düşeceklerdir."

"O içtiğinizden ben de alabilir miyim bir kadeh lütfen?"

Fezai Aydıntürk beni hiç duymamışçasına içkisini bir dikişte bitirdikten sonra, kadehi dolabın üstüne bıraktı. "Çok dikkatli davranmalı ve en ufak bir şüpheli durumda bizi haberdar etmelisiniz."

"Anlıyorum," dedim Durnev Hanım'ın değerli içkilerine dokunamayacağımı kabullenerek. "Peki sizi tam olarak ne zaman aramalıyım? Mesela lazer tabancalı yeşil bir yaratık görünce falan mı?"

"Hiç merak etmeyin," dedi Durnev Hanım oturduğu yerden buz gibi bir sesle. "Bizi ne zaman aramanız gerektiğini çok iyi bileceksiniz. Ümit edelim ki, bunu yapacak kadar vaktiniz kalsın."

"Evet. Ben izninizi istesem iyi olacak galiba..." Durnev Hanım'ın başıyla yaptığı belli belirsiz hareketi çıkış iznim olarak yorumlayarak ayağa kalktım. Kapıdan çıkmadan önce durup bir kez daha onlara döndüm. "Bir şey soracağım," dedim. "Barbaros Bey neden servetini kediye bıraktı?"

"Kim bilir böyle yapması için nasıl tehditlerle gözünü korkuttular zavallının," dedi Durnev Hanım. "İşkencelerle, sevdiklerine zarar vermekle..."

Şeytan Bey'i hatırlayınca yine kanım donmuştu. "O da uzaylı, değil mi?"

Fezai Aydıntürk gülümseyerek yanıma yaklaştı. Elini omzuma koyup kulağıma eğildi ve bir sır verir gibi fısıldadı: "Hem de en tehlikelisi."

* * *

Köşkten çıktıktan sonra, bir süre sahil boyunca yürüdüm. Şaban'ı ve hatta belki beni de tehdit eden hayati tehlikeye rağmen, aklım nedense dönüp dolaşıp Sanem'in beni aldattığı noktasına takılıyordu. Tanrı'ya şükür, hâlâ uzaylı zırvalığına kanacak kadar budala değildim. Fezai Aydıntürk ve Durnev Hanım bana anlattıklarının ne kadarına inanıyorlardı, onu da pek kestiremiyordum. Muhakkak ki ortada başlangıçta göründüğünden daha da karmaşık bir oyun dönüyordu ve bir şekilde biz de bu işe bulaşmış bulunuyorduk. Ne ki, hikâyenin aslı ne olursa olsun oyunun taraflarını biz ve onlar diye ikiye ayırdığımda, Sanem'le karşıt saflarda yer aldığımız epey açıktı. Sebebi pek umurumda değildi. Tuhaf bir biçimde, kalbimden geçenlere kulak verdiğimde, hissettiğim şeyin gerçekte kızgınlık, kırgınlık ya da üzüntü olmadığını fark ediyordum. Sanem'i bulmaya yemin etmemin sebebi, içten içe, ona ulaşırsam, onunla bir kez konuşmayı başarırsam, her şeyi mucizevi bir biçimde değiştirebileceğime ve bir daha birbirimizi hiç kaybetmeyecek şekilde biraraya geleceğimize dair inancımdı.

Bir taksiye atlayıp eve gittim. Doğruca Samanyolu Mutluluk Okulu'nun yerinde olup olmadığını kontrol etmek için çatı katına çıktım. Maalesef aynı Fezai Aydıntürk'ün öngördüğü gibi, kapı duvardı. Ayrıca girişteki okul tabelasının yerinde de yeller esiyordu. Sıkıntıyla eve inerken Müberra Abla'nın kapısını çalmak geçti aklımdan, ama hemen vazgeçtim. Müberra Abla'nın ne paranoyalarıyla ne de itleriyle uğraşacak haldeydim.

Eve girince bir kez daha Şaban'ın odasına göz attım. Sanırım her şeyi yerli yerinde görmek, bir önceki gün yaşadıklarımın bir kâbus olduğuna inanmak istiyordum. Ne var ki her şey bıraktığım gibiydi. Duvardaki kan lekesine kadar. İçimde odayı derleyip toplamak, temizlemek için karşı konmaz bir istek duyuyordum. Ama acaba öyle bir şey yaparsam suç mahallini kirletmiş, delilleri karartmış mı olurdum? Yoksa çok mu fazla polisiye izliyordum?

Temizlik yapma fikrinden cayıp mutfağa gittim. Biraz galeta ve peynir tırtıkladıktan sonra, oturma odasına geçip kanepeye çöktüm. Hayır, televizyon seyretmeyecektim. Yapmam gereken başka işler vardı. Alçak bir cinayet şebekesini ortaya çıkarmam, sevdiğim kızı bulmam, dostlarımı, hatta Fezai Aydıntürk ve Durnev Hanım'a bakılırsa, dünyayı kurtarmam gerekiyordu. Tabii böyle bir pozisyona talipken aklıma internetten uzaylılar üzerine bir araştırma yapmaktan daha iyi bir fikir gelmemesi utanç verici bir durumdu.

Bir umut, bilgisayarı açıp Sezyum'dan bir yanıt var mı diye elektronik postamı kontrol ettim. Bana Viagra ve pornografik materyal satmaya çalışan birkaç sahtekâr dışında muhatabım yoktu. Amaçsızca Sezyum'un sitesine girdim bir kez daha. Belki işe yarar bir şeyler bulabileceğimi düşünerek, altında sıralanmış bir dizi manasız rakamla birlikte "Rehberin Rehberi" sayfasından sitenin rasgele bir başka sayfasına daldım. İşte o anda zihnimde bir şimşek çaktı ve işlemi durdurup girişe geri dönerek başlığın altındaki sayıları tek tek okudum:

5-13-1
9-10
12-1-1
17-12-2
25-2
28-23-1
34-13-1

Elimde olmadan gülüyordum. Siyah zemin üzerindeki iki sözcük birden bana çok daha farklı anlamlar ifade etmeye başlamıştı: Rehberin Rehberi. *Rehber!* Nasıl olup da hemen anlayamamıştım? Karşımdaki sayılar tüm sorularımın cevap anahtarıydı. Artık histeri düzeyine varmış bir heyecanla çalışma masamın çekmecelerini açıp karıştırmaya başladım ve nihayet aradığım değerli evrakı buldum: Mutluluk Ülkesi Yolculuk Rehberi!

Deli saçması gibi görünen bu reklam broşürü, aslında Sezyum'un dahice kaleme aldığı şifreli bir metin olmalıydı. Sitedeki sayılar da, muhakkak ki Mutluluk Ülkesi Yolculuk Rehberi'ni doğru biçimde okuma rehberiydi. Bu gerçeği kavradığım anda, gözlerimden istemsizce yaşlar süzüldü. Nihayet ucundan tutabileceğim bir şeylere sahiptim. Yapmam gereken tek şey, şifreyi bir an önce çözmekten ibaretti.

Broşürü masaya koyup, sayılarla ilişkisini çözmek için düşünmeye koyuldum. Bazı diziler üç, bazıları ise iki rakamdan oluşuyordu. Bunun nedenini baştan anlamak pek mümkün görünmüyordu. Rasgele bazı denemelere giriştim. 5-13-1: Beşinci, onüçüncü ve birinci sözcükleri arka arkaya dizdim: *Cesur karşına selam.* Bu cümle pek bir anlam taşımıyor gibi görünse de, diğer sayıları da aynı mantıkla sıraya koydum: *Sana bu. Ülkede selam selam.* Sanki bir yerlere mi varacaktım ne? *Uğrak ülkede sana. Bilgi sana. Yolculuğunda unutmamalısın selam. Yardımcı karşına selam.* Yarım saat kadar bu gizemli metni çözmeye çalıştıktan sonra, tamamen zırvaladığım gerçeğiyle yüzleşip yeni bir yol düşünmeye koyuldum.

Alfabenin ilgili sayılara karşılık gelen harflerini yan yana yazmak şeklindeki fikrin ne kadar gerizekâlıca olduğunu ise, itiraf ediyorum ki *djağhiaanjbubyşa* sözcüğünün manasız gidişatı değil, o noktada 34 rakamını görüp alfabemizde sadece 29 harf bulunduğunu hatırlamak düşündürdü bana. Sayıları metindeki harflerin, cümlelerin ya da satırların sırası olarak ele almak da eş değerde saçma sonuçlar veriyordu. Zaten her sayı dizisinin alt alta yazılması bir anlam taşıyor olmalıydı. Dolayısıyla yaklaşımım baştan mesnetsizdi.

Belki öncelikle sayılar arasında bir bağlantı kurmaya çalışmalıydım? Tek fark edebildiğim, eğer bir dizi üç rakamdan oluşuyorsa, sondakinin her zaman 1 ya da 2 (hatta bir tanesi hariç hep 1) olduğuydu. Peki bu ne demekti? Dille ilgili olabilecek ikili sistemleri düşünmeye çalıştım. Sesli ya da sessiz harfler, olumlu ya da olumsuz cümleler, etken ya da edilgen fiiller, düz ya da dolaylı tümleçler... Saçmalıyordum.

Hayal kırıklığı ve bunaltı içinde, oturduğum yerden kalkıp kanepeye uzandım. Sinirden dudaklarımı ısırıyordum. Kafamın altına bir yastık çekip televizyonu açtım. Kanallar arasında gezinirken, bir vahşi doğa belgeseline rastladım. Timsahlara yem olan insanlar konulu bir programın beni sakinleştirmesi ne tuhaftı.

10.

Geceydi. Pencereden dışarı bakınca, ruhumu evin içinden bin beter karartan elektrik kesintisinin kamusal değil, benim daireme özel bir mesele olduğunu anladım. Mahalledeki diğer evler ve sokak ışıl ışıldı zira. Demek ki bu konuda elektrik idaresi profesyonellerinin desteğini beklemem boşunaydı; benim bir şeyler yapmam gerekiyordu. El yordamıyla mutfak çekmecelerinden birinden bir mum çıkarıp yaktım. Tam mumu bir çay tabağının üzerine sabitliyordum ki kapı sertçe vuruldu. Kapıyı açınca karşımda bıyıklı, anormal derecede uzun boylu, zayıf birinin elinde bir alet çantasıyla dikildiğini gördüm. "Buyrun?"

"Elektrikçi," dedi yabancı.

"A girin lütfen," diye içeri davet ettim kendisini. "Ben de sizi bekliyordum." Hakikaten bekliyor muydum peki?

Adam "Bir kartımı vereyim size," diyerek, o kadar uzun boylu biri için bile çok uzun sayılabilecek parmaklarının arasına sıkıştırdığı bir kartviziti bana uzattı. Kartvizite baktım:

TESLA ELEKTRİK
Nikola Usta
Elektrik Tesisat-Abajur-Aydınlatma-Aplik Uygulamaları
itina ile yapılır.

"Aman Tanrım!" diye ünledim. "Yoksa siz Nikola Tesla mısınız? Hakkınızda o kadar çok şey duydum ki..."

"Oturun lütfen," diye bana bir sandalye işaret etti Nikola Usta.

Geçip oturdum. "Siz bizzat mı ilgileniyorsunuz artık bu işlerle?"

Nikola Usta bir elinde yıldız tornavida, diğerinde kontrol kalemi, "Açın," dedi.

"Nasıl?"

"Ağzınızı açın." Doğrusu bu talebi biraz garipsemiştim, ama insanlık tarihinin gelmiş geçmiş en büyük dehalarından birine karşı çıkacak halim yoktu ya. Dediğini yaptım. Nikola Usta yıldız tornavidayla yanağımı geri çekip kontrol kalemiyle dişlerime tek tek vurmaya başladı. "Bu mu, bu mu?" diye soruyordu bir yandan da.

Ben zat-ı şahanelerine sorunun dişlerimde değil elektrik tesisatında aranması gerektiğini belirtmek istiyor, ama ağzımdaki aletler nedeniyle bunu başaramıyordum. Derken Nikola Usta kontrol kalemiyle sol küçük azı dişime vurduğunda canım öyle bir yandı ki, "Aaah!" diye bağırdım.

"Hmm," diyerek beni serbest bıraktı Nikola Usta. Eğilip alet çantasından çıkarttığı ampulü uzattı sonra. "Bırak o elindekini, bunu al."

Bu uyarıyla, hâlâ elimde mumlu çay tabağıyla Florence Nightingale gibi durduğumu fark ettim. Çay tabağını yere koyup Nikola Usta'nın verdiği ampulü elime aldım. Endişe içinde sırada ne olduğunu merak ediyordum. Neden söz ettiğim konusunda pek bir fikrim olmamakla beraber, "Çok mu kötü?" diye sordum.

Tesla şimdi elinde elektrikli bir matkapla duruyordu. "Açın ağzınızı."

Boncuk boncuk terliyordum. Zorla gülümsemeye çalıştım. "Bu... yeni bir tedavi yöntemi mi?"

"Diyelim ki," dedi Tesla, "alternatif bir akım." Ve matkabı çalıştırdı. Kalkıp bütün gücümle oradan kaçmak istiyordum; ama vücudum ağırlaşmış, külçe gibi olmuştu. Yerimden kımıldayamıyordum. Tesla matkabı, dudaklarım parçalanmasın diye mecburen açtığım ağzıma soktu. Dehşetli bir işkence bekleyişi içinde bütün vücudum kasıldı... Fakat sonra, hayretle canımın hiç yanmadığını fark ettim. Tesla bir süre uğraştıktan sonra, aleti ağzımdan çıkarıp dikildi. "Tamamdır."

Şaşkınlıkla elimdeki ampule baktım. Yanıyordu! Çocuk gibi sevinmiştim. "Aman Tanrım! Bunu nasıl yaptınız?"

"Alternatif akım sayesinde," diyerek odanın elektrik düğmesine bastı Tesla. Salon bir anda aydınlanıverdi. "Başka sorun var mıydı?"

Biraz düşündüm. Aslında banyodaki musluk biraz akıtıyordu; ama hem bu bir elektrikçinin uzmanlık alanına girmez diye düşündüğümden, hem de kazara ilgili tamirat ters bir tarafımdan yapılıyor olabilir endişesiyle bu konudan söz etmemeye karar verdim. "Uzaylı sorunum var," dedim.

"Hmm," dedi Tesla düşünceli bir tavırla. "Ben şahsen Mars'tan geldiklerini düşünüyorum, ama bu konuda alternatif görüşler de var."

"Nereden geldikleri pek umurumda değil aslında. Ben onlardan birine âşık oldum."

"Korkarım bu konuda size pek yardımcı olamam," diye başını iki yana salladı Nikola Tesla. "Gönül işlerinden pek anlamam. Anlamak da istemem zaten."

"Aşka inanmıyor musunuz?"

"Tanrı'ya inandığım kadar."

"Öyleyse Tanrı'ya da inanmıyorsunuz?"

"Bilakis," dedi Tesla. "Tanrı'ya her şeyden çok inanıyorum. Sadece varolup olmamasını pek önemsemiyorum."

"Anlıyorum."

"Anlamıyorsunuz."

"Haklısınız anlamıyorum," diye kabullendim sıkıntıyla. Nikola Tesla, karşısında ahmaklığınızı gizleyebileceğiniz bir adam değildi. "Çözemediğim bir şifre var. Bana o konuda yardımcı olabilirsiniz belki?"

"Begelkigi," dedi Tesla.

"Efendim?"

"Kigimbigiligir digiyogorugum, begelkigi dege ogalagabigiligirigim."

"A kuş dili konuşuyorsunuz siz!" dedim. "Ben küçükken annem konuşurdu bu dili." Gerçekten de söylediklerini anlamamı istemediği zamanlarda, mesela birilerine benim nege kagadagar agaptagal vege pıgısıgırıgık bigir şegey olduğumdan falan dert yanarken kullanırdı bu dili. Oysa tüm yaptığı söyleyeceği sözcüğün heceleri arasına, ses uyumuna göre ga-ge-gi gibi bir ses eklemekten ibaretti. Ve kuş dilini anlamak için konuşmayı bilmeniz yeterliydi. Maalesef. "Evet," diye gülümsedim. "Bu dilin şifresini biliyorum, ama korkarım şu anda uğraştığım biraz daha karmaşık bir şey."

"Sen ne kadar aptal ve pısırık bir şeysin," dedi Tesla.

"Anne!" diye bağırarak uyandım tüylerim diken diken bir halde. Üstelik daha rüyanın etkisini üzerimden atamamışken, gördüğüm ilk şey korkunç bir timsahın ardına kadar açılmış ağzıydı. Hızla kanepeden kalktım. Mutfağa gidip bir bardak su içtim. Hep o kaçık karı yüzünden diye düşündüm. Durnev Hanım'ın tepeden bakan halleri ve Tesla hakkında anlattıkları, çocukluğuma dair besbelli pek de hoş sayılamayacak bilinçaltısal duygularımla karışıp aşağılık komplekslerimi dışavuran bir rüyaya dönüşmüştü.

Tekrar Sezyum'un sitesinin hâlâ açık durduğu bilgisayarımın başına geçtim. Mutluluk Ülkesi Yolculuk Rehberi'ne artık pek de bir şey bulmayı umut etmeden bakmaya başladım. Kahrolası Tesla kendime duyduğum güveni tamamen ezip geçmişti. Bir de dalga geçer gibi kuş dili konuşmuştu benimle. Kuş dili. Ne alakası varsa? İşte o anda, kuşku mu yoksa umut mu bilemediğim bir duyguyla elime bir kalem alıp broşürü önüme çektim. Ve 5. cümlenin, 13. sözcüğünün, 1. hecesinin altını çizdim: *mo*. Sonra 9. cümlenin, 10. sözcüğünü buldum. Tek heceli bir sözcüktü bu: *on*. 12. cümlenin, 1. sözüğünün, 1. hecesi ile 17. cümlenin, 12. sözcüğünün, 2. hecesini bunların arkasına eklediğimde şehvetle titredim. Aynı mantıkla diğer sayıların işaret ettiği heceleri de arka arkaya işaretleyip hepsini broşürün alt tarafına yazdım: *Moon Hotel Mikonos*!

Coşkulu bir çığlıkla oturduğum yerden fırlayıp çılgınca dans etmeye başladım. Çözmüştüm Allah'ın cezası şifreyi. Birinci sayı kaçıncı cümleye, ikinci sayıysa bu cümlenin kaçıncı sözcüğüne bakmam gerektiğini gösteriyordu. Başından beri göz ardı ettiğim, dizilerdeki son sayının işaret ettiği unsur ise, hecelerdi. Eğer söz konusu sözcük tek heceden ibaretse, dizide üçüncü bir sayı bulunmuyordu.

İçimdeki fırtına bir ölçüde sükun bulunca kendi kendime, "Hotel Mikonos, Hotel Mikonos," diye tekrar ede ede cep telefonundan Fezai Aydıntürk'ü aradım.

"Musa Bey?"

"Şifreyi çözdüm!"

"Şifre?"

"Evet," dedim nefes nefese. "Nerede olduklarını biliyorum. Uzaylıların... Ve diğerlerinin de..."

"Hmm... Emin misiniz?"

"Hayatımda hiçbir şeyden bu kadar emin olmamıştım," dedim. "Mikonos'talar. Moon Hotel diye bir yerde. Üsleri orası olmalı. O yüzden öyle ajansa bronz bronz geliyordu hepsi."

Fezai Aydıntürk ya heyecanımdan etkilenmiş ya da böyle bir heyecan içindeyken beni mantık sınırları içine çekemeyeceğini fark etmişti ki, "Pekâlâ," dedi. "Yarım saat içinde oradayım. Yalnız söyler misiniz, bu bilgiyi kimden aldınız?"

"Merak etmeyin, çok güvenilir birinden," diye yanıtladım. "Nikola Tesla'dan."

* * *

Yalnızca bir saat sonra Fezai Aydıntürk'le birlikte külüstür Deux Chevaux'nun yolcu koltuğunda meçhul bir istikamete doğru gidiyordum. "Bu arabada klima yoktur herhalde, değil mi?"

"Klimaya lüzum yok. Havalandırması var çok güzel," diyerek konsoldeki bazı kolları bir taraftan diğerine çekti Fezai Aydıntürk. Dışarıdaki otuzbeş derecelik havanın suratımıza suratımıza vurması da bir oldu.

"Keşfim hakkında ne düşünüyorsunuz?" diye sordum.

"Enteresan... Çok enteresan," diye mırıldandı Fezai Aydıntürk.

"Peki şimdi nereye gidiyoruz acaba?"

"Mikonos'a," diye yanıtladı sert bir manevrayla direksiyonu çevre yoluna kırarken.

Pencerenin hemen üstündeki kulba yapıştım. "Mikonos bir Yunan adasıdır," dedim. "Yani oraya otomobille gitmemiz pek mümkün değil. Ve şu anda da havaalanının tam tersi yönünde ilerliyoruz."

"Uçakla gitmeyeceğiz. Eğer gerçekten Mikonos'talarsa, Yunanistan'da havaalanına adım attığımız anda bunu haber alırlar. Hatta belki biletimizi aldığımız anda."

"Ne yalan söyleyeyim bu söylediğiniz biraz içimi rahatlatıyor," dedim. "Uçmaktan nefret ederim. Doğrusu bir sinir hapı falan almadan uçağa binersem kriz bile geçirebilirim. Peki nasıl gideceğiz? Deniz yoluyla mı?"

"Gibi."

"Aman uçak olmasın da," dedim. Sinirlerim boşalmıştı. "Bir keresinde öyle fena rezil olmuştum ki... Ankara'ya uçmam gerekiyordu. Altı üstü kırkbeş dakikalık falan bir uçuş. Ama ben korkudan altıma edecek gibiydim ve biraz rahatlayayım diye havaalanında beş-altı birayı üst üste yuvarladım. Tabii uçağa bindiğimde feci şekilde çişim gelmişti. Kalkış için kemerleri bağlamamız anons edildikten yarım saat sonra, uçak hâlâ pistin başında bekliyordu. Sonunda dayanamayıp tuvalete gitmeye karar verdim. Tam klozetin başında fermuarımı indirmiştim ki, uçak hareket ediverdi. Bir an acaba yapabilir miyim diye düşündüm... Ama uçak birden kalkışa geçti. Pat diye kapıyı açıp tuvaletten dışarı fırladım. Uçağın kuyruğundaki bölmelerinde oturan hostesler bana telaşla o tarafa gelmemi işaret ettiler. Ben de... Çok korkmuştum ve pek iyi düşünemiyordum. Ayrıca askerden yeni dönmüştüm ve eğitim sırasında bize tehlike anında hemen yere yatıp hedef küçültmemiz söylenmişti. O yüzden ben de kendimi yere atıverdim. Kafamı kaldırıp hosteslere bakınca, onların da suratlarında iğrenme diyebileceğim bir ifadeyle beni izlediğini gördüm. Biri, 'N'apıyorsun sen? Gelsene buraya,' diye bağırdı. Dediğini yaptım tabii... Hemen yanlarına gittim. Dirseklerimin üzerinde. Tatbikat yapar gibi. Sürünerek. Yanlarındaki boş koltuğa oturduğumda o kadar utanmıştım ki, kalkış bitene kadar ne emniyet kemerimi takmayı akıl edebildim ne de fermuarımı kapatmayı..."

Anlattığım anekdoda gülmek Fezai Aydıntürk'ün aklının ucundan bile geçmemiş gibiydi. "Uçmak dünyanın en zevkli şeyidir," dedi ciddiyetle.

"Belki kuşlar için," diye yanıtladım daracık koltuğumda daha rahat bir pozisyon bulmaya çalışırken. "Bu arada, nereye gidiyoruz?"

"Güneye," diyerek otomobilin radyosunu açtı Fezai Aydıntürk. "Bodrum, Gümüşlük Köyü'ne gidiyoruz. Oradan da Mikonos'a aktarma yapacağız."

"Nasıl yani?" diye dikildim. "Fezai Bey buradan oraya 600 kilometre falan mesafe olmalı. Bu arabayla Gümüşlük'e varmamız en az onbeş saat sürer, kaldı ki sizin külüstürün o yolu kazasız belasız çıkarma ihtimali bence sıfır!"

"Benim külüstürü hafife alma," dedi cazır cuzur radyo kanalları arasında dolanırken Fezai Aydıntürk. "Ben bununla dünyanın çevresini üç kere dolaştım."

"Hem sonra oradan Mikonos'a nasıl aktarma yapacağız? Beni şu Yunanistan'a kaçak göçmen taşıyan teknelerden birine bindirmeyi falan planlamıyorsunuz inşallah? Öyle bir şey yaparsanız cinnet getiririm haberiniz olsun..."

"Kimselere etmem şikâyet," dedi Zeki Müren. "Ağlarım ben halime..." diye ona katıldı nihayet radyoda zevkine uygun bir müzik kanalı bulmanın mutluluğuyla Fezai Aydıntürk. "Biraz gevşesene genç arkadaşım. Ne bu hal? Hayatının en büyük heyecanı seni bekliyor; sen bunun zevkini çıkaracağına durmadan sızlanıyorsun. Az delikanlı ol yahu, maceranın tadına var."

"O dediğiniz meşrubat reklamlarında olur," dedim. "Gerçek hayatta insanlar böyle durumlarda endişe yaşarlar."

"Gerçek hayat," dedi Fezai Aydıntürk alayla gülerek. "Öyle bir dergi vardı. Sahi ne oldu onlara şimdi?"

"Şimdi size şu uzaylı hikâyelerinin falan altında aslında ne yatıyor diye sorsam, biliyorum ki bana cevap vermeyeceksiniz," dedim bıkkınlıkla. "En azından şunu söyler misiniz: Mikonos'a gidince ne yapacağız?"

"Uzaylıların eylem planını öğrenip onları durduracağız."

"Evet," dedim. "Nasıl da düşünemedim? Peki neden bu işi sizin şu, neydi bakayım... hah, Dünya Savunma Örgütü'nün profesyonel uzaylı imha birimlerine bırakmıyoruz?"

"Her şey sırayla," dedi Fezai Aydıntürk. "Hadi biraz manzarayı izle sen."

Çeneni kapat demek olsa gerekti bu. Mahzuru yoktu. Kendimi aptal ve yetersiz hissetmeye ziyadesiyle alışmıştım şu son birkaç gün içinde. Kafamı çevirip dışarıya göz attım. Payıma düşen manzara, akşamın alaca karanlığında yolun sağında solunda yükselen çimento, boya ve deterjan fabrikalarının kasvetli gölgelerinden ibaretti. Derin bir iç çekip gözlerimi kapattım. Fezai Aydıntürk kendi kendine bir şeyler mırıldanıyor, Deux Chevaux bitmez tükenmez Anadolu bozkırlarına doğru tekinsiz homurtularla ilerliyor ve ben kulunuz da titriyordum mücrim gibi baktıkça istikbalime.

Gece yarısı Susurluk'ta tost ayran, sabaha karşı Selçuk'ta çöp şiş ve Fezai Aydıntürk'ün, kim bilir kimlerle gizli telefon görüşmeleri yaptığı yedi-sekiz ihtiyaç molasının ardından, ertesi gün öğle saatlerinde Gümüşlük'e vardığımızda insanlıktan çıkmış bir haldeydim. Onbeş saat boyunca yüzüme vuran sıcak rüzgârdan dolayı aptala dönmüştüm. Fezai Aydıntürk'ün toprak bir otoparka çektiği kahrolası otomobilden boynum ve sırtım tutulmuş bir halde indiğimde, yetmiyormuş gibi, tam tepemde kavurucu bir güneş karşıladı beni. Gözlerim yanıyor, başım dönüyor, bacaklarım titriyordu. Hasılı her şey benim adıma mutlak bir beyin kanamasına işaret etmekteyken, Fezai Aydıntürk, Allah'ın cezası, bomba gibi görünüyordu. Deux Chevaux'dan çevik bir hareketle dışarı fırlayıp bir iki gerindikten sonra, "Güzel kaydık ama çöp şişleri," diye kutladı yeni günü.

"Ben kusacağım galiba," dedim. Sabahın beşinde Fezai Aydıntürk'ün ısrarıyla yediğim haşlanmış soğanlar ağzıma geliyordu.

"Olmaz bir şey korkma," diyerek otoparkın arka tarafındaki ağaçlık patikaya doğru yürümeye koyuldu. "Biraz dinlenirsin bir şeyin kalmaz."

Bir dakika sonra son nefesimi vereceğimden kuşkum kalmamış bir halde onu takip ettim. Elli-altmış metre ilerlemiştik ki, birden bir mucize cereyan etti ve kendimi harikulade bir bahçede buldum. Yazlık kıyafetleri içinde bir sürü insan, salkımsöğüt ve çam ağaçlarının altındaki masalara, sedirlere keyifle kurulmuş; bir şeyler yiyip içerek, muhabbet ederek, öğlen uykusu çekerek sefa sürüyordu. Diğer bir kısım, tahminimce turist tayfası ise, bahçenin diğer tarafındaki çıkıştan adım attığın anda başlayan kumsala sere serpe yayılmıştı. Pırıl pırıl Akdeniz'in dalgaları güneşle cilveleşiyordu. Herkes sakin, mutlu ve huzurlu görünüyordu. Belki de oracıkta can vermeyebileceğim gibi bir umut belirivermişti benim de içimde. "Burası neresi?"

"Club Gümüşlük," dedi Fezai Aydıntürk. "Gel haydi."

Bahçeye girdiğimiz noktanın hemen sağ tarafındaki kapalı tesisin başında mutfak, onun hemen yanında ise resepsiyon olduğunu zannettiğim bir yer vardı. Fezai Aydıntürk vızır vızır masalara yiyecek içecek servisi yapan ve tatilciler kadar sakin, mutlu ya da huzurlu görünmeyen garsonlardan birkaçıyla selamlaştıktan sonra, bu resepsiyonvari mekâna girdi. Küçük bir masanın başında oturan esmer bir adamla sarılıp öpüştükten sonra, adama bir odaya ihtiyacımız olduğunu belirtti ve o da hiçbir soru sormadan kendisine bir anahtar verdi. Anlaşılan buralarda tanınan bir simaydı Fezai Aydıntürk.

Anahtarı aldıktan sonra dışarı çıkıp bahçenin diğer tarafına yöneldi tombul ve tavizsiz rehberim. Bu taraftaki paravanların arkasında, çevresi meyve ağaçları ve çiçek tarhlarıyla dolu ince bir yol uzanıyordu. Yolun sağ ve sol yanındaki yeşil alan üzerinde göze çarpan kulübelerde Club Gümüşlük misafirleri kalıyor olmalıydı. Bir müddet gittikten sonra, Fezai Aydıntürk elindeki anahtarla bu kulübelerden birinin kapısını açıp bana içeri girmemi işaret etti. Küçük ama son derece sevimli bir yerdi burası. Girdiğimiz odada aralarında bir komodin bulunan iki temiz yatak, bir gardırop ve klima vardı. Hemen yan tarafta askılarında bembeyaz havlular duran bir banyo göze çarpıyordu.

"Güzelce dinlen sen," dedi Fezai Aydıntürk. "Bu gece harekete geçeceğiz."

Baktım kapıyı üzerime kapatıp dışarı çıkmak üzere, "Ya siz?" diye sordum. "Benden bin beter yorulmuş olmalısınız. Siz dinlenmeyecek misiniz?"

"Ben bahçedeyim. Gelir bulursun beni."

Elbette. Bu kadarcık bir yolculuğun bir uzay savaşçısını yoracağını düşünmem çok mantıksızdı. Ben zayıf ve aciz bedenimi dinlendirirken o dünyayı kurtarma plan ve stratejileri üzerinde çalışabilirdi. Terden leş gibi olmuş tişörtümü ve pantolonumu biraz havalansınlar diye kapının önündeki sandalyelerin üzerine yaydıktan sonra, kendimi yataklardan birine atıp kafamı yastığın altına gömdüm. "Sanem," diye mırıldandım kendi kendime. "Sanem Hilal..." Zihnim toz toprak, sıcak ve bulantı yüklü düşüncelerimin arasından usulca sıyrılıp şaşmaz bir ritimle cümlemi tamamlayan kalbimin sesine kilitlendi: *"Mut-lu, Mut-lu... Mut-lum."*

* * *

Uzun ve deliksiz bir uykunun ardından bir duş alıp bahçeye döndüğümde, saat dokuza geliyordu. Şöyle bir çevreye bakınca Fezai Aydıntürk'ün köşede bir masada oturduğunu fark ettim. Yanında üç kişi ve masanın üzerinde de biri boşalmış iki büyük rakı şişesi duruyordu. İkisi elli, biri altmış yaşlarında görünen bu adamlar iskambil oynarken, Fezai Aydıntürk rakısını yudumlayarak masada dönen oyunu izlemekle yetiniyordu. Beni görünce, "Vay delikanlı! Bitti mi güzellik uykun?" diye seslendi. Sözlerindeki laubalilik, gözlerindeki kızarıklık, rakıyı belki de biraz fazla kaçırdığını düşündürüyordu.

Yanlarına gidip merhaba dedikten sonra, kendime bir sandalye çektim. Fezai Aydıntürk beni arkadaşlarına, arkadaşlarını da bana tanıttı. Diğerlerine göre daha yaşlı olan Amcabey, dişsiz ve zayıf olan Kız Tevfik, iri yarı ve tepesindeki keli yanlardan taşıdığı birkaç tel saçla kapatmaya gayret etmiş olan ise Tahtakafa'ydı. İçimden bir ses nedense bunların gerçek adları olmadığını fısıldıyordu. Kumarbazlar beni mırıltılar ve belli belirsiz baş hareketleriyle selamladılar.

Elindeki kağıtları üçlü-dörtlü hevenkler halinde yeniden yeniden gruplayan Kız Tevfik, sonunda yere bir sinek ikilisi attı; Tahtakafa da bunu uzun yıllardır süren sağlam bir dostluğun ifadesi sayılabilecek bir yorumla karşıladı. "Senin atacağın kağıdı sikeyim!"

Kız Tevfik kartlarının arasından çıkarttığı kupa kızını Tahtakafa'nın burnuna doğru sallayarak, onu aynı muhabbetle yanıtladı. "Beni mi bekliyordun kocacığım?" Ardından da yanında duran Bafra paketinden bir sigara çekip keyifle dudaklarının arasına, daha doğrusu sol ön dişinin bulunması gereken yerdeki boşluğa yerleştirdi.

"Yok, ananı bekliyordum."

Kız Tevfik önündeki rakıyı dipleyip Tahtakafa'yı büsbütün kudurtmak için, "Keltoşum biçim biçim, ölürem keltoş için," diye bir şarkı tutturdu.

"Boşuna dememişler, rakı delikanlıyı susturur ibneyi coşturur diye," dedi Tahtakafa. "Şunun haline bak."

Masadaki düzeyin hızla düştüğünü fark eden Amcabey, duruma müdahale etme gereği duydu. "Oynayacaksanız insan gibi oynayın lan şu oyunu," dedi. "Hem eşek kadar herifler, hanımların bulunduğu ortamda amlı götlü konuşmaya utanmıyor musunuz?" Epeyi yüksek bir sesle yapılmış bu ikaz çevre masalarda oturan "hanımların" ilk kez dönüp bize bakmasına neden olduysa da, herhalde Tahtakafa'yla Kız Tevfik'i de mahcup etmişti ki birbirlerine dalaşmayı kestiler. Amcabey asayişi sağladıktan sonra bana döndü. "Sen kusuruna bakma bu hıyarların delikanlı. Rakı içer misin?" Cevabımı beklemeden de, garsonlardan birine masaya iki bardak ve biraz meze getirmesini söyledi.

"Teşekkür ederim," dedim. Sevmiştim bu adamları. Hoş, adamları sevmesem bu kez sıkıntıdan içerdim, o da ayrı.

Garson rakımı doldururken, 51 partisi Kız Tevfik'in tüm kağıtlarını açtıktan sonra ortaya çaktığı bir joker ve Tahtakafa'nın 200 ceza puanı yemesiyle tamamlanmıştı. Rakı bardağımı kafadarlarla birlikte şerefe kaldırdım. İçkimin yarısını ilk dikişte, kalanını da birkaç dakika içinde bitirip kendime yeni bir bardak doldurdum. "Maşallah güzel içiyorsun delikanlı," dedi Amcabey. Bu gerçekten tebrik mi yoksa ağır gitmem için bir uyarı mı tam kestirememiştim.

"Bizim oğlan âşık," dedi Fezai Aydıntürk.

Neredeyse aynı anda hepsi birden, taşlar şimdi yerine oturdu der gibilerinden başlarını salladılar. Amcabey derin bir iç geçirip bardağını kaldırdı. "Haydi bakalım."

Kadehlerimizi tokuşturup rakılarımızı yudumladık. "Fezai Bey sevgilimin uzaylı olduğunu iddia ediyor," dedim.

"Bütün kadınlar öyledir," dedi Kız Tevfik.

"Seninki hariç," dedi Tahtakafa. "Seninki, bildiğin orospu."

"Uzaylı orospu olmaz diye bir kanun mu var?" şeklinde beklemediğim derecede sakin bir karşılık verdi Kız Tevfik, Bafra'nın dumanını efkârla üflerken. "Ne yapsın? Kader kurbanı işte."

"Bırakıp gitti beni," dedim dokunsan ağlayacak gibi. İçki bugün her zamankinden hızlı etkiyordu. "Âşıktım ben ona."

"Üzülme delikanlı," diye omzumu sıvazladı Amcabey. "Aşk her zaman yaşanmış bir şeydir."

Bir süre sessiz kaldık. Sonunda Tahtakafa hepimizin merak ettiği soruyu sordu. "O da ne demek yahu?"

"Aşk hiç yaşanmakta olan bir şey değildir," diye açıkladı Amcabey. "Ancak bir hatıra olabilir. Aşk acısı zannettiğin şey, aşkın kendisidir."

"Hayatta aşk diye bir şey yok mudur yani?" diye sordum gözlerim yaşlarla dolu.

"Yoktur," dedi Amcabey. Rakısından bir yudum aldı. "Ölümde aşk diye bir şey vardır."

Bilmem oracıkta ağlaya ağlaya helak olmayayım diye midir, Tahtakafa gayet duygusuzca Kız Tevfik'e, "Peyniri uzatsana," diyerek dağıtıverdi ortamı. "Kusura bakma ama ben sana hiç katılmıyorum Amcabey. Bence aşk an'ı yaşamaktır!"

"Hah! Konuştu filozof," dedi Kız Tevfik.

"Tabii oğlum," dedi Tahtakafa ağzına bir parça ekmek ve peynir atarken. "Mesela ben, yengenle her akşam en az üç posta an'ı yaşamazsam gözüme uyku girmez." Sonra da gürültülü bir kahkaha koyuverdi.

Onlar aralarında harala gürele bir başka muhabbete yelken açarken, Fezai Aydıntürk'ün öğlen resepsiyonda konuşan adamı bir işaretle yanına çağırdığını fark ettim. "Atılgan hazır mı?" diye sordu alçak sesle.

"Tamamdır o iş Abi, merak etme sen," diye yanıtladı adam.

"Donanımı unutmadınız, değil mi?"

"Her şey hazır Abi."

Bunların bizimle bir alakası olmalıydı. Usulca Fezai Aydıntürk'e sokuldum. "Neler oluyor?"

"Yola çıkma vakti geldi artık," diyerek ayağa kalktı Fezai Aydıntürk. "Bize müsaade beyler. Sizlere afiyet olsun."

Masadakilerle vedalaştıktan sonra, Club Gümüşlük'ten çıkıp kumsalda yürümeye başladık. Sesime, bu kez kesinlikle bir yanıt almaya kararlı olduğum havası vermeye çalışarak, "Nereye gidiyoruz?" diye sordum.

Fezai Aydıntürk eliyle, koyun ucunda yükselen karanlık dağı işaret etti. "Oraya."

"Orası neresi?"

"Kocadağ."

"Mikonos'a gideceğimizi sanıyordum."

Fezai Aydıntürk elini ağzına kapatıp geğirdi. Düpedüz sarhoştu. "Gideceğiz. Önce Kocadağ'a, oradan da Mikonos'a gideceğiz."

Fezai Aydıntürk'ün beni dağ başına infaz etmeye ya da daha kötü bir amaçla götürdüğü düşüncesini kafamdan uzaklaştırmaya çalışarak susup onu takip ettim. Kırkbeş dakikalık bir tırmanışın ardından, üstünde dev bir bayrak dalgalanan Kocadağ'ın zirvesine vardık. Fezai Aydıntürk biriki derin nefes alarak şimdi simsiyah görünen Akdeniz'e ve aya baktı. "İyi, iyi," diye mırıldandı kendi kendine.

Benim hiçbir şey anladığım yoktu. "Nedir iyi olan?"

"Rüzgâr, ay... Her şey."

"Şimdi ne yapacağız peki?" diye sordum, mantıklı bir şeyler duyma konusunda en ufak bir ümit taşımadan.

"Atılgan'a binip Mikonos'a gideceğiz."

"Atılgan?" Fezai Aydıntürk kafasıyla arkamda bir yeri işaret etti. Dönüp baktım. Büyük bir çalılığın hemen dibinde üçgen şeklinde kanatları bulunan tuhaf bir alet duruyordu. "Bu da nedir?"

"Atılgan," dedi Fezai Aydıntürk. "Benim için özel olarak geliştirilmiş, iki kişi taşıma kapasiteli bir delta kanat."

Ağzım açık kalakalmıştım. "Delta kanat... Hani şu bazı

çılgınların kendilerini bağlayıp dağ tepelerinden attıkları uçurtmalardan, öyle mi? Ve Mikonos'a bununla gideceğiz?"

"Kesinlikle."

"Siz delirmişsiniz," dedim panik halinde. "Ben lunaparkta dönmedolaba bile binemem. Uçak konusunda söylediklerimi hatırlıyorsunuz, değil mi? Hem uçmayacağımıza söz vermiştiniz..."

"Uçağa binmeyeceğiz demiştim," dedi Fezai Aydıntürk keyifle gülerek. "Uçmayacağız demedim."

11.

Ünlü bir şehir efsanesidir; bir orman yangını sonrasında küle dönmüş ağaçların arasında balıkadam kıyafeti içinde bir ceset bulunur. Haliyle ilk başta, yanmış bir ormanın içinde bir dalgıcın ne işi olduğu pek anlaşılmasa da, basit bir akıl yürütmeyle işin aslı anlaşılır. Yangın söndürme uçaklarından biri, deniz suyuyla birlikte zavallı dalgıcı da deposuna almış ve yanan ormana atmıştır. Açıkçası ben her zaman, hikâyeyi dinleyenler için trajikomik diye nitelendirilebilecek bu hadisenin dalgıcın bakış açısından nasıl görünmüş olabileceğini düşünmeyi çok daha ilginç bulmuşumdur. Denizin altında tatlı tatlı süzülür, türlü deniz canlısını incelerken, birden kendisini metalik bir hapisanede buluveren bu adam o an ne düşünmüştür? Rahmetli, sudan alınıp ormanın tepesine kadar taşındığı o süre içinde işin aslını anlayabilecek kadar derin bir kavrayış ve soğukkanlılığa sahip değil idiyse –ki takdir edersiniz bu hiç de kolay bir şey değildir–, herhalde müthiş bir korku ve panik yaşamış olmalıdır. Daha da enteresanı, neye uğradığını anlayamadan kendisini cayır cayır yanan bir yere doğru düşerken bulduğunda, aklından neler geçmiştir? Eğer korku ya da basınç farkı gibi bir nedenle ölmeyip bunu yaşadıysa, sanırım öldüğünü ve cehenneme postalandığını düşünmüş olması kuvvetle muhtemeldir. İşte cehenneme süren birkaç saniyelik yolculuğu sırasında, bu talihsiz dalgıcın neler hissettiğini hep çok merak etmişimdir ve belki de uyku tulumuna benzer giysilerimizin içinde delta kanatla Kocadağ'dan hemen yanımızdaki Tavşan Adası'na doğru yaşadığımız düşüş sırasında bu merakımı gidermemi sağladığı için Fezai Aydıntürk'e teşekkür etmem gerekir.

Merak buyuranlar için anlatmaya çalışayım. Öncelikle hayır, biliniz ki böyle bir durumda çığlık falan atmıyorsunuz. Daha ziyade arka tarafınızda bir yerlerden kendisine bir çıkış bulup kaçan şeyin ne olabileceğine takılıyor aklınız ve derhal cevabı buluyorsunuz: Ruhunuz. O güne dek, eğer varsa, çok kutsal bir şey olması gerektiğini varsaydığınız ruhunuzun ölümle yüzleştiğiniz anda, kaypaklık edip sizi yüzüstü bırakması acayip bir hayal kırıklığı yaratıyor. Ve ulan eğer ölmezseniz, şurdan bir kurtulursanız kuyruğunu kıstırıp geri döneceğini bildiğiniz o adi ruhtan intikam almaya yemin ediyorsunuz. Nedense, "Yaşasın Iagoooo," diye bağırıyor ve Othello'ya da giydiriyorsunuz. "Amına kodumunun Arabı!"

Maalesef bu konuda daha fazla bir şey anlatamıyorum, çünkü Tavşan Adası'ndaki dev bir kayaya neredeyse sürtünerek geçmiş ve daireler çizerek bir elli-altmış metre yükselmiştik ki, ruhum vücuduma geri döndü. Fezai Aydıntürk'e neden havada daireler çizip durduğumuzu sormak istiyor, ama ağzımı açamıyor, sadece zangır zangır titriyor ve galiba ağlıyordum. "Çubuğa yüklenme," diye bağırdı Fezai Aydıntürk. "Dengeyi bozuyorsun. Sırtından bağlısın zaten. Rahat ol. Tırmanıyoruz."

Ellerimi biraz gevşetmeye çalışıp derin derin soluk

aldım. Dengeyi bozmak istemiyordum. Ölmek istemiyordum. Şimdi hayatla aramdaki tek bağlantıyı sağlayan Fezai Aydıntürk'e şükranla, hatta aşkla bakıyor ve yere ayak bastığımız anda onu boğmak istiyordum. Birkaç dakika sonra Atılgan dengeli bir biçimde gökyüzünde yol alıyordu ve ben de biraz sakinleşmiştim. "Aslında kalkış normalde böyle yapılmaz," dediğini işittim Fezai Aydıntürk'ün. "Hafif eğimli bir tepeden aşağı doğru koşup havalanırsın..."

"Ama Gümüşlük'te böyle bir alan yok herhalde?" Sesimin tekrar çıkabilmesi beni memnun etmişti.

"Yoo bir sürü var," dedi Fezai Aydıntürk. "Ama böylesi daha çok hoşuma gidiyor."

Hiç kimsenin idam cezasını hak etmediği doğrultusundaki düşüncelerimi yeniden gözden geçirirken, "Çok güzel," dedim. "Daha ne kadar sürecek bu?"

"Üç-dört saate varırız," dedi Fezai Aydıntürk. "Şu yan tarafta bir çanta olacak, içindekini versene bana..."

Kafamı soluma çevirince, yanımdaki çubuğa takılı çantayı gördüm. Parmağımı kımıldatmaya korkuyor, ama Fezai Aydıntürk'ün taleplerine karşı çıkmayı da göze alamıyordum. Bir gayret uzanıp çantanın fermuarını açmayı ve içindekini almayı başardım. "Bu bir termos," dedim. Fezai Aydıntürk tulumundaki ceplerden birinden ince bir bardak çıkartıp termosu elimden aldı. Kapağını açıp içindekini bardağa doldurdu ve sonra da bir sigara yaktı. Burnuma vuran kokuyu çok iyi tanıyordum. "Siz rakı mı içiyorsunuz?"

Fezai Aydıntürk gidiş yönümüzü belirlemeye yarayan çubuğu koltuk altlarına sıkıştırmış, bir elinde sigarası bir elinde içkisi, "İster misin sen de?" diye sordu.

Dehşet içinde ona baktım. "Şey... Bu işi yaparken alkol almasak daha iyi olmaz mı?"

"Korkma," dedi Fezai Aydıntürk. "Ben bu aleti götümle bile kullanırım."

Sarhoşlara özgü bu kendine güven acaba gerçeklere ne kadar tekabül ediyordu? Kaderime razı bir halde, "Doldurun öyleyse bana da bir tane," dedim. "Bir de sigara yakarsanız sevinirim."

Bir saat ve birkaç duble termos rakısının ardından korkum tamamen kaybolmuş, yıldızlarla kaynaşan gökyüzünde bir kuş gibi uçmaktan coşku duymaya dahi başlamıştım. Hatta Fezai Aydıntürk'ün kollarının idare çubuğundan kayıverip Atılgan'ın düşeyazmasını örneğin, kahkahalarla kutlamam bu zevkin giderek tehlikeli bir boyut aldığına da işaret etmiyor değildi.

"Şuraya bak," diye denizde hareket eden ışıklı bir cismi işaret etti Fezai Aydıntürk. Aynı anda da delta kanadın yönünü o tarafa çevirip alçalmaya başladı.

Nedense bu durum beni neşelendirmişti. "Nedir o Fezai Abi?"

Fezai Aydıntürk aynı neşeyle yanıtladı. "Bir Yunan sahil koruma gemisi. Hücumbot falan da olabilir..."

"Ne güzel... Niye hücumbotun üstüne gidiyoruz Abi?"

"Çünkü..." diyerek bir-iki ağzını şapırdattı Fezai Aydıntürk. Sonunda aradığı yanıtı buldu da. "En iyi savunma hücumdur! Hücuuuum!" Delta kanatla hücumbota doğru bir kamikaze dalışı gerçekleştirirken, ikimiz de aptal gibi katıla katıla gülüyorduk.

İyice alçaldıktan sonra Fezai Aydıntürk bitmek üzere olan sigarasının izmaritini baş ve orta parmağı arasına sıkıştırıp savaş gemisine fırlattı. "Ateşşş!" Neyse ki güvertede pinekleyen askerlerden hiçbiri bizi fark edip kafasını kaldırmadı da, uçaksavarlar tarafından kalbura çevrilmeden taarruzumuzu tamamlayıp tekrar güvenli bir irtifaya ulaştık.

Kahkahalarımız nihayet dindikten ve bir süre sessizce uçtuktan sonra, "Ben hayatta en çok babamı sevdim, Fezai Abi," deyiverdim. Babam da nereden çıkmıştı şimdi? Nasıl

Allah'ın belası bir bilinçaltım vardı benim? "Mavi gözlü bir devlet memuru..." Rüzgârın uğultusu nedeniyle birbirimizi duyabilmek için epey bağırmamız gerekiyordu, ama ben o an, belki de tüm bunları ona değil kendime anlatmayı istediğimden normal bir ses tonuyla konuşuyordum. "Öyle düşkündük ki birbirimize anlatamam. Çok kitap okuyan, harika hikâyeler anlatan bir adamdı. *Monte Cristo Kontu*'nu, *Ay'a Seyahat*'i, *Robinson Crusoe*'yu ve bunun gibi klasiklerle birlikte kendi uydurduğu harikulade maceraları anlatırdı bana bıkıp usanmadan. Sabahları işe giderken onunla birlikte kalkar, evimizin karşısındaki korulukta gözden kaybolana kadar arkasından seslenirdim ona. Ve sonra akşam geri dönüş saatine yakın, pencerenin önüne yerleşir yolunu gözlerdim. Ona öyle hayrandım ki, sırf alnımda onunki gibi kırışıklar olsun diye aynanın karşısında suratımı buruşturdum saatlerce. Gece, yataklarımıza gittiğimizde dakikalarca birbirimize sevgi sözleri, öpücükler gönderirdik. Ve nihayet uyumadan önce Tanrı'yla konuşurdum. Bizi birbirimizden ayırmasın diye dua ederdim ona. Başka şeyler de isterdim, örneğin annemin öğrettiği gibi vatanımızı, milletimizi korumasını falan... Ama aslına bakarsan ondan biricik dileğim beni babama, babamı bana bağışlamasıydı.

Babam öldüğünde dokuz yaşındaydım. Onu toprağa verdiğimiz günün akşamı beni Çingeneler kaçırdı Fezai Abi. Büyük ihtimalle bir rüyaydı bu. Annem Çingenelerin çocuk kaçırdığı falan gibi saçmalıklarla çok korkuturdu beni. Zaten Çingenelerin bana, 'Sen falancanın oğlusun, değil mi?' diye sorup beni bir at arabasının arkasına atmaları dışında bir şey hatırlamıyorum bu olaya dair. Yine de bunun gerçekten bütün bütüne kopuk bir anı olduğunu söyleyemem. Çünkü sonradan düşününce anladım ki Çingeneler o gece bir çocuk değilse de bir çocukluğu kaçırmışlardı: Benim çocukluğumu.

Sonra hep mutsuz, hep karanlık, hep yalnız oldum ben Fezai Abi. Kimseyi gerçekten sevmedim, kimseden gerçekten nefret etmedim, yaptığım hiçbir şeyin gerçekten bir anlam taşıdığına inanmadım. Ve Tanrı'yla da bir daha hiç konuşmadım. Böylece zaman içinde birbirimizi unuttuk.

Ta ki... Onunla karşılaşana kadar. O bana baktığında Tanrı'nın gözlerini gördüm ben. Bir umut değil, bir müjdeydi bu. Onun aşkıyla, yitirdiğim her şey bir ışık çağlayanı içinde yeniden bana döndü, taş ve toprak kardeşim oldu, yüreğim merhametle doldu. Anlayacağın ben yeniden yaşamaya başladım Fezai Abi.

Ve o gidince, dünya bir kez daha başıma yıkıldı."

Kuvvetle muhtemel ki Fezai Aydıntürk söylediklerimin bir kelimesini bile işitmemişti. Yine de, "Of ulen of!" diye bir nara atıp soyladı:

"Körfezdeki dalgın suya bir bak, göreceksin:
Geçmiş gecelerden biri durmakta derinde;
Mehtap, iri güller ve senin en güzel aksin...
Velhasıl o rüya duruyor yerli yerinde."

* * *

Mikonos'ta tepelik bir alana iniş yaptıktan sonra, Fezai Aydıntürk, Atılgan'ı katlayıp kayalarla çevrili bir yere gizledi. Uçuş tulumlarını çıkarmadan kendisine göreceli yumuşak bir zemin bulup yattı ve gündoğumuyla birlikte harekete geçeceğimizi belirterek bana da aynısını yapmamı tavsiye etti. Bütün günü uyuyarak geçirdiğimden bu benim için biraz zordu. Yine de yere uzandım ve tulumumu bir yastık gibi başımın altına yerleştirip yıldızları izlemeye başladım. Çevrede hiçbir ışık kaynağı olmadığı için gökyüzü yıldızlarla doluydu. Acaba bunlardan biri Sanem'in gezegeni miydi? Ya da geceyi bir neşter gibi kesip geçen parlak ışıklar o güne kadar zannettiğim gibi birer kuyruklu yıldız değil de, yabancı uygarlıklara ait uzay araçları olabilir miydi? Sevdiğim kadın hakikaten dünyayı ele geçirmeye çalışan bir uzaylı mıydı? Niye böyle yapıyordu? Benim kalbimi ele geçirmişti ya, bu kadarı yetmiyor muydu ona? Bu durum biraz içimi burksa da, belki ertesi gün onu yeniden göreceğim umudu beni heyecanlandırıyor, ister istemez gülümsetiyordu.

Fezai Aydıntürk'ün dürtüklemeleriyle uyandığımda, ortalık yeni yeni aydınlanıyordu. Yirmidört saattir Club Gümüşlük'teki ayyaş kumarbazların mezelerinden tırtıkladığım birkaç lokma dışında hiçbir şey yemediğimden karnım fena halde zil çalıyordu. Neyse ki, Dünya Savunma Örgütü'nün beyin takımı, biz özel ajanları için hazırladığı donanıma iki adet yarım ekmek arası köfte koymayı ihmal etmemişti. Sabahın köründe bayat ekmek ve soğuk köfteleri sindirmeye çalışırken, Fezai Aydıntürk'ün günümüz teknolojisi için devasa denebilecek boyutlardaki cep telefonunu kurcaladığını fark ettim. "Hayrola? Kaptan Kirk'e mesaj mı atıyorsunuz?"

"Navigasyon yapıyorum," dedi Fezai Aydıntürk büyük bir ciddiyetle ve nedense benim gülesim geldi. Demek orada dizlerinin üzerine çökmüş, ilk bakışta zannedileceği gibi kakasını değil navigasyonunu yapıyordu. "Uydu haritası aracılığıyla Moon Hotel'in lokasyonunu tespit ettim, şimdi takip edeceğimiz rotayı kararlaştırmaya çalışıyorum." Yaşlı ve tonton dostum, gerçek bir uzay savaşçısına dönüşmüştü. Elektronik aletiyle işini bitirip az önce kumanyamızı çıkardığı çantadan şimdi bir de tabanca çıkarıp beline sıkıştırdığını görmesem, onunla biraz daha dalga geçme hatasına düşebilirdim.

Onbeş dakika kadar sonra, delta kanadı otlarla ve çalılarla mümkün mertebe saklamış, yola düzülmüştük. Birbirimizle pek konuşmadan yürürken, nasıl olup da kendi halinde, sıradan biriyken, şimdi ne idüğü belirsiz silahlı bir hergeleyle birlikte kaçak giriş yaptığım yabancı bir ülke topraklarında uzaylı peşine düştüğüm sorusuna yanıt bulmaya çalışıyordum. Nihayet Mikonos'un iki katlı beyaz yapıları, daracık sevimli sokakları ve rengârenk giysileri ya da deniz kıyafetleri içinde alışveriş yapan turistlerle dolu merkezine ulaştığımızda, hâlâ manalı bir sonuca varamamış olduğumu söylemem sürpriz sayılmaz herhalde. Sahile inip üç-dört kilometre de kıyı boyunca ilerledik. İnsan ve bina yoğunluğunun iyice azaldığı bir noktada, Fezai Aydıntürk durup denize doğru uzanan bir buruna inşa edilmiş beyaz yapıyı işaret etti. "Moon Hotel orası. Bu noktadan itibaren çok dikkatli davranmalıyız."

"Yani nasıl davranmalıyız?"

Fezai Aydıntürk suratıma dik dik bakmakla yetindi. "Yürü."

Moon Hotel'in ters U şeklindeki ana kapısından geçip iki yanı çimle kaplı bir avlu boyunca ilerledik. Otele girdikten sonra Fezai Aydıntürk tıpkı filmlerde gördüğümüz casuslar gibi, gayet rahat bir tavırla resepsiyon masasının karşısına yerleştirilmiş koltuklardan birine çöktü. Onun bir ajan olduğuna giderek daha çok inanıyordum. Geçip karşısına oturdum. Fezai Aydıntürk yanımıza gelen garsona iki kahve siparişi verirken, ben de tedirginlik içinde, hiçbir halt anlamadığım Almanca gazetelerden birine göz atar gibi yapıyordum. Her şey beni endişelendiriyordu. Ara ara kuşkulu gözlerle bizi süzen resepsiyon görevlisi, otele girip çıkan ziyaretçiler, martıların canhıraş çığlıkları... Ve en çok da bir sonraki aşamada nasıl bir adım atacağımız konusunda hiçbir fikir sahibi olmamak. Mesela Fezai Aydıntürk kahvesini bitirdikten sonra belindeki silahı çekip önce resepsiyon görevlisini vursa, ardından da tek tek odaları basıp otelde kalan herkesi katletmeye başlasa, buna nasıl itiraz beyan edecektim? Gerginliğimi fark etmiş olacak ki, "Hayrola delikanlı," dedi Fezai Aydıntürk. "Gergin görünüyorsun?"

"Tecrübesizliğime verin."

"Tüm mesele odaklanmada evlat," dedi Fezai Aydıntürk gözünde bir işi çok iyi bilenlere özgü bir pırıltıyla. "Zihnin ve bedenin sadece varacağın hedefe odaklanacak. Ve bilesin ki, bu her şey için geçerlidir. Düz bir çizgi çizmek istiyorsan, asla kalemin geçtiği yere değil, ulaşacağı noktaya bakmalısın."

Kahvemden ilk yudumu almıştım ki, birden gözüm asansörden inen iriyarı, siyah gözlüklü adama takıldı. Fezai Aydıntürk'ün bacağını sıktım. "Bu Ayberk," dedim. "Ya da Berkay... Gizliajans'takilerden biri." Tir tir titriyordum.

"Takip et," dedi Fezai Aydıntürk.

"Ne?"

Ayberk ya da Berkay bizi fark etmeden resepsiyonun arka yanındaki çift kanatlı kapıya doğru ilerledi. "Çabuk," dedi Fezai Aydıntürk. "Merak etme, seni kollayacağım."

Ağzım kurumuştu. Ani bir kararla oturduğum yerden kalkıp eski müşteri temsilcimin peşine takıldım. Çift kanatlı kapı otelin açık havuzuna çıkıyordu. Havuzu çevreleyen duvarların yüksekliği, soyunma odalarının yeri falan gibi, acil bir durumda kaçmamı ya da saklanmamı kolaylaştırabilecek ayrıntılara dikkat etmem gerektiğinin farkındaydım elbette, ama an itibarıyla zihinsel kapasitem, bir yandan uzun adımlarla havuzun karşı tarafına doğru yürüyen Ayberk ya da Berkay'ı yitirmemeye çalışırken, diğer yandan ancak şezlonglarda üstsüz güneşlenen kadınlara göz ucuyla bakabilmeme yetiyordu.

Ayberk ya da Berkay yedi-sekiz basamaklı merdivenden otelin arka tarafındaki küçük bahçeye indi, dandik tahta bir kapıdan dışarı çıktı. Yalnız kapının eşiğinde bir anlığına durup kafasını hafifçe arkaya doğru çevirdiğini görür gibi olmuştum. Beni fark edebileceği endişesiyle kısa bir süre bekledikten sonra, ben de aynı şeyi yaptım. Kapıdan geçince, kademe kademe denize doğru alçalan sarp kayalıkların başında buldum kendimi. Ayberk ya da Berkay kaybolmuştu. Çaresiz, kayalara tutuna tutuna aşağı doğru inmeye başladım. Güçbela yolun yarısından çoğunu aştığım halde, hâlâ Ayberk ya da Berkay'ı görebilmiş değildim. İster misin bu uzaylı piç kuruları bir de ancak gizli bir geçitle ulaşılabilen, denizin altında bir üsse falan sahip olsunlardı? Umutsuzca sağıma soluma bakarken, biraz daha ileride ve deniz seviyesinden sadece birkaç metre yükseklikte, kayalıkların arasında bir boşluk olduğunu fark edip o tarafa yöneldim. Ve işte oradaydı! Dibine kadar yaklaşmadan göremeyeceğin oyuk alana inşa edilmiş ahşap bir kulübe. Kapısında asma bir kilit, pencerelerinde demirler vardı. Dev bir kayaya sarılıp derin derin nefes aldım. Yapılacak en mantıklı şey Fezai Aydıntürk'ü beklemekti; tek başıma daha fazla ilerlemeyi göze alamazdım. Acaba uzay ajanı dostum oraya geldiğimi görmüş müydü? Belki de otele dönüp onu bulmaya çalışmalıydım. Derken birinin bileğimi sıkıca kavradığını hissedip sevinçle arkama baktım. Ne yazık ki, karşımdaki ifadesiz surat Fezai Aydıntürk'e değil, Ayberk ya da Berkay'a aitti.

"Aaa ne güzel sürpriz!" diye ünledim. "Sen de buraya tatile geldin demek. Ayberk... Berkay?" Biliyorum. Sefil ve umutsuz bir denemeydi. Aşağılık uzaylı müşteri temsilcisi, bileğimi vargücüyle büküp beni ittire kaktıra kulübeye kadar götürdü. Tek eliyle beni kapıya yaslayıp diğeriyle asma kilidi açtı. Kilidi, takılı durduğu halkalardan çıkarttığı anda ağırlığımla kapı açıldı ve Ayberk ya da Berkay beni içeri itti. Dengesiz birkaç adım attıktan sonra sendeleyerek yere yapıştım.

Bir çift kol anında yardımıma koşup beni ayağa kaldırdı. "Kardeşim... Ne işin var burada senin?"

"Şaban!" dedim. Perişan görünüyordu. Suratı çökmüş, gözlerinin feri kaçmıştı. Alnı bandajlıydı. "Seni kurtarmaya geldim."

"Çok güzel düşünmüşsün Abi," dedi bir kenardaki kuru sedirde oturan ve varlığını o an fark ettiğim tuhaf görünümlü tip. "Yalnız şimdi seni kim kurtaracak?" Bu Sezyum olmalıydı.

"Güzel soru," dedi Ayberk ya da Berkay. "Keşke Sevilay'ın uyarısını ciddiye alsaydın Musa. Bizi senden bir zarar gelmeyeceğine ikna etmek için öyle çok uğraştı ki zavallıcık..."

Dönüp ona baktım. Artık ondan korkmuyor, nefret ediyordum. "Yaptıklarınızı yanınıza bırakmayacağım," dedim. "O zaman zavallının kim olduğunu göreceksin."

Ayberk ya da Berkay neredeyse sevgiyle gülümsedi. "Bazen siz insanlara gerçekten çok şaşıyorum. Şansınız ne kadar azalırsa, kendinize güveniniz o kadar artıyor."

"Belki de arkadaşına güveniyordur." Bu sözlerin sahibi, kapıda süklüm püklüm duran Fezai Aydıntürk'ün kafasına dayanmış silahı tutan kişiydi aynı zamanda: Berkay ya da Ayberk.

"Vay," dedi Ayberk ya da Berkay. "Nihayet büyük bir balık, ha?"

"Aval aval havuzdaki karılara bakarken yakaladım," dedi Berkay ya da Ayberk. Belindeki silahı çekip aldıktan sonra da Fezai Aydıntürk'ü bizim yanımıza gönderdi. Zaferlerini kendinden pek memnun homurtularla kutlayan iki öküz, kapıyı üstümüze kitleyip gittiler. Şimdi dört tutsak kulübede biz bize kalmıştık.

"Neden bunlardan iki tane olduğunu söylemedin ki?" diye çıkıştı Fezai Aydıntürk. "Herifin soyunma odalarından birinden çıkıp havuza girdiğini görünce, seni atlattığını zannettim. Onu bari kendim gözlem altında tutayım diye şezlonglardan birine uzandım. Bir an dalmışım, herifçioğlu çat diye ensemde bitti..."

"Evet," dedim. "Az önce söyledi eleman bir an neye daldığınızı. Pek güzel odaklanmışsınız hedefe." Ulan Fezai Aydıntürk diye geçirdim içimden, seni uzay ajanı yapanın...

"Neyse artık. Olmuşla ölmüşe çare yok," diye geçiştirdi Fezai Aydıntürk. Ardından da Şaban'a dönüp bir tür asker selamı çaktı. "Sizinle tanıştığıma çok sevindim Şaban Bey!"

"Aleykümselam," diye mırıldandı Şaban, Fezai Aydıntürk'ün militer tavrına pek anlam veremediği apaçık.

Fezai Aydıntürk de onun karşılığını yadırgamıştı besbelli. "Siz hangi komuta birliğine bağlısınız?"

"Gözünü seveyim kurban," dedi Şaban. "Bu şaklabanlar da bana iki gündür böyle acayip sorular sorup duruyor. Ben ne bilirim komuta? Ticaretle uğraşıyorum ben naçizane; alım satım gibi işler..."

"Anlıyorum," dedi Fezai Aydıntürk. "Ama benden çekinmenize gerek yok. Ben de uzay ajanıydım."

"Vallahi çok tebrik ederim de..." diye kıvrandı Şaban. "Ben daha ziyade kabzımallarla çalışıyorum. Narenciye, sebze... O tip."

"Yeter artık," diye girdim araya. "Size söylemiştim; Şaban'ın bu işlerle bir alakası yok."

"Ne diye kaçırdılar öyleyse seni?" diye parladı Fezai Aydıntürk. "Uzaylıların canı zerzevat mı çekmiş?"

"Bence o bizi bu konuda daha çok aydınlatabilir," diyerek Sezyum'a döndüm.

Sezyum beni kuşkulu bakışlarla süzdü. "Sen kimsin?"

Bir kenarda duran boş bir sandığı alıp ters çevirerek üstüne oturdum. "Senden sonra Gizliajans'a aldıkları metin yazarı. Burayı senin bıraktığın şifreli mesajı çözerek buldum."

"Tebrik ederim," dedi Sezyum. "Birinin bunu başarabileceğinden ciddi ciddi kuşkulanmaya başlamıştım."

"Teşekkür ederim. Yalnız merak ediyorum, burayı sen nasıl öğrendin?"

"Çeşme anlattı," dedi Sezyum. "Yani Gürcan Bey... Ortalıkta acayip bir şeyler döndüğünü seziyordum tabii, ama bir gün Çeşme gelip bak oğlum bu ajans uzaylılara ait falan deyince eleman kayışı koparmış diye düşündüm."

"Ama sonradan ikna oldun, öyle mi?"

"Sen olmadıysan, yeterince şey görmemişsin demektir," dedi Sezyum belli belirsiz gülümseyerek.

"Peki sonra?" diye sordum yan gözle diğerlerinin ne yaptığına bakarak. Şaban kafası ellerinin arasında bir kenara çökmüş oturuyor, Fezai Aydıntürk ise, herhalde kaçabilecek bir delik bulma umuduyla, dışarıdan kalın panjurlarla örtülmüş pencereleri inceliyordu.

"Benden kendisine yardım etmemi istedi."

"Ne konuda?"

"Söylediğine göre uzaylıların çok hain bir planı vardı ve benim yardımımla neyin peşinde olduklarını öğrenip onlara engel olabilirdik."

"Bir şey öğrenebildiniz mi peki?"

Sezyum kafasını hayır anlamında salladı. "Artık bakışımdan mı kıllandılar duruşumdan mı bilemiyorum ama Çeşme'yle konuştuktan iki gün sonra, müşteriye gidiyoruz hesabı beni bir otomobile attılar. Sonra işte kloroform kafası... Derken burası. Her gün bir öğün yemek, bir bardak su, bol bol sorgu, sual. Size anlattıklarımdan başka bir halt da bildiğim yok ki."

Şaban dilini şaklattı. "Yahu konuşsak şunlarla işe yaramaz mı?"

"Her şey çok manasız," diye söylendi Fezai Aydıntürk sinirli bir şekilde. "Siz ikinizi niye Gizliajans'a aldı ki bu uzaylı dölleri?"

"Beni Gürcan Bey aldı işe," dedi Sezyum. Sonra da kendini mazur göstermek ister gibi ekledi. "Belki bir düşündüğü vardı?"

"Bir konuşalım şunlarla," dedi Şaban. "Kardeşim bizim uzaylıyla falan işimiz yok, bir yanlışlık olmuş diyelim, tatlıya bağlayalım."

"Peki Çeşme Bey ne yapıyor?" diye korktuğum soruyu sordu Sezyum. "Patron gelip bizi kurtarır diye bekleyip duruyorum burada ama ne gelen var ne giden? Ne olur ne olmaz hesabı arada o broşürü yazmasam kimse bilmeyecek okka altına gittiğimi."

"Gürcan Bey kimseye yardım edecek durumda değil," dedim başımı öne eğerek. "Öldürdüler zavallıyı."

Sezyum'un beti benzi atmıştı. "Nasıl yani?"

"Doğrusu şimdiye kadar seni niye öldürmediklerini merak ediyorum ben," dedi Fezai Aydıntürk.

Cevap olarak bir patlama duyduk. Sezyum alnında kırmızı bir nokta, sabit gözlerle sedire yığıldı. "Bize anlattıklarından başka bir halt bilmediğinden emin olmamız gerekiyordu," dedi tabancasının namlusu hâlâ Sezyum'a doğrultulmuş bir halde Tamay Bey. Arkasında Ayberk, Berkay ve daha önce görmediğim, gangster kılıklı iki kişi daha vardı. Lanet heriflerin içeri ne zaman girdiğini fark edememiştik bile.

Dehşet içinde oturduğum yerden sıçradım. Alçaklar Sezyum'u gözümüzün önünde infaz etmişlerdi. Şimdi sıra bizdeydi. Bir şeyler söylemek istiyordum ama dilim tutulmuştu. Üstelik dizlerim titriyor, gözlerim kararıyordu. Fark edebildiğim kadarıyla köşesinde büzüşmüş titreyen Şaban da benden daha iyi durumda sayılmazdı. "N'oluyor yahu?" demeyi başardı yine de. "Arkadaşlar..."

Fezai Aydıntürk ise karşımızdakilerin arkadaşlık duygularına hitap etmenin fazla bir yarar getirmeyeceğini sezmiş olmalı ki, Tamay Bey'in üzerine atıldı. Ne var ki, aşağılık muhasebeci, tabancasının kabzasıyla onun suratına acımasız bir darbe indirerek bu hamleyi yarıda kesti. "Şişko bir uzay ajanı," dedi en aşağılayıcı tavrıyla, ayaklarının dibinde acı içinde kıvranan Fezai Aydıntürk'e bakarak. Sonra gözlerini bana çevirip gülümsedi. "Merhabalar Musa Bey. Sizi yeniden görmek ne kadar güzel. Umarım siz de benim kadar sevinmişsinizdir buna."

Artık bitmişti. Yolun sonuna gelmiştim. Derin bir nefes alıp sakinleşmeye çalıştım. "Elbette," dedim. "Palyaçolar beni her zaman neşelendirir. Uzaydan gelen katil palyaçolar bile."

Sapık bir kahkaha attı. "Ömürsünüz Musa Bey! Aklımda en son terastaki şu zavallı halinizle kalsaydınız, sizi öldürdüğüm için üzüntü bile duyabilirdim. Hem de kutu müzesi fikrim hakkındaki o kaba yorumunuzdan sonra. Neyse, artık içim son derece rahat."

Tamay Bey'in silahını bana çevirdiğini görünce, gözlerimi sımsıkı kapattım. Hayatıma son verecek mermiyi, ruhuma son darbeyi indiren kişiyi düşünerek beklemeye koyuldum. "Sanem..."

Sonra seri bir takırtı işittim. Bağrışmalar. Devrilen eşyalar. Arka arkaya patlayan silahlar. Gözümü açtığımda içeride feci bir arbede vardı. İki kişi yere devrilmişti ve Tamay Bey şimdi kapıya doğru dönmüş ateş ediyordu. Belki de Fezai Aydıntürk bir yolunu bulup namussuzları faka bastırmıştı. Hızla, az önce üstünde oturduğum sandığı yerden kaldırıp kendime siper ettim. Ancak bir mermi tahtayı delip burnumun ucundan geçince bunun bir işe yaramayacağını anladım ve sandığı yere fırlattığım gibi kendimi Sezyum'un, kafasında bir kurşunla yattığı sedirin arkasına attım.

Sindiğim yerde sonsuza kadar süren bir on saniye kadar beklemiştim ki sesler kesildi. Bir süre daha durduktan sonra hafifçe kafamı sedirin kenarından dışarı uzattım. Ayberk, Berkay ve daha önce görmediğim iki gangster yerde, Tamay Bey ise az önce kendime siper ettiğim sandığın içinde cansız yatıyordu. Her zaman âşığı olduğu kutulardan birinin içinde gebermesi kaderin tuhaf bir tecellisi olsa gerek diye düşündüm. Düşmanlarımızın bertaraf edildiğini anladığım anda, dostlarımın durumuna göz atmayı akıl ettim. Fezai Aydıntürk ve Şaban kan banyosunun ortasında dizlerinin üzerine çökmüş, en az benim kadar şaşkın bir halde çevrelerine bakınıyorlardı. Ayağında komando pantolonu ve postalları, üzerinde yeşil atleti, elinde otomatik tüfeği ve boynuna çaprazlama astığı iki fişeklikle kapıda dimdik duran kurtarıcımız ise, John Rambo değil, kız kurusu üst kat komşumuz Müberra Abla'ydı.

12.

"Acele edin," diye gürledi Müberra Abla. "Kaybedecek bir dakikamız bile yok."

Artık nasıl bir kâbusun içine düştüğümü düşünüp anlamaya çalışacak halim kalmamıştı. Aptallaşmış bir halde kapıya doğru ilerlerken, gözüm iki buklüm yerde yatan Şaban'a takıldı. "Şaban!" diye yanına koşup onu kendime çevirdim. Gömleğini koyu renk bir ıslaklık kaplamıştı. Hıçkıra hıçkıra ağlayarak başımı dostumun boynuna gömdüm. "Şaban!"

Usulca saçlarımı okşadığını hissettim. "Hakkını helal et kardeşim," diye mırıldandı. "Eşhedüen..."

"Ambulans çağırın çabuk," diye bağırmaya başladım. "Doktor! Otelde doktor vardır mutlaka..."

Fezai Aydıntürk parmaklarını Şaban'ın şahdamarına basıp bir süre bekledikten sonra, beni kolumdan çekti. "Yürü. Artık onun için bir şey yapamayız."

"En iyisi onu burada bırakalım," dediğini işittim Müberra Abla'nın.

Yerden aldığı bir tabancayı beline sıkıştıran Fezai Aydıntürk, onaylayıcı bir homurtuyla karşıladı bu öneriyi. Kesinlikle benden söz ediyorlardı!

"Hayır! Hangi cehenneme gidiyorsanız, ben de sizinle geliyorum," dedim.

Kulübeden çıktıktan sonra Müberra Abla'nın rehberliğinde, yukarıya, otel tarafına değil, kayalıklardan denize doğru inmeye başladık. Birkaç dakika yürüdükten sonra, kayalıkların arasındaki küçük bir mağaraya gizlenmiş büyük bir deniz motorunun başına vardık. Müberra Abla motora atlayıp aleti çalıştırdı. "Çabuk," dedi. "Atlayın haydi."

Motor derin bir homurtuyla denize açılırken, arkadaki koltuklardan birine çöktüm. "Zavallı Şaban... Zavallı dostum."

Fezai Aydıntürk bir demire tutunarak, avına kilitlenmiş bir şahin gibi gözünü ufukta bir noktaya dikmiş Müberra Abla'ya doğru bir-iki adım attı. "Anladığım kadarıyla başından beri sizin peşinizdeydiler?"

"Vericimin sinyalini yakalamış olmalılar," diye homurdandı Müberra Abla. "Önce Emirhan Bey zannettiler, sonra Şaban Bey. Tabii benim gibi yalnız yaşayan zavallı bir kadından kuşkulanmak akıllarının ucundan bile geçmedi..."

"Sen!" diye bağırdım. "O vericiyi Şaban'ın odasına sen yerleştirdin!"

"Üzgünüm Musa Bey. Çabuk karar vermem gerekiyordu. O gece bir şeyler yapacakları belliydi."

"Sen de çabucak Şaban'ı kurban etmeye karar verdin, öyle mi?"

"Böyle olmasını istemezdim. Başka çarem yoktu."

"Sana güvenip anahtarlarımızı vermiştik!"

"Anahtarlarınızı bana güvendiğiniz için değil, kapıda kaldığınızda imdadınıza koşacak, yirmidört saat evinden çıkmayan bir kaçık olduğumu düşündüğünüz için verdiniz."

"Sizin vazifeniz?" diye girdi araya Fezai Aydıntürk artık bu konudan sıkıldığını belli eder bir tavırla.

"Nasıl insanlarsınız siz? Nasıl bu kadar acımasız ve alçak olabiliyorsunuz?" dedim nefretle.

Müberra Abla beni pas geçip Fezai Aydıntürk'ün sorusunu yanıtladı. "Başkan'ın özel sekreteri ve Avrupa koordinasyon sorumlusuyum."

Duyduklarım karşısında hayretim öfkeme galebe çalıyordu. Demek bizim Müberra Abla köpeklerini gezdirmek, komşularıyla didişmek ve yoğurtlu biber pişirmek dışında kalan zamanlarını, dünya çapında gizli bir örgütün üst düzey sorumluluğunu yürütmek ve komando talimi yapmakla geçiriyordu.

"Nereye gidiyoruz?" diye sordu Fezai Aydıntürk.

"Athos Dağı'na."

Bu isim Fezai Aydıntürk'e çok şey ifade etmiş gibiydi. "Yoksa?"

"Başkan bugün Yunanistan'a geldi. Akşam saatlerinde manastır ziyaretlerine başlayacak. Kendisini orada vurmayı planlıyorlar."

"Başkan'a haber verdiniz mi?"

"Verici olmadan mümkün değil," dedi Müberra Abla. "Planlarını birkaç saat önce öğrendim. Gidip bizzat müdahalede bulunmamız lazım."

"Athos Dağı en emniyetli bölgelerimizden biridir. Manastırların pek çoğu Dünya Savunma Örgütü için faaliyet gösteriyor."

"Tam da bu yüzden suikasti orada gerçekleştirecekler," dedi Müberra Abla. "En beklenmedik yerde. Korkarım uzun süredir bunu planlıyorlar."

"Peki bu işi nasıl yapacaklar?"

"Ne pahasına olursa olsun."

"Bu Allah'ın belası dağ nerede?" diye sordum neredeyse gözden kaybolan karaya bakarak.

"Kuzeyde," diye yanıtladı Fezai Aydıntürk. "Makedonya'-

nın güneyinde, Athos Yarımadası kıyısında. Endişelenmeyin, dağ Yunanistan sınırları içinde. Bu hızla beş-altı saat içinde varırız."

"Yüreğime su serptiniz."

"Şaban Bey için çok üzgünüm. Ama emin olun, bunu yanlarına bırakmayacağız."

"Oraya vardığımızda ne yapacağız?"

"Uzaylıları durduracağız."

"Sizin işleriniz zerrece umurumda değil," dedim. "Ne örgütünüz, ne başkanınız, ne de dünya. Ben Sanem'i bulmak için buradayım."

"Büyük ihtimal bulacaksınız."

"Güzel," dedim gülümseyerek. Oturduğum yerde doğrulup yüzümü rüzgâra verdim. "Bilmeniz gereken bir şey var."

"Öyle mi?" dedi Fezai Aydıntürk. "Peki neymiş o?"

"Eğer Sanem'in kılına dokunacak olursanız, hatta aklınızdan böyle bir şey geçtiğini sezersem, her ikinizi de acımadan gebertirim."

* * *

"Manastırlar," dedi Fezai Aydıntürk, Athos Dağı'nın görkemli zirvesine doğru kat kat yükselen sarp kayalıklar üzerine inşa edilmiş büyüleyici yapıları işaret ederek. "Burası Ortodoksların kutsal dağı olarak bilinir ve sakinlerinin hemen hemen tamamı münzevi keşişlerdir."

"Ve uzay ajanları," diye ekledim.

"Uzaylılara karşı verdiğimiz savaşta, din adamlarına çok önemli görevler düşüyor."

Yarımadaya iyice yaklaştığımız bir noktada, Müberra Abla hız kesip Fezai Aydıntürk'ten dümene geçmesini istedi. Bir yerlerden çıkardığı siyah cübbeyi sırtına geçirip taramalı tüfeğini dışarıdan görülmeyecek şekilde arkasına attıktan sonra, cübbenin kapüşonuyla başını örttü. Silahını saklamak istemesi anlaşılır bir şeydi; peki o komik takma bıyık ve sakala ne gerek vardı?

"Athos Dağı'na kadınların girmesi yasaktır," diye açıkladı Fezai Aydıntürk. Müberra Abla'nın kadın olduğunu gizlemek için sakala pek de ihtiyacı olmadığı dilimin ucuna kadar geldiyse de, çenemi tuttum.

Fezai Aydıntürk, motoru tepeden kıvrılarak gelen toprak yolun ucundaki küçük iskeleye yanaştırdı. Kıyıya ayak bastığımız anda, nereden çıktığını anlamadığım iri yarı, dazlak bir tipin uzun adımlarla bize yaklaştığını fark ettim. Yanımıza gelip yüksek sesle bir şeyler söylemeye başladı. Adamın konuştuğu dili bilmesem de, eliyle yaptığı "derhal ikileyin" hareketi hayli evrenseldi. Sözcülüğümüzü üstlenen Fezai Aydıntürk adamla İngilizce iletişim kurmaya çalışıyor; fakat görünen o ki, kel kafa üzerinde en ufak bir etki bile yaratamıyordu. Kaygıyla, kara cübbesinin altında kılını kıpırdatmadan bekleyen Müberra Abla'yı kolluyordum. Acaba ne zaman ölüm makinesini çıkartıp tartışmayı noktalayacaktı?

Derken birinin yine anlamadığım bir dilde, ama kesinlikle çok daha dostane bir tınıyla seslendiğini duyduk. Boynunda asılı istavrozuyla, baştan aşağı siyah giyimli, silme sakallı bu adam, belli ki ruhban sınıfındandı. Bizi kışkışlayan badigard kılıklı herife sertçe bir şeyler söyledikten sonra, bize dönüp İngilizce olarak kendini tanıttı. "Olaf'ın kusuruna bakmayın lütfen. Hoşgeldiniz. Ben Başpiskopos Makarios. Size nasıl yardımcı olabilirim?"

Fezai Aydıntürk, Başpiskopos Makarios'u kibarca selamlayıp bir kenara çekti. İkisi fısıltılarla konuşurken, badigard pis pis Müberra Abla'yı süzüyordu. Bana kalırsa cinsiyetinden kuşkulandığından değil, çok yerinde bir önseziyle, bir çatışma halinde onun en dişli rakibi olacağını fark ettiği için yapıyordu bunu. Neyse ki, bu gergin bekleyiş fazla uzamadan Başpiskopos Makarios kireç gibi bir suratla gelip, Olaf'a, ses tonundan anlaşıldığı kadarıyla, birtakım talimatlar verdi. Olaf koşarak bunların gereğini yapmaya giderken Başpiskopos, Müberra Abla ile bana, "Şükürler olsun ki buradasınız," dedi. "Başkan'ın manastır ziyareti yarım saat sonra. Tanrı yardım ederse vaktinde ona ulaşabiliriz."

Olaf golf arabasına benzer üstü açık küçük bir araçla yanımızda bitivermişti. Bu adamlar, bunca teçhizat hangi delikten çıkıyor bir türlü aklım almıyordu. Gidinin keşişleri az anasının gözü değildi anlaşılan. Başpiskopos Makarios, Olaf'ın yanındaki koltuğa geçerken, bize de binmemizi işaret etti. Üçümüz, Fezai Aydıntürk'ün külüstür otomobilinden bile daha dar olan aracın arka koltuğuna kucak kucağa sığıştık. Alet acı homurtularla virajlı patika yoldan tepeye tırmanırken, ikide birde üzerime yığılan Fezai Aydıntürk'ün koca gövdesinin ağırlığını taşımam yetmiyormuş gibi bir de Müberra Abla'nın otomotik silahı kaburgalarıma batıyordu.

Aşağı yukarı beş dakikalık zorlu tırmanışın ardından, bana bir Ortaçağ kalesini anımsatan heybetli manastırın önündeki taşlık, düz yola çıkmayı başardık. Ne var ki, yola o kadar kolay devam edemeyecek gibiydik. Kemerli kapının önünde birikmiş, çoğu keşişlerden oluşan kalabalık bir grup bize durmamızı işaret ediyordu. Olaf'ın frene basmasıyla Makarios arabadan aşağı atladı ve kendisini derin bir hürmetle selamlayan keşişlere bağırış çağırış bir şeyler anlatmaya koyuldu. Kapıdakiler çaresizlik ifade eden birtakım jestlerle ona karşılık veriyorlardı. Sonunda Makarios yanımıza dönüp "Başkan az önce gelmiş," dedi. "Şu anda maiyetiyle birlikte karşılama töreninde. Buradan öteye arabayla geçemeyiz. Yürüyün."

Hızla kapıdan içeri daldık. Ve içeri adım attığımız gibi de kalakaldık. Avluyu çepeçevre sarmış müthiş bir kalabalık daha fazla ilerlememize izin vermiyordu. Makarios kemerli kapının hemen yanındaki merdivene yöneldi. "Buradan. Çabuk." Tahta basamakları üçer-dörder çıkıp, Makarios'un boynuna asılı koca bir anahtarla kilidini açtığı bir kapıdan girdik. Manastırı çevreleyen kale duvarlarından biri boyunca uzanan bu katta, avluyu tepeden gören küçük balkonlu bir sürü oda bulunuyordu. Müberra Abla koşarak koridordaki odalardan en sonuncusuna girdi. Ona yetiştiğimizde, balkona çıkmış aşağıyı kesmekte olduğunu gördük.

Manastırın kemerli giriş kapısının tam karşısındaki, kilise binasının dibindeydik şimdi. Kilisenin kapısında toplanmış yaşlı rahipler karşılama komitesi ve masallardan çıkma bir köy meydanını andıran avluda atlarının üzerinde onlara doğru yaklaşan beş adam da misafirler olmalıydı. En öndeki beyaz ata binmiş beyaz üniformalı adamı işaret ederek, "Başkan o mu?" diye sordum Fezai Aydıntürk'e.

Başını evet anlamında salladı. "Unutma bu büyük bir sır."

Benim için pek önemi yoktu. Zaten kafasındaki subay kepi nedeniyle pek de seçemiyordum tipini. Hızla karşılama törenini izleyen kalabalığa göz gezdirdim. Pek çok rahip, takım elbiseli bir sürü adam... Aralarında Sanem'e benzer birini göremiyordum. Athos Dağı'na kadınların girmesinin yasak olduğunu hatırlayarak derin bir umutsuzluğa kapıldım. Sanem'in Müberra Abla tarzı bir manyaklığa kalkışacağını düşünmem hataydı. Derken bakışlarım karşılama komitesindeki rahiplere kaydı. Ve bir tanesinin üzerinde kilitlendi. Onu kesinlikle bir yerden gözüm ısırıyordu. Bu arada süvariler atlarından inmiş rahiplere doğru ilerliyordu. Aralarında birkaç metre kalmıştı ki, beyaz üniformalı, esrarengiz başkan hâlâ en önde olmak üzere, hepsi durup dizlerinin üzerine çöktüler ve istavroz çıkardılar. İki kafile birbirini muhabbetle selamlarken, ben de hayatını bir dağ başında Tanrı'ya ibadet etmeye adamış bu rahibi kime benzettiğimi düşünüyordum. Mesela bir rahip cüppesi yerine soluk bir takım elbise giyse ya da sakalı bıyığı öyle gür ve uzun değil de, dudaklarının üstüyle çenesini örtecek kadar olsa... Evet, işte o zaman, elinde aniden parlayıverdiğini gördüğüm sustalıyla Dünya Savunma Örgütü Başkanı'nı kucaklamaya hazırlanan bu adamın mutluluk profesörü Savuray Bey'in ta kendisi olduğuna yemin edebilirdim! "Orada!" diye bağırdım avazım çıktığı kadar. "Savuray Bey, Başkan'ı öldürecek!"

Müberra Abla'nın silahını ne ara çıkarıp da karşılama komitesindeki tüm rahipleri Tanrı katına postalamak üzere aşağı doğrulttuğunu, ancak Olaf'ın son andaki müdahalesiyle havayı taramakla yetindiğini anlayamamıştım bile. Keza, kişneyerek şaha kalkan atların tozu dumana kattığı avluda bulunan insanların tam karşımızdaki binadan açılan ateşle birlikte nasıl birbirine girdiğini, velhasılı ortalığın üç saniye içinde nasıl tam manasıyla bir savaş alanına döndüğünü de... Öte yandan kalabalığın arasında hızla hareket eden beyaz üniforma, suikast girişiminin, en azından şimdilik başarısızlığa uğradığını gösteriyordu.

"Yatın!" diye bağırdı Başpiskopos Makarios kendini mübarek bedeninden beklenmeyecek bir çeviklikle yere atarken.

Bu davete icabet eden tek kişi bendim. Müberra Abla ve Olaf birbirleriyle boğuşurken, Fezai Aydıntürk tabancasıyla takır takır pencereden dışarı saydırıyordu. Olaf'ı acımasız bir döner tekmeyle yere seren Müberra Abla, bir daha onunla uğraşmak zorunda kalmadan rahat rahat kan dökebilmek için bir kedi gibi balkon korkuluğunun diğer yanına sıçrayıp aşağı, avluya atladı.

Pencereden içeri kurşun yağarken, yapılacak en akıllıca işin sürünerek odadan çıkmaya çalışan Başpiskopos'un peşine düşmek olduğuna karar verdim. Kendimizi koridora, ateş hattının dışına attığımız anda ben gayri ihtiyari geldiğimiz tarafa yöneldim; ama Makarios "Bu taraftan," diye seslendi arkamdan. Hakikaten de girdiğimize benzer bir diğer kapı koridorun o yanında da mevcuttu ve kuşkusuz Makarios'un boynundaki anahtar onu da kolaylıkla açacaktı. Duvar dibindeki tahta merdivenden indikten sonra, Makarios kilisenin arka duvarındaki küçücük, tahta kapıyı işaret etti. "Buradan çıkabiliriz," dedi sihirli anahtarını elinde sallayarak.

Kaçmadan önce dönüp meydana baktım. Müberra Abla beş-altı metre ötemde, korkusuzca dikilmiş bir yandan karşıdaki binaya ateş ediyor bir yandan da başkana sesleniyordu. Bu nasıl bir gözü karalık, nasıl delice bir bağlılıktı! Tam onu kaderiyle baş başa bırakmaya karar verdiğim anda, acı bir çığlıkla yere serildiğini gördüm. Yerde kıvranırken silahı hâlâ elindeydi. Belki onu da o cehennemden çıkarabileceğimi düşünerek, "Müberra Abla!" diye bağırdım. Ne var ki, kara bir gölge elinde sustalısı, son darbeyi vurmak üzere hışımla komşumun üzerine çöktü. Elim ayağım tutulmuştu. Çaresiz gözlerle Savuray Bey'in bıçağını kaldırışını izledim. İşte o anda mahşer yerini andıran kalabalığı dörtnala yaran beyaz atın üzerindeki beyaz üniformalı adam, beyaz çizmesini kara cüppelinin çenesine acımasızca yapıştırdı ve Savuray Bey ağzından burnundan kan boşalarak bir yana yığıldı.

Kahraman süvari bir hamlede atından aşağı atlayıp Müberra Abla'yı kollarına aldı. Artık başında kepi olmayan bu adama hayretle bakakaldım.

"Charles," dedi Müberra Abla.

"Müberra," dedi Prens Charles.

"Seni her zaman sevdim Charles." Kız kurusu, gülen gözlerinden aşağı iki damla yaş süzülürken "Saadet... Nihayet," diye inledi ve son nefesini ömrü boyunca beklediği beyaz atlı prensinin dudaklarına üfledi.

* * *

Başpiskopos Makarios'la birlikte birkaç yüz metre mesafedeki ağaçlık alana doğru kaçarken, manastırdan gelen bağrış çağrış ve patlamalar ayyuka çıkmıştı. Fezai Aydıntürk'ü geride bırakmam nedeniyle biraz vicdan azabı duymakla beraber onun için yapabileceğim pek bir şey olmadığını düşünüyor ya da düşünmek istiyordum. Fezai Aydıntürk ne uğruna öleceğine karar verebilecek yaştaydı. Hem onun gerçekten dostum olup olmadığından bile emin değildim. Ayrıca ben bir kahraman değildim. Bir korkaktım ben. Hep öyleydim, hep öyle kalacaktım.

"Endişelenme," dedi Makarios düşüncelerimi okumuş gibi. "Bizimkiler sayıca çok üstün. Onların hakkından geleceklerdir."

Öyleyse niye tabanları yağladığını sormadım ona. "Prens Charles, Dünya Savunma Örgütü başkanı mı?"

"Elbette," dedi Makarios meyve ağaçlarının arasına dalarken. "Kraliyet Ailesi'nin mevcudiyet sebebi budur." Yoksa canımızdan çok sevdiğimiz ilkokul öğretmenimiz bize ülkemizin İngiltere, İsveç ve İspanya gibi Batılı ülkelerden çok daha gelişmiş olduğunu, çünkü onların meşrutiyetle bizimse cumhuriyetle yönetildiğimizi söylerken yanılıyor muydu? Acaba bu saltanat işinin içinde hakikaten Makarios'un dediği türden bir çapanoğlu mu vardı? "Prens Charles ailesindeki pek çok erkek gibi son derece sıkı bir askerî eğitimden geçmiştir ve birinci sınıf bir savaş pilotudur."

"Duymuştum öyle bir şeyler galiba," dedim. "Ama ben bunu bir tür gelenek diye düşünmüştüm."

"Manası kalmayan hiçbir gelenek fazla uzun yaşayamaz."

"Peki o zaman..."

"Şşt!" Makarios zınk diye durmuş, eliyle etrafı dinlememi işaret ediyordu.

O zaman az ötemizden gelen çıtırtıları ben de işittim. Meyve ağaçlarının arasında dolaşan kesinlikle bir tek biz değildik. Bir çalılığın arkasına geçip saklandık. Sesler giderek yaklaşırken nefesimizi tutmuş bekliyorduk. Nihayet ağaçların arasından birileri çıkıp hızlı adımlarla önümüzden geçmeye başladı. Sayabildiğim kadarıyla dört-beş kişi olmalıydılar. Nihayet sonuncusu da bizi fark etmeden geçip gidince, kafamı saklandığım yerden çıkarıp arkalarından bakmaya cesaret edebildim. Grubun en arkasındaki başını yana doğru çevirince yüzünü gördüm. Ve baştan aşağı titredim. "Sanem," diye çöktüm Makarios'un yanına. "Buldum seni."

Başpiskopos şaşkın şaşkın suratıma bakıyordu. "Kimdi onlar?"

"Peşlerinden gitmem gerekiyor."

"Sen ölmek istiyor?" dedi Başpiskopos Makarios, Türkçe.

"Demek Türkçe biliyorsunuz?" dedim sevinçle. Sonra ellerini tuttum. "Hakkınızı helal edin Başpiskopos Makarios. Her şey için teşekkürler. Ve ayrıca hepimiz kardeşiz. Sizi seviyorum."

Bu deli saçması sözlerden de anlaşılabileceği üzere, aklım başımdan gitmişti ve Makarios'un tek bir söz etmesine fırsat bırakmadan çalıların arasından çıkıp grubun peşine düştüm. Kırk yıllık bir iz sürücü gibi, aramızda makul bir mesafe bırakarak ve korkusuzca yürüyordum arkalarından. Ne öldürülme ne yakalanma tehlikesi gözümdeydi artık. Değil mi ki aşkımı dünyanın bir ucunda bulmuştum, artık hiçbir güç bana zarar veremezdi. Meyve bahçesi sona erip bir yarın kıyısından ilerlemeye başladıklarında da, bu özgüvenle devam ettim takibe. Evet artık görebiliyordum; beş kişiydiler. Kabak gibi ortadaydım, ama hiçbiri arkasına bir göz atmaya niyetli değil gibiydi. Bense sevgilimin kollarına atılmak konusunda giderek sabırsızlanıyordum. Hem bu iş nereye kadar sürebilirdi ki? Uzay üslerini bulup hepsini öldürdükten sonra Sanem'i alıp kaçacak mıydım oradan? Acilen gidişata bir dur demeliydim. Koşarak aradaki mesafeyi iyice kapattım ve "Hey!" diye bağırdım. "Bekleyin."

Uzaylı tayfası, karşısında beni görünce cin çarpmışa dönmüştü. Sanem hariç tabii; o her zamanki gibi soğukkanlı bir vakar ve zerafetle bakıyordu bana. Ekipte onun dışında tanıdığım iki kişi daha vardı: Tunçay Bey ve muhasebeden, adını bilmediğim biri. Garip ama benimle konuşan, bu pek de tanımadığım sözde muhasebeci oldu. "Sen ne arıyorsun burada?"

"Vergi iademi almaya geldim."

Sağı solu kolaçan edip sadece silahsız değil, aynı zamanda tek başına olduğumu anlayan tanımadığım uzaylılardan biri derhal silahına davrandı; ama Sanem onu durdurdu. Bana doğru bir-iki adım attıktan sonra, başıyla diğerlerine yollarına devam etmelerini işaret etti. Tunçay Bey bir an tereddüt ettiyse de aşkımızın karşısında duramayacağını nihayet anlamış olacak ki, arkadaşlarını da peşine takarak yürüyüp gitti. Ben de sevgilimi ellerinden tutup kendime çektim.

Şimdi el ele, göz gözeydik. Şimdi ikimiz bir uçurumun kıyısındaydık.

"Ah Musa," dedi. "Niye geldin peşimden?"

"Ay neden dünyanın peşinden gelir Sanem?"

"Git buradan," dedi acımasızca.

"Seni seviyorum," diye parladım ellerini sıkarak. "Ne yaparsan yap bunu değiştiremezsin, anlamıyor musun? Âşığım ben sana."

"Yapma Musa. Hepsi bir oyundu."

"Benim için değil."

"Öyleydi. Her şey bana âşık olasın diye düzenlenmişti zaten. Sen de beklediğimiz gibi tuzağa düştün işte. Hepsi bu."

"Sus," dedim. "Bazı üçüncü şahıslarla aynı cümle içinde kullanma kendi ismini."

"Biliyor musun, benim rolümü az daha Mehtap oynayacaktı. Öyle olsa şimdi de onun peşinde kendini harap ediyor olacaktın. Sırf Mehtap, Gürcan Bey'den sonra bir kişiyi daha öldürmek istemedi diye kısmetine ben düştüm. İşte senin aşk dediğin bu..."

"Hepsi yalandı yani, öyle mi?"

"Benim sana söylediğim yalanların hiçbir önemi yok Musa. Kendine söylediklerinin yanında."

"Aşka inanmıyor musun Sanem?"

"Sadece aptallar aşka inanır."

"Emin misin?"

"Tabii ki eminim."

"Sadece aptallar emin olur." Şimdi yağmur çiseliyordu ve dalgalar kayaları daha büyük bir şiddetle dövüyordu. Parmaklarını dudaklarıma götürdüm. "Bu söylediklerin doğru değil Sanem. Daha önce değilse bile o gece, gizli nikâhımızı kıydığımız o gece, senin de aşka inandığını biliyorum. Aşkımıza."

Yanağından süzülen damlanın yağmur olmadığını biliyordum. Nihayet ruhundaki buzları eritebilmiştim. Sevgilim yutkundu ve dünya romantizm tarihinin en eski cümlesi, bu kadar yerli yerinde herhalde ilk kez onun dudaklarından döküldü: "Biz ayrı dünyaların insanlarıyız."

Mevsimlerden yazdı ve tercüme-i halime ne söylesem azdı. Biliyordum, gidecekti. Kim bilir, belki de bir bekleyeni vardı? Lakin gözlerinden anlıyordum, o da benim gibi yalnızdı. Dışarıdan bakınca halleri pervasız, ruhu uçarıydı. Sevdiyse de çok, korkarım bana pek inanmazdı. İşte bu konuda çok haksızdı. Varsın olsun; başka kim gözlerinde umudu ve acıyı aynı anda böyle güzel taşırdı? Tanrı'nın kaderime yazdığı işte bu kızdı.

Biliyordum ki bir sözüm vardı, ne ki sözcüklerden umudum kalmamıştı. O zaman oraya sadece onu bulmaya değil, aynı zamanda ecelle buluşmaya geldiğimi anlayıverdim. Ben ki Acılar Denizi'nden geçmiş, Sabır Yolu'nu aşmış, Sevda Tepesi'ne tırmanmıştım. Geriye gidebileceğim tek bir yer kalmıştı. Ellerini tutan ellerim usulca gevşedi. Gözlerimi kapatıp kendimi Aşk Uçurumu'ndan aşağı bıraktım.

En güzel söz, tam zamanında söylenmeyen değil midir?

13.

Gözlerimi açtığım yer, muhakkak ki bir hastane odasıydı ve hemen yatağımın başındaki serum torbasını kontrol eden kişi de bir hemşire olmalıydı. Oysa bu kadının üzerinde üniforma değil, şık bir elbise vardı ve bembeyaz saçlarına bakılırsa, yaşı bir başhemşire için bile hayli geçkinceydi.

"Nerdeyim ben?" demeye çalıştım. Ağzımdan çıkan sesler ön dişlerimden birkaçının eksildiğini gösteriyordu.

"Musa Bey," dedi kadın. "Nihayet kendinize geldiniz."

"Durnev Hanım..."

Kafamı doğrultup halime bakmaya çalıştım. Boynumun acısıyla kafamı tekrar yastığa gömmeden sargılar ve alçılar içindeki vücudumu görebilmiştim birkaç saniyeliğine.

"Tanrım..."

"Endişelenmeyin," dedi Durnev Hanım elinde nereden çıkardığını göremediğim bir ilaç şişesi ve enjektörle. "Söylenenlere göre çok kötü düşmüşsünüz. Bir bacağınız, bir kolunuz, birkaç kaburganız kırık, kafatasınızda çatlak var ve geri kalan taraflarınız da pek iyi durumda sayılmaz. Yine de iyileşeceksiniz."

"Burası neresi?"

"İstanbul'da özel bir kliniktesiniz. Doktorunuz sahasında dünyanın en iyilerindendir ve aynı zamanda yakın bir aile dostum olur. Sağolsun, bilinciniz yerine gelene dek size refakat etme ricamı da kırmadı."

Serum torbama bir şey enjekte ediyordu. "O nedir?"

"İlaç," dedi bir cellat gibi.

"Buraya nasıl geldim?" diye sordum. "Neler oldu?"

"Çok yüksek bir yerden aşağı atılmışsınız. Sizi kayalıklarda bulup derhal bir deniz uçağıyla buraya naklettiler. Bunu size onlar yaptı, değil mi?"

Onlar? Ayrıntıya girmenin bir manası yoktu. Evet deyip geçmeyi düşündüm ama, "Kendim atladım," dedim nedense.

Durnev Hanım'ın bir kaşı kalkıverdi. "Kendiniz mi atladınız? Bunu sizden kim istedi?"

"Hiç kimse. Sanemsiz yaşamak manasız geldi."

Gelip yatağın yanına oturdu. "Başınızdan geçenleri bana anlatmanızı istiyorum Musa Bey."

"Çok perişanım," dedim. "Uyumak istiyorum."

"Hayır," dedi beni omuzlarımdan tutup hafifçe sarsarak. Daha beterini de yapabileceğini hissediyordum. "Şimdi konuşmalısınız. Sonra dilediğiniz kadar uyuyabilirsiniz."

"Fezai Bey'le konuşsanıza," dedim. Sonra aklıma gelen yeni bir düşünceyle irkildim. "Yoksa o da öldü mü?"

"Fezai Bey iyi. Ama ben sizi dinlemek istiyorum."

Elinden kurtulamayacaktım. Ben hikâyemi anlatırken, arada sözümü kesip Gizliajans'takilerden herhangi birini, Fezai Bey'i, hatta merhum kocasını daha önceden tanıyıp tanımadığım gibi konuyla ilgisiz tuhaf sorular soruyor ve bunu yaparken de, meraklı birinden ziyade bir sorgu yargıcı gibi davranıyordu. Bu durumu yadırgamama rağmen garip bir ruh hali içinde tüm sorularına ayrıntılı yanıtlar veriyor, hatta ona daha fazla bir şeyler söyleyebilme isteğiyle dolup taşıyordum.

Gözyaşları içinde hikâyemi bitirdiğimde, Durnev Hanım iyice rahatlamış görünüyordu. "Bütün bunlar ne demek?" diye sordum.

"Artık mutlu ölebilirim demek," dedi Durnev Hanım benden ziyade kafasındaki bazı hayaletlere.

"Prens kurtulduğu için mi?" diye sordum. "Ne var ki, bedeli çok ağır oldu. Bir sürü insan öldü. Kimisi Şaban gibi yok yere."

"Prens'in canı cehenneme," diye karşılık verdi Osmanlı hanımefendisi.

"Anlamıyorum..."

"İster misiniz bir hikâye de ben size anlatayım Musa Bey?" İlk kez gülümsediğini görüyordum. "Bu genç bir adamın hikâyesidir. Zeki, yakışıklı, hırslı ama beş parasız bu delikanlı, binbir güçlük içinde liseyi bitirip yüksek tahsil yapmak için İstanbul'a gelir. Ne ki şehr-i İstanbul her taşralı gibi onun da başını döndürür ve kısa bir süre sonra düşlerini, üniversite diploması yerine şaşaalı bir hayat süslemeye başlar. Fırsatını bulduğu anda, kendi şirketini kurmaya karar verir. İş hayatında yükselmek ve bunu mümkün olduğunca hızlı bir biçimde gerçekleştirmek azmindedir. Aklına ve melekelerine güveni tamdır ve her işi kıvıracak donanıma sahip olduğundan şüphesi yoktur.

Öte yandan yanlış bir intiba edinmenizi istemem; bu delikanlıyı kısa zamanda köşeyi dönme hayalleri kuran pek çok diğer akranından ayıran mühim bir noktayı gözden kaçırmamalı: Para ve güç, onun için kendisini çok daha yüce olan gizli maksadına ulaştıracak birer vasıta olmaktan öte bir mana taşımamaktadır. Ve bu da..." Durup tatlı bir kahkaha attı Durnev Hanım devam etmeden önce. "Ünlü Amerikalı aktör *David Niven* gibi bir erkek olmaktır! Zengin, ince zevklere sahip, kadınların başını döndüren, erkeklerin gıptayla baktığı, kısacası klas sahibi bir adam.

"Hem öyle olmamak için de hiçbir sebep görememektedir. Sadece, nasıl asil bir ruhla, ama acımasız kaderin cilvesi neticesinde fukara bir ailenin oğlu olarak dünyaya gelmişse, aynı nedenle ilk öğrenimini de Eton College yerine Gebeşler İlköğretim Mektebi'nde yapmak durumunda kalmıştır. Netice itibarıyla çocukluğunu ve ilk gençlik yıllarını polo, kriket ve dans yerine kukalı saklambaç, yakar top ve uzun eşek talim ederek geçirmiştir. Tek eksiği biraz tecrübedir yani..."

Acı çekiyor ve onu dinlemekte zorlanıyordum. Yine de uzun zamandır dinlediğim bu en gerçekçi hikâyenin yaşadığım tüm gerçekdışı olayları aydınlatacağını hissediyordum. "Su lütfen..."

"Sıkıntı içindesiniz, anlıyorum," dedi Durnev Hanım yataktan kalkarken. "Ama benim için yaptıklarınızdan sonra, bunları anlatmayı size bir borç addediyorum. O yüzden birkaç dakika daha dayanın." Plastik bir bardağı dudaklarıma dayayıp bana birkaç yudum su içirdikten sonra devam etti. "Böylece bu kendini bilmez genç adam, talih azıcık yüzüne gülüp de özel cebir dersi verecek iki talebe bulduğu anda, bir dans öğretmeninin kapısını çalar. Ancak maalesef, iki kişiye rakamların dilini öğretmesi karşılığında aldığı ücret, bir kişinin ahenk yüklü adımların sırrına vakıf olabilmek için ödemesi gerekenin pek altında kalmaktadır. Bu bilgiyi aldığı anda delikanlının yüzünde beliren mükedder ifadeyi derhal fark eden ve yirmi yıl önce ölmeyi unuttuğu için hâlâ mesleğini sürdürüyor gibi görünen dans hocası, nam-ı diğer Valentino Ümit, ona, elbette bir grupla birlikte kendisini çok daha uygun bir ücret karşılığında seve seve derslerine kabul edebileceğini söyler. Maalesef bu cömert teklifin müstakbel David Niven'a tek faydası, sürümden kazanmanın sanat söz konusu olduğunda da utanılacak bir şey sayılmayacağını göstermekten ibarettir. Çünkü bedava sirkeyi kaymağa katıp zevkle tüketecek geniş bir çevreye sahip bulunan bu talihsiz sergüzeştçinin, klasik dans öğrenmeyi değil iskontolu fiyatla, hayır duası karşılığında bile olsa bir iştigal-i abes biçiminde değerlendirmeyecek bir tek tanıdığı yoktur.

Genç adam tam derin bir hayal kırıklığı içinde arkasını dönmüş kapıdan çıkmak üzereyken, Valentino Ümit onu omzundan kavramak suretiyle durdurur. Sonra da çok uzak bir hatırayı zihninde canlandırıyormuş gibi bakan gözlerini dans salonunun aynalı tavanına dikerek, bir hafta kadar önce bolero, rokenrol, samba, mambo, vals ve en nihayetinde tango öğrenmek idealiyle kapısını çalan bir grup gençten dem vurur. Ve sonra da, tesadüfün hoşluğuna bakınız ki beş, dokuz ya da kırkbir gençten oluşan bu ekipte –sayıyı tam olarak hatırlayamamaktadır Valentino Ümit– kavalyesi olmayan bir hanımefendinin mevcudiyetini müjdeler. Belki grubun ve elbette daha da önemlisi, söz konusu hanımefendinin rıza göstermeleri kaydıyla, kendisinin bu gruba eklemlenmesi mümkün olabilecektir. Genç adam bunu değerlendirmeyi düşünür mü acaba? İşte bu teklif, düşünmek ne kelime, genç adamın canına minnettir. Böylece delikanlı bir sonraki çarşamba akşamı saat yedide dans salonuna bir ziyarette daha bulunup grupla tanışır. Valentino Ümit durumu kısaca açıkladıktan sonra genç talebemiz, varlığını pek umursamayan kızların ve hoşnutsuzluklarını açıkça dile getirmekten kaçınan erkeklerin oybirliğiyle dans grubuna kabul edilir.

Bizimkisi, oylama esnasında sıradışı güzelliğiyle derhal ilgisini çeken genç kızın dans partneri olacağına katiyyen ihtimal vermez. Ama işte kösele ayakkabılar giyilip salona çıkılmış, çiftler müzik eşliğinde ağır ağır salınmaya başlamıştır ve aynalı duvarların önünde boylu boyunca uzanan demirlere dayanmış hâlâ yapayalnız beklemekte olan tek kişi de bu hanımefendidir. Delikanlının ümitleri her geçen saniye biraz daha artsa da kızın yanına gidip ona bir şey sormaya cesaret edemez. Nitekim uzun bir bekleyişin sonunda bu mahcup gencin herhangi bir girişimde bulunamayacağını anlayan genç kız, onun yanına gelip kendini tanıtır ve beni dansa davet etmeyecek misiniz diye sorar. O zaman delikanlı ona, 'Af buyurun,' der, 'Bu eşsiz güzelliğinizle eşsiz kalacağınızı hiç düşünmemiştim.'

Pek tabii ki o zamanlar bu yanıtın delikanlının kadınların kalbini çalma hususundaki kaabiliyetinden ziyade lafı gediğine koyma fikri sabitinden kaynaklandığını bilmeyen genç kız bir kahkaha atar ve işte çulsuz kahramanımız, Seferoğlu Ailesi'nin milyonluk servetinin tek varisiyle böyle tanışır."

Neydi bu? Bir Türk filmi mi? "Bu hikâyeyi daha önce kaç kez anlattınız?" diye sordum.

"Birkaç kez," dedi Durnev Hanım neredeyse mahcubiyetle. "Bazen fuzuli detaylara girmekten alıkoyamıyorum kendimi. Yaşıma verin. Canınızı sıkmıyorum inşallah?"

"Hayır," dedim. "Keşke karşılıklı çay içerken dinleyebilseydim sizi."

"Bir daha birbirimizi görebileceğimizi sanmıyorum Musa Bey."

"Lütfen anlatın. Bu hikâyenin nasıl Şaban'ın ölümüne bağlanacağını çok merak ediyorum."

"Dostlukları kısa sürede aşka dönüşen bu iki genç birbirine pek yakışmaktadır, üstelik çok da iyi dans etmektedir. O kadar ki, Valentino Ümit bir zaman sonra sanatının inceliklerini neredeyse sadece bu çiftin yüzüne bakarak ifşa etmektedir. Çarşamba akşamları yaşadığı bir saatlik rüya, delikanlının kupkuru hayatının en saadet dolu anlarını tesis etmekte, dahası o güne kadar yaşadığı cümle acıları, sırf kendisini sevgilisiyle geçirdiği o biricik ana ulaştırdığı için topyekûn bir sevinç kaynağı haline getirmektedir. Lakin siz de bilirsiniz ki, saadet geçici elem ise mutlaktır. Doğrusu delikanlı, hislerinin karşılıksızlığına dair bir vesvese içinde değildir. Mesele şudur ki, genç kız dansları esnasında kâh değişik bir dokunuşla, kâh sevenlere mahsus pırıltılı bir bakışla delikanlıyı aşka davet ederken, çoğunlukla tüm mal varlığı eve dönüşü için gerekli bir bilet parasından ibaret olan genç adam, onu bir muhallebiciye bile davet edememektedir.

Neyse ki tanışmaları konusunda ilk adımı atmış bulunan genç kız, bu konuda da önceliği ele alır ve onbirinci dersin nihayetinde, delikanlıyı haftasonu evinde yapılacak doğum günü kutlamasına çağırır. Böylece genç adam belirtilen gün koltuğunun altında sevgilisi için aldığı bir *Charlie Parker* plağıyla, belki de içten içe bir gün kendisine ait olacağı hayalini kurduğu Yeniköy'deki yalının kapısını çalar.

Delikanlı partinin yapıldığı bahçeye inip de çevresindeki diğer insanlara bakınca, içini bir korku kaplar. Kıyafetleri, sohbetleri, şakaları... Sanki her şeyleriyle yoksulluğunu ve cehaletini onun yüzüne vurmaktadırlar. Tam utanç içinde oradan kaçıp gideceği sırada genç kızı görür. Kız onu muhabbetle öper, hediyesini alır ve onun eline bir kadeh beyaz şarap tutuşturur. Sonraki birkaç saat, genç kız ona durmadan bir şeyler anlatırken, delikanlı neredeyse hiç konuşmaksızın hayatında ilk kez tattığı bu içkiden bir şişe daha yuvarlayacaktır. Doğrusu onun çekingen, ürkek halleri kızın hoşuna bile gitmektedir.

Derken gramofondan büyülü bir milonga melodisi yükselir ve genç adam kadehiyle birlikte utangaçlığı da bir kenara bırakıp genç kızı elinden tutuğu gibi dansa kaldırır. Sonraki tango gösterisi, değil Valentino Ümit'i, Valentino'nun kendisini bile kıskandıracak türdendir. Olaya şahit olan davetliler, böyle toplulukların bu gibi durumlarda insiyaki bir biçimde yaptıkları gibi derhal çiftin çevresinde bir daire oluşturur. Sonra delikanlı bir aşamada genç kızı belinden sarmalayıp yatırır ve bu şiddet, şefkat, aşk ve hepsinden çok cinnetle yüklü dansı kesiverir. İki gencin gözleri buluşur, solukları birbirinin yüzünü yalar. Gençliğin ateşi ve başında şarap dumanları, delikanlı kıza 'Benimle evlenmelisin,' der. Genç kız yanıtlar: 'Biliyorum.'

İşte Musa Bey, Abdülhamit Han'ın kaptan-ı deryası Seferoğlu'nun torunu Durnev Hanım'la, nalbant Ziya'dan olma Nezaket Hanım'dan doğma Gebeşlerli Barbaros Albatros o gün orada bu şekilde sözlenirler."

Geri planında Türkiye'nin çalkantılı kapitalistleşme sürecine de ışık tutan bu aşk hikâyesi iyiydi hoştu da, Durnev Hanım bunları bana niye anlatmıştı? "Çok romantik," dedim. "Yoksa zaman içinde bu genç köylünün gerçekte Mars eşrafından olduğu mu ortaya çıktı?"

"Hayır, ama evliliğimizin ilerleyen senelerinde, bazı kötü huyları ortaya çıktı hakikaten de. İflah olmaz zamparalığı gibi." Yatağın ucundan kalkıp az ötedeki sandalyeye geçti. Boynumdaki feci ağrı yüzünden kafamı çevirip ona bakamıyordum. Sanırım hikâyenin bu bölümü onurunu kırdığından benimle yüz yüze gelmeyi istemiyordu. Oturduğu yerden devam etti. "Parayı idare etme konusunda hakikaten de çok becerikliydi ve benim ellerimde muhtemelen çarçur olacak aile servetimin kalanını akıllıca yatırımlarla daha da büyütmeyi başardı ve neticede Albatros Holding'i kurdu.

Fakat sonrasında bir şeyler ters gitmeye başladı. Size eşimden sekiz yaş büyük olduğumu söylemiş miydim? Her neyse, mütemadiyen evden uzak olmasını, bana ilgisizliğini, yaptığı büyük harcamaları akıl almaz hikâyelerle açıklardı. Eh ben de her seven kadın gibi biraz aptaldım tabii... Ama o kadar da değil. Nihayetinde, birazdan sizin de öğreneceğiniz kendime özgü bir yöntemle ihanetlerini bir bir itiraf etmek zorunda bıraktım onu.

Yeminlerle, gözyaşlarıyla bunun bir daha tekrarlanmayacağını söyledi, onu terk etmemem için ayaklarıma kapanıp yalvardı. Ve ben de ona inandım. Ta ki birkaç yıl öncesine kadar. Beni aldattığı zamanlardakine benzer bazı değişiklikler gözümden kaçmıyordu. Maalesef, az önce sözünü ettiğim yöntemimi üzerinde tatbik edip ona hakikati anlattırmama fırsat vermeden ortadan kayboldu. Bir dağdan düşüp öldüğünü ve cesedinin bulunamadığını söylediklerinde ve akabinde şu tuhaf mirası ortaya çıktığında, beni beş parasız bırakıp terk etmek için bir numaralar çevirdiğinden hiç şüphem kalmamıştı.

Dünyayı ona dar etmek için neler yapmam gerektiğini değerlendirdiğim bir gün tuhaf bir telefon aldım. Benimle konuşan kişi Barbaros Bey'in yakın bir arkadaşı, daha doğrusu silah arkadaşı olduğunu ve eşimin uzaylılarla savaşırken şehit düştüğünü söylüyordu..."

"Fezai Aydıntürk," diye girdim araya.

"Tam üstüne bastınız. Düşünebiliyor musunuz? Uzaylılarla savaşırken bir dağdan düşüp ölmüş!"

"Maalesef düşünebiliyorum," dedim. "Aşağı yukarı aynı şey benim de başıma geldi çünkü."

"Elbette bu saçmalığın tek kelimesine bile inanmadım. Bu kadar küstahça bir yalan uydurmaya cesaret ettiği için, hem kocamın hem de kendisinin derisini yüzeceğimi bildirdim kendisine. Ama Fezai Bey son derece ısrarlıydı ve kendisiyle bir görüşme lütfedersem bana her şeyi ispatlayabileceğini iddia ediyordu. Bakalım işi daha nereye götürecekler diye merak ettiğimden teklifini kabul ettim ve gizli bir yerde buluştuk. Bu arada birkaç adamım oradan çıktığımız anda Fezai Bey'i derdest etmek üzere hemen yakınlarda bir yerde bekliyordu...

İşte insanoğluyla uzaylılar arasındaki savaşın tarihine dair pek çok şeyi ilk kez o gün orada öğrendim. Akıllara durgunluk verecek kanıtlarıyla birlikte."

"Yine de işittiklerinizi şu esrarengiz yönteminizle teyit ettiniz sanıyorum."

"Lüzum görmedim," dedi Durnev Hanım.

İşte buna inanmak çok zordu. "Sebebini sorabilir miyim acaba?"

"Sevgili eşim tüm servetine, çevresine ve hayal gücüne rağmen, Galler Prensi'ni düzenbazlıklarına alet edemez diye düşündüm de ondan. O gün bana Dünya Savunma Örgütü ve kocamın buradaki önemli vazifesinden tüm teferruatıyla söz eden kişi bizzat Prens Charles'tı."

"Anlıyorum," dedim. "Peki neden beni sorguya çektiniz? Kocanızla tanışıp tanışmadığım falan gibi sorular sordunuz? Zaten biliyordunuz bunları."

"Emin olmak istedim. Son dönemlerde Prens'e duyduğum güvenin biraz sarsıldığını itiraf etmeliyim. Bilhassa evli kaldığı yıllar boyunca başka bir kadına âşık olduğunu öğrendikten sonra. O zaman niye olmasın diye düşündüm. Belki de kocamla bir yerlerde tanışmış ve ona bir iyilik etmeye karar vermişti. Prens bile olsa, neticede o da bir erkekti ve erkekler için ne derler bilirsiniz: En iyisi oturakta can versin!"

"Bilmiyordum," dedim yutkunarak. "Ben düştükten sonra neler olduğunu biliyor musunuz? Yani Mikonos'ta?"

"Fezai Bey'le telefonda konuştum," dedi Durnev Hanım. "Bana görevin başarıyla tamamlandığını söyledi. Prens'in suikastten kurtulduğunu ve kendisinin de yeni bir görevle Avrupa'ya gideceğini."

"Peki Sanem'le ilgili bir şeyler?" diye sordum korkuyla.

"Bir bilgim yok. Herhalde uzay gemisine binip geldiği cehenneme dönmüştür. Bu arada Gizliajans vasıtasıyla Albatros Holding'in bütün parasını çalmaları yanlarına kâr kaldı tabii..."

"Yani bütün servetinizi elinizden aldılar mı?"

"Her kuruşunu," dedi Durnev Hanım nedense gülerek. "Doğrusu hiç umurumda değil, hatta biraz sevinçliyim. Para, nur içinde yatsın, kocam gibi burjuvalar için değerli bir şeydir. Kanında asalet taşıyanların değerini ya da güzelliğini hiçbir şey gölgeleyemez. Bataklığın ortasındaki bir çiçek gibi."

Bütün vücuduma ani bir ağrı hücum etmişti. "Canım yanıyor..."

"Hemşireyi çağırayım," diye ayağa kalktı Durnev Hanım. "Her şey için teşekkürler Musa Bey. Elveda."

"Durun," dedim. "Merak ettiğim bir şey var. Benim size yalan söylemediğimi nereden biliyorsunuz?"

"Çünkü söyleyemezsiniz," dedi Durnev Hanım. "Kanında sodyum pentatol dolaşan kimse yalan söyleyemez. Belki duymuşsunuzdur, gerçeklik serumu diye de bilinir. Ben de az önce serumunuza yeterli miktarda koydum. Ne zaman birinin yalan söyleyeceğinden şüphelensem, Alman dostlarımızın biz aldatılan kadınlara verdiği bu küçük ama paha biçilmez hediyeyi kullanırım."

* * *

Hastanede kaldığım süre boyunca, Gizliajans bağlantılı hiç kimseden bir haber almadım. Taburcu edildiğim gün annemin itirazlarına rağmen eve gitmeden önce soluğu Yıldız Yokuşu'nda aldım. Yöneticimiz hanımefendinin avukatlık bürosu olarak kullandığı daire dışında apartman şimdi tamamen metruk bir görünümdeydi ve tüm camlara bir emlakçı afişi yapıştırılmıştı. Çoğunlukla adliyede bulunduğu için fazla ortalıkta görünmeyen yöneticimiz hanımefendi, neyse ki o sırada bürosundaydı ve ziyaretim nedeniyle bir hayli şaşırmış gibiydi. "Musa Bey," diye karşıladı beni. "Geleceğinizden umudu kesmeye başlamıştım."

"Üzgünüm. Bir kaza geçirdim de." Bir ayağım hâlâ alçıdaydı ve koltuk değnekleriyle yürüyordum.

"Hay Allah! Büyük geçmiş olsun. İçeri girin lütfen," diyerek beni bürosuna buyur etti. Sanıyorum beni gönlünce fırçalayamayacağı için biraz hayal kırıklığına uğramıştı.

"Girmeyeyim," dedim. "Ben şey için gelmiştim..." Ne için geldiğimi bilmiyordum.

"Kontratınız iptal edildi," dedi yönetici. Bir sorun çıkarmayayım diye de hemen ekledi. "Biliyorsunuz kontrat Şaban Bey'in üzerineydi ve galiba son iki ayın kirasını yatırmamış. Kendisinden bir haber çıkmayınca da ev sahibi..."

"Anlıyorum," dedim. "Mesele yok."

"Hatta ev sahibi mahkemeye verecekti Şaban Bey'i, ama bir akrabası gelip borcunu ödedi ve eşyalarını da bir kamyona yükleyip gitti. Size ait şeyleri de bana bıraktılar. İçerideki odada duruyor. Bir an önce alabilirseniz sevinirim."

"Tabii tabii," dedim. "İlk fırsatta." Acaba ev sahibini arayıp bu Şaban'ın akrabasına ulaşabilir miyim diye düşündüm bir an. Ama de ki buldum; ne söyleyecektim kendisine? Doğrusu en iyisi, onların hiçbir zaman beni aramamalarını umut etmekti.

"Çünkü ben yanıma bir ortak alıyorum, ona oda gerekiyor ve..."

"Hastaneden bugün çıktım," dedim kızgınlıkla. "Bu hafta içinde hepsini aldırırım, meraklanmayın."

"Tabii tabii," diye geri adım attı hemen. "Sahi sizin haberiniz var mı Şaban Bey'den?"

Başımı hayır anlamında iki yana salladım. "Bir de şeyi soracaktım... Müberra Abla'nın dairesi ne oldu?"

"O zaten boşaltmıştı daireyi," dedi bir suçlu gibi. Birden beti benzi atmıştı ve besbelli bir şey saklıyordu. "Gitmeden bir ay önce haber vermişti. O yüzden bir şey bilmiyorum ben..."

Uğraşacak gücüm yoktu. Bir şey söylemeden arkamı döndüm ve seke seke merdivenleri indim. Tam dış kapıdan çıkmak üzereyken, dönüp posta kutusunu kontrol ettim. Oradaydı. Sarı bir zarf. Tedirginlikle uzanıp zarfı aldım. Adımın hemen altında *deux ex machina* ibaresi yer alıyordu ve zarfın üzerinde iki adet Yunanistan pulu vardı. Gönderen kısmında ise adres yerine sadece iki harf bulunuyordu: F.A.

Onbeş dakika sonra Beşiktaş'ta, onunla ilk karşılaştığım yer olan börekçide Fezai Aydıntürk'ün mektubuyla baş başa kalmıştım.

Sevgili Dostum,

Öncelikle bil ki durumunu yakinen takip etmekteyim ve sağlığının düzeldiğini öğrenmekten büyük memnuniyet duyuyorum. Başına gelen kaza hepimizi çok üzdü. Her ne kadar seni tehlikeli bir oyuna alet ettiğimiz doğru ise de, inan hiçbir aşamada başına böyle bir şeyin gelmesini istememiş, seni sürekli kollamıştık. Kendini bir dağdan aşağı atacağını nasıl tahmin edebilirdik ki? Her neyse, umarım bu yüzden bizi ve özellikle de beni, affedebilirsin.

Durnev Hanım'la yaptığımız son telefon konuşmasından anladığım kadarıyla görüşüp konuşmuşsunuz. Bu konuda bir şey söylemediyse de, kendisinin alışılmadık sohbet yöntemleriyle de tanıştığını varsayıyorum. Durnev Hanım bir uzay şehidinin eşi sıfatıyla artık müsterih olduğuna göre, senin gerçekleri öğrenmen, ilerki hayatının mahvolmaması açısından elzemdir.

Bilmen gereken ilk şey şudur: Gizliajans, Dünya Savunma Örgütü, uzay savaşçıları vs... konularında edindiğin bilgilerin, izlenimlerin tümü yalan ve yanlıştır. (Belki seni hayal kırıklığına uğratacağım ama şunu söylemem gerekiyor ki, uzaylı diye bir şey yoktur!) Yaşadıklarının tamamı, sevgili dostum Barbaros Bey'in karısından kurtulma planının bir parçası ve tanıdığın hemen hemen herkes de Albatros Holding'in şu ya da bu şirketinde çalışmış insanlardır. Anlayacağın temel amacımız seni değil, seni kullanarak Durnev Hanım'ı kandırmaktı. Barbaros Bey karısından ayrılmak istiyor idiyse, neden herkes gibi normal bir boşanma yolunu tercih etmedi diye merak edeceksindir belki. Durnev Hanım'ı pek az tanımış olmakla beraber böyle bir kadının hayatını, servetini, her şeyini verdiği bir erkek tarafından terk edilmesi durumunda pek normal tepki vermeyeceğini sen de teslim edersin sanırım. Uygulamaya koyduğumuz planda Barbaros Bey'in sıradışı eğlence anlayışı kadar eşinden duyduğu feci korkunun da önemli payı var diye düşünüyorum laf aramızda.

Hemen aklına takılması muhtemel diğer noktalara ışık tutmaya çalışayım. Hayır, kullanılan teçhizatın masrafı Barbaros Bey'in serveti düşünüldüğünde hiç de büyük sayılmaz, devede kulak kalır. Hayır, rekreasyon bölümünde yerçekimi ortadan kaldırılmıyor, sadece zeminin altına yerleştirilen elektromanyetik bir sistem insanı fena halde gıdıklıyor. (Orada müthiş bir sıçrama gerçekleştirdiğini düşünürken, kabul etmeliyim ki biraz da benim yardımımla, kendini kandırmaktaydın.) Ortodoks Kilisesi'nin en kutsal mekânlarından birini böyle bir oyuna alet etmek elbette ki imkânsızdır, ama gözden uzak başka bir adada birkaç oyuncuyla birlikte böyle bir tiyatro sahnelemek gayet mümkündür. Yani sana, gittiğimiz yer Athos değil Fujiyama Dağı desek ona da inanmaya aynı derecede hazır olacaktın, değil mi? Ve nihayet Prens Charles... Kendisini bugünlerde bir bisküvi reklamında Prens Charles rolünde görebilirsin. Akıl almaz bir benzerlik gerçekten! Ne yazık ki pek iyi bir aktör sayılmaz.

Her şeye rağmen Gürcan Bey'in de, Müberra Hanım'ın da ve özellikle de Şaban Bey'in yaşadığını öğrenmek seni mutlu edecektir zannediyorum. (Hiçbiri bu insanların gerçek ismi değil tabii ki.) Şaban Bey'e düşkünlüğünü bildiğim için onunla ilgili birkaç şey daha söylemek istiyorum. Kendisi kitle iletişimi, propaganda ve beyin yıkama konusunda dünya çapında bir uzmandır ve gerçeklik serumu etkisi altında lehimize ifade verecek bir tanık yaratma noktasından yola çıkıp planımızı son haline getiren beynin ta kendisidir. Ona göre bir fikir inandırıcılığını en gerçekdışı yanlarından alır, bu yüzden en kolay yutulur olanlar en büyük yalanlardır. Suyun üzerinde yürüyen İsa ile telepatik iletişim kuran bir kedi arasındaki fark sadece tekniktir. Kafasındaki iyi-kötü, doğru-yanlış dengelerini alt üst ettikten sonra, bir insanı her şeye ikna edebilirsiniz. Kim ne diyebilir ki? Hem sadece bu konuda değil, seni Eminönü Meydanı'nda tesadüfen gördüğü anda aradığımız kişiyi bulduğumuza karar verirken de bir o kadar haklıydı, değil mi?

Bu arada biz hepimiz sıhhat ve afiyetteyiz. Barbaros Bey'le birlikte yıllardır hayalini kurduğumuz hayatı yaşıyoruz. Sevdiğimiz insanlarla birlikte sadece sevdiğimiz işleri yaparak geçireceğimiz bir hayat.

Mektubun sonuna yaklaşırken, Sanem Hanım hakkında bir şeyler duymak için sabırsızlandığını biliyorum. O sadece kendisine verilen görevi yerine getirdi. Ve işin hakikati bu role kendisini seçmemizin önemli bir sebebi, duygularını işine karıştırmayacağından emin olmamızdı. Bir kusurunu görmedik. Yine de bizi bırakarak okyanus ötesinde bir yere göçmesini, duyduğu vicdan azabına bağlayıp belki bir nebze rahatlayabilirsin. Öte yandan onu bir daha görmek gibi bir hayale kapılma. Göremeyeceksin. Sana tavsiyem, onu unutmandır. Daha çok gençsin ve önünde seni bekleyen uzun bir hayat var.

Öfkeyle bu mektubu Durnev Hanım'a götürmek gibi bir davranış içine girmeyeceğine güveniyorum. Biliyorum ki, zavallı bir kadına hayatının son günlerinde bu işkenceyi yapacak türden biri değilsin sen.

İşte artık her şeyi biliyorsun dostum. Yaptığım açıklamalar seni ne kadar tatmin etti bilemiyorum. Belki de, hiçbir zaman bilmemen gereken bazı konularda (uzaylılar falan gibi) çok fazla malumat sahibi oldun diye kafanı bulandırmaya çalıştığımız zannına kapılabilirsin. Zamanla, aklın yerine geldikçe gerçekleri görecek ve kabulleneceksin. Belki de en iyisi, bir şekilde tuhaf bir hayalin, babanın küçükken anlattığı olağanüstü serüvenlerden birinin içine düşüverdiğini düşünmendir. Her durumda yapacağın en doğru şey, geçmişin tüm acılarını ait olduğu yerde, geçmişte bırakıp kendine yeni bir hayat kurmandır. Mümkünse uçuş dersleri alıp pilot ol. Çünkü neticede gerçekliğinden kuşku duyamayacağın tek şey, artık uçmaktan korkmadığındır.

Muhabbetle,

Fezai Aydıntürk

Biri omzuma dokundu. "Musa!" Kafamı kaldırıp baktım. Gizliajans'ın çaycısı Ercan karşımda dikilmiş, makineli tüfek gibi soru üstüne soru soruyordu. "Nasılsın? Hiç görüşemedik? Herkes nereye kayboldu birden öyle? Sanem nasıl? Ondan haber alıyor musun?" Hiçbir şey söyleyemeden ona bakıyordum. Bir sır verecekmiş gibi kulağıma eğilip "Biliyor musun?" dedi. "Bence seni seviyordu." Sonra dikildi, elini göğsüne koydu. "Bir yerlerde deprem oluyor!"

Haklıydı.

* * *

Gece yarısı terden yapış yapış haldeki yatağımda kıvranırken, odada gerçekten birinin ya da bir şeyin hareket ettiğini mi hissetmiştim yoksa bir karabasan mı görüyordum? Diğer odadan gelen horultuları, şimdi ben yatağımda doğrulduğum anda devinimine son veren ama işte karanlığın ardında bir yerde beni gözleyenin annem olmadığını gösteriyordu. "Kim var orada?" diye kalktım yataktan.

Küçük bir tıkırtı.

Gardırobun arkasında saklanan bir hırsız? Bir hayalet? Sırtımdaki tüm tüyler diken diken bir halde o tarafa doğru birkaç adım attım. Tam eğilip gardırobun altına bakarken arkamdan gelen bir hışırtı ve evet... yemin ederim bir nefes!

Hızla açık pencereye hamle ettim. Artık odada olmadığını biliyordum. Kaçmıştı.

Bahçedeki nar ağacından birkaç güvercin havalandı. Tekrar yatağıma döndüm. Acaba yatağımdan hiç kalkmış mıydım? Yoksa sadece bir kâbustan mı uyanmıştım?

Aniden ne yapmam gerektiğini anladım. Uzanıp yatağımın yanındaki etajerin üzerinde duran cep telefonumdan saate baktım. Gece yarısını biraz geçmişti. Hayır, sabahı bekleyemeyecektim. Telefonun rehberinden aradığım kişinin numarasını buldum, arama tuşuna bastım. Beş-altı kere çaldıktan sonra karşımda yöneticinin zayıf ve korkulu sesini duydum. "Alo?"

"Benim," dedim. "Musa."

"Saat..."

"Size bir şey sormalıyım," diye kestim sözünü. "Bugün benden gizlediğiniz şey neydi? Müberra Abla hakkında."

"Hiçbir şey!"

"Söyleyin," diye üsteledim. "Yemin ederim ne yapıp edip öğrenirim gerçeği. İşimi zorlaştırmayın."

"Köpekler," diyerek ağlamaya başladı.

Müberra Abla'nın yavruları tamamen aklımdan çıkmıştı gerçekten de. "Ne olmuş köpeklere?"

"Hepsi ölmüştü," dedi tir tir titreyen bir sesle.

"Nasıl yani?"

"Müberra Hanım gittikten sonra eve girdiğimde öylece yatıyorlardı. Paramparça..."

"Paramparça?"

"Bir kan gölünün ortasında... Gırtlakları parçalanmış, etleri koparılmış bir halde. Sanki..."

"Bir canavarın saldırısına uğramış gibi," diye tamamladım sözünü.

"Birbirlerini öldürmüşler," diye bağıra bağıra ağlıyordu.

"Şeytan Bey!" diye cinnet geçirircesine kahkahalarla gülüyordum. Şeytan Bey! Melun yaratık her şeyi anlamamı sağlamıştı. Fezai Bey'in o *deux ex machina* zırvalıklarının aklımı karıştırmasına nasıl izin verebilmiştim? Uzaylıların gaddar bir kedi liderliğinde dünyayı ele geçirmeye çalıştığından, Prens Charles'ın Barbaros Albatros ve Müberra Abla gibi kahramanlarla birlikte onlara karşı amansız bir savaş verdiğinden ve Sanem'in beni sevmediğinden bir anlığına dahi kuşku duymak için delirmiş olmalıydım. Ya da belki delirmemek için böylesine inanmalıydım.

14.

Ve ben artık mutsuz bir adamım.

Günler, haftalar, aylar akıp giderken, ben yaşamıyor da daha ziyade vakit geçiriyorum. Ortalık karardıktan sonra pencereden yıldızları izliyorum. Umut etmiyorum, kızmıyorum, üzülmüyorum. Sadece hatırlıyorum.

Kainat türlü biçimlerde kandırmaya çalışıyor beni. Bulutlar ilerliyor, bir ayyaş nara atıyor, bir araba acı acı klakson çalıyor, daldan bir yaprak düşüyor... Orada öyle sabit dururken, her şey beni kimsenin umurunda olmadığıma, unutmayışımın bir anlam taşımadığına inandırmak için yarışa giriyor. Sabırla bekliyorum ki, bütün kozlarını oynasınlar. Ne olursa olsun duruyor, duruyor, duruyorum... Gece bir kez daha aşkım karşısında mağlup dağılırken, kuytu bir köşeden fırlayıveren bir kedi gülümsetiyor beni. Nihayet gölgelerin arasında bir sigara yakıyorum. İşte o an biliyorum ki, roller değişmiş ve şimdi yıldızlar beni izlemeye başlamıştır. Gidip yatağıma giriyor, başucumda duran Küçük Prens biblosuna bakıyorum.

Senden bana kalan her şey gibi kırık, ama asla atamayacağımı biliyorum.

İletişim'den

ALPER CANIGÜZ

Tatlı Rüyalar

psiko-absürd romantik komedi

roman • 186 sayfa

Hikâyemiz, bir pazar sabahı gazetesini okumakta olan Hector Berlioz'un –ki kendisi Türkiye'de yaşayan bir Fransız Türk'üdür– şu ilanı görmesiyle başlar: "25 yaşında, iyi eğitimli, iki yabancı dil bilen sağlıklı genç, geri kalanını temin edebilmek amacıyla hayatının bir bölümünü satıyor." Hector Berlioz aradığı adamı bulmuştur!

Alper Canıgüz, *Tatlı Rüyalar*'da gerçek, düş ve kurgu arasında usulca ve ustaca hareket ederek okura baş döndürücü bir hikâye anlatıyor... Bu zengin kadrolu saçma-komik macera, Beşiktaş Balık Pazarı esnafından, saygın üniversite hocalarından, poturlu-sakallı medrese talebelerinden, gangsterlerden ve alter egolardan geçerek katarsis garantili elektro-psikanaliz yöntemine, P 330 paradigmasına, içinde üç milyon dolar bulunan bir çantaya ve daha nice fantazyaya açılıyor. Canıgüz kıvrak, eğlenceli ve heyecanlı anlatımıyla, hikâyeyi kâh dağıtıp kâh toplayarak, son ana kadar okuru şaşırtmaya devam ediyor.

İletişim'den

ALPER CANIGÜZ

Oğullar ve Rencide Ruhlar

roman • 204 sayfa

"Beş yaş insanın en olgun çağıdır; sonra çürüme başlar. Ben Alper Kamu, birkaç ay önce beş yaşına bastım. Doğum günüm yaklaşırken vaktimin büyük kısmını pencerenin önünde, dışarıdaki insanları izleyerek geçiriyordum. Hızlanarak, yavaşlayarak, türlü sesler çıkararak ve bir yerlere bakarak yaşayıp gidiyorlardı. Bir gün onlardan biri haline geleceğimi düşünmek beni hasta ediyordu. Ne yazık ki bundan kaçış yoktu. Zaman acımasızdı ve ben hızla yaşlanıyordum."

Alper Canıgüz, *Tatlı Rüyalar*'dan bilinen sürükleyici diliyle, beş yaşındaki bir çocuğun içine düştüğü bir hikâyeyi anlatıyor. Yaşının avantajıyla her yere girip çıkan, hem filozof, hem fırlama bir oğlan... Hikâyeyi ve "karakteri" çevreleyen semt hayatı ve mahalle atmosferi de, bizzat karakter kazanıyor, anlatıda...

Polisiye, fantastik ve mizahi edebiyatın tadlarını ustaca kaynaştıran, olağanüstü özgün, çok iddialı bir kitap.